Dzisiaj śpisz ze mną

ANNA SZCZYPCZYŃSKA

Dzisiaj śpisz ze mną

FILIA

Copyright © by Anna Szczypczyńska, 2018
Copyright © by Wydawnictwo FILIA, 2018

Wszelkie prawa zastrzeżone

Żaden z fragmentów tej książki nie może być publikowany w jakiejkolwiek formie bez wcześniejszej pisemnej zgody Wydawcy. Dotyczy to także fotokopii i mikrofilmów oraz rozpowszechniania za pośrednictwem nośników elektronicznych.

Wydanie I, Poznań 2018

Zdjęcia na okładce: © Oana Stoian / Trevillion Images

Redakcja: Katarzyna Wojtas
Korekta: Marta Akuszewska
Skład i łamanie: Dariusz Nowacki

ISBN: 978-83-8075-534-5

Wydawnictwo Filia
ul. Kleeberga 2
61-615 Poznań
wydawnictwofilia.pl
kontakt@wydawnictwofilia.pl

Druk i oprawa: Abedik SA

Motto:

(...) nie widziałem jeszcze ludzi, którzy spotkaliby się w dobrym miejscu życia. Takiego miejsca w życiu nie ma i być nie może. Zawsze zdaje się, że jest zbyt późno lub zbyt wcześnie; że zbyt wiele doświadczenia albo że zbyt mało. Zawsze coś stoi na przeszkodzie.

Marek Hłasko, *Ósmy dzień tygodnia*

Prolog

– Jan Ogiński – powiedziałeś, ściskając moją rękę, a ja zakochałam się w brzmieniu tych dwóch słów od pierwszego ich usłyszenia. Zrozumiałam, że to początek końca. Że już nie będę umiała wymazać cię z pamięci ani sobie darować.
Jak dawno nikt mnie tak nie dotknął! To nagłe odkrycie bardzo zabolało. I choć w tym geście nie było niczego nadzwyczajnego, ot zwykła uprzejmość, jaką się okazuje nowo poznanej osobie, kiedy spojrzałam w twoje oczy, wszystko zrozumiałam. Cały świat nagle się zatrzymał. Przez moment nie byłam żoną, matką, zapomniałam, że za trzy godziny muszę podesłać gotowy raport, a w drodze do domu kupić kozi ser do naleśników.
To wszystko zniknęło. Byłeś tylko ty, twoja jasna skóra – młoda, jędrna, napięta i niezmęczona

życiem, przenikliwe oczy i lekki uśmiech. Ja z kolei na ten ułamek sekundy stałam się dawną wersją siebie, taką, która wierzy, że może przenosić góry, a każde marzenie da się przekuć w plan, który trzeba zrealizować. Za wszelką cenę. Choćby nie wiadomo, jak była ona wysoka…

Rozdział 1

Uśmiechnął się wyrozumiale – więcej niż wyrozumiale. Był to jeden z tych rzadkich uśmiechów dających pewność i otuchę na zawsze, uśmiech, który można spotkać w życiu cztery albo pięć razy. Obejmował – albo zdawał się obejmować na moment – calusieńki nieskończony świat, a potem koncentrował się na tobie z nieodpartą życzliwością. Było w nim akurat tyle zrozumienia, ile ci było potrzeba, i tyle wiary w ciebie, ile sam chciałbyś mieć; uśmiech ten zapewniał cię, że wywarłeś takie wrażenie, jakie – w najkorzystniejszych okolicznościach – chciałbyś wywrzeć.

F.S. Fitzgerald, *Wielki Gatsby*

Czasami zupełnie przypadkowe spotkanie może wywrócić do góry nogami całe życie. Wystarczy jedno spojrzenie, nieśmiały uśmiech, krótki, ale zdecydowany uścisk dłoni, by do naszego uporządkowanego świata wkradł się chaos. A może nie ma przypadków? A może wszystko, co nam się przytrafia, dzieje się po coś?

Nina Szklarska nie wierzyła w przeznaczenie. Twierdziła, że życie to splot wydarzeń i to od nas zależy, które z nich uznamy za istotne, a które zignorujemy. Janka też spotkała przez przypadek i sama zadecydowała o tym, do którego worka go wrzuci.

Był to jeden z czwartkowych poranków, jakich wiele w szarej, listopadowej Warszawie.

Na drzewach ostatkiem sił dyndały wysuszone na wiór liście. Siąpił drobny, z pozoru nieszkodliwy deszcz, ale Nina doskonale wiedziała, co się kryje pod płaszczykiem słowa „mżawka". Niby niewinna, lekka, jednak łapie cię nagle i zazwyczaj wtedy, gdy jesteś już zbyt daleko od domu, by wrócić po parasol, ale jeszcze niedostatecznie blisko miejsca docelowego, by nie zmoknąć. Wystarczy dziesięć minut, by ubranie, które masz na sobie, nasiąkło wodą. Włosy, po kwadransie układania przed lustrem, zamiast figlarnie powiewać na wietrze, ciężko oblepiają twarz i ramiona, a tusz do rzęs zamienia się w ciemną breję, spływającą po policzkach aż na szyję. Dlatego co cwańsze warszawianki makijaż dokańczają dopiero po dotarciu do biura. Nina robiła podobnie, ale tamtego dnia umalowała się w domu i zamówiła Ubera. Poranne spotkanie z naczelnym Pośpiechem było wystarczająco stresujące, by martwić się o rozmyty podkład czy puder. Szczególnie gdy na Marynarskiej trzeba się zjawić punkt dziewiąta.

– Spotkania o tej porze powinny być zabronione. Tutaj trzeba się umawiać o ósmej albo o jedenastej trzydzieści! – stwierdziła, gdy na dobre utknęli w granatowym peugeocie Leszka (jak podawała aplikacja). Korek na Wołoskiej zdawał się ciągnąć w nieskończoność. – Może ja już tutaj wysiądę i sobie podbiegnę? – Wcisnęła głowę między przednie siedzenia w nadziei, że jej błagalne spojrzenie wprost w szare, szkliste oczy kierowcy coś przyspieszy.

– Niech się pani nie wygłupia. Zaraz będziemy. O! Pani patrzy, tam już się przerzedza.

Chwilę później wbiegła do wielkiego, błękitnego budynku. Przestronny hall z samego rana przypominał tor przeszkód albo galerię handlową w czasie wyprzedaży. Najpierw wpadła na wciśniętego w dobrze skrojony garnitur bruneta. Ładnie pachniał. Chanel Allure, edycja sportowa – od razu rozpoznała. Maciek używał tych perfum, kiedy się poznali. Przyjemne wspomnienie. Nieco mniej sympatyczne było czołowe zderzenie z dwiema biurwami. Granatowe mundurki zdradzały przynależność do gangu obsługi klienta w jednej z sąsiadujących firm. Wyższa trzymała w ręku latte czy inne cappuccino, wnioskując z rozmiaru papierowego kubka, a jego zawartość o mało co nie wylądowała na płaszczu Niny.

Zza długiego blatu dostrzegła koński ogon Agnieszki. „O nie!", na jej widok przypomniała sobie o nieszczęsnej karcie. Przynajmniej dwa razy w tygodniu zapominała o wejściówce.

– Nie zabijaj.

– Zapomniałaś? – Agnieszka już ją dobrze znała.

– Zapomniałam! Otworzysz mi i dryndniesz na górę, żeby mnie wpuścili? Przepraszam cię, Aga. Dziś po pracy przeszperam cały dom i znajdę tę kartę – obiecała. Spojrzała na swojego ukochanego longinesa, który kilka lat temu dostała na gwiazdkę od męża: miała jeszcze całe trzy minuty. Mogła złapać oddech.

– Nie ma sprawy. Dzwonię do Martynki, bo Lucyna jest na zwolnieniu. – Podniosła słuchawkę i wybrała numer wewnętrzny.

– Na zwolnieniu? Coś się stało?

– Dzwoniła do ciebie, ale miałaś wyłączony telefon. Zostawiła wiadomość. Ma zapalenie krtani. Nie będzie jej do końca tego tygodnia i pewnie przez cały kolejny.

– O, matko! Biedna! Faktycznie, już od poniedziałku słabo się czuła.

– No biedna, biedna, dziś to już ledwo gadała. Cześć, Martynko! – przerwała, gdy po drugiej stronie słuchawki odezwał się znajomy głos. – Nina właśnie wjeżdża na górę i prosi, żebyś ją wpuściła. Dziękuję, kochana, miłego dnia! – Otworzyła bramkę. – Wskakuj!

– Tylko co ja teraz zrobię? Co my dzisiaj mamy? Czwartek! – Nina pobladła na myśl o tym, że przez kolejne dni zostanie sama na polu bitwy. Listopad nie był najlepszym miesiącem dla serwisów poświęconych aktywności i zdrowemu stylowi życia. Statystyki leciały w dół na łeb na szyję. Trudno się dziwić. Kto w taką pogodę ma chęć na przebieżkę czy boot camp w terenie? Zestaw: grzaniec, kocyk i Netflix brzmią bardziej kusząco. – Mam teraz pootwieranych kilka projektów, idę właśnie na spotkanie z Pośpiechem. Nie masz dla mnie jakiegoś ogarniętego praktykanta?

– Hania Lubieniecka ma! Przyjęła na staż pięć osób. Wyrabiałam im karty w zeszłym tygodniu. Pogadaj z nią, na pewno chętnie ci kogoś odstąpi.

– Złoty człowiek z ciebie! Na wszystko masz odpowiedź!

– To jeszcze jedno: zanim wejdziesz do Pośpiecha, skocz do łazienki. Banan? – Aga wskazała jej subtelnie na dół sukienki. Na samym środku czarnej dzianiny, która wystawała spod rozpiętego płaszcza, straszyła żółtobrązowa plama. Pewnie kaszka, której jej młodsza córka Zuza najwyraźniej nie zjadła.

– O, matko! Nie zauważyłam. Owsianka, ale bananowa. Blisko. Dzięki! – rzuciła, nim drzwi windy zdążyły się zamknąć. Była sama. Postanowiła wykorzystać tę sytuację na szybki przegląd: rozpięła płaszcz i przejrzała się w lustrze. Poza kaszką nie było już żadnej awarii. Długie, ciemne włosy opadały delikatnie na ramiona i podkreślały oliwkowy odcień skóry, który teraz bardzo lubiła, ale w dzieciństwie sprawiał jej sporo przykrości. Właściwie nie wiadomo, skąd się wziął: jej ojcem nie był Chińczyk ani Włoch, jak sugerowały dzieci na podwórku, tylko Tadeusz Pokorski urodzony w szpitalu na warszawskich Bielanach. Skóra Elżbiety Pokorskiej z kolei przypominała czystą kartkę papieru, na której aż chciałoby się zapisać setki krążących po głowie myśli. Matka za to szybko się opalała. Od razu na piękny odcień earl greya z kroplą mleka. I to chyba po niej Nina odziedziczyła karnację. Sukienka, którą kupiła kilka tygodni wcześniej w Zarze, leżała całkiem nieźle. Piersi wróciły już na swoje miejsce i po wykarmieniu dwóch małych żarłoków wyglądały lepiej, niż się spodziewała. Brzuchowi i pupie też nie można było niczego zarzucić. Wiadomo, skóra zawsze mogłaby być bardziej napięta, a mięśnie wyraźniej zarysowane, ale przestała przejmować się takimi detalami. Na szczęście jeszcze w liceum pokochała sport, a właściwie nie sport sam w sobie, a młodego, wysokiego i szalenie przystojnego pana od wuefu. Miał niski głos, pełne usta i to ciało... Nina rzuciła książki w kąt i postanowiła podciągnąć się w siatkówce, koszykówce, a potem nawet w sprincie, by przykuć uwagę nauczyciela. Każdego ranka, jeszcze przed śniadaniem, biegała wytrwale przez trzydzieści minut wokół placu Grzybowskiego, gdzie akurat mieszkała. Swój nawyk kontynuowała jeszcze na studiach. Może już nie codziennie, ale trzy, cztery razy w tygodniu wychodziła na przebieżkę, by oczyścić głowę z dziwnych myśli albo najzwyczajniej w świecie – wybiegać kaca. Świeżo upieczonej matce z kolei porządne buty biegowe były dużo bardziej potrzebne niż sesja u psychoterapeuty. Spojrzała jeszcze raz w lustro – podobała się sobie.

„Jeszcze tylko pozbędę się tej owsiano-bananowej broszki i mogę podbijać świat!", pomyślała i pewnym krokiem wyszła z windy.

Owsiankę Nina zawsze lubiła i gdyby nie fakt, że w kolorowych magazynach i na blogach, straszyli węglowodanami, cukrami oraz skokami insuliny, jadłaby ją o każdej porze dnia i nocy, a tak serwowała sobie ten przysmak jedynie na śniadanie. Miała kilka ulubionych przepisów, a najbardziej lubiła tę z bananami, z dodatkiem masła orzechowego – niebo w gębie!

Gorąca miłość do płatków zaczęła lekko przygasać, gdy na świecie pojawiły się dzieci. Powód był prosty: córkom serwowała zwykle zblendowany wariant, a kremowa maź lądowała wiecznie: a to na rękawie, a to na jeansach, zasychała nawet w kosmykach włosów. I te biszkopciki i bananki, które trafiały wszędzie, tylko nie do małej buzi...

Rzuciła kilka przekleństw, kiedy owsiana papka rozmazała się jeszcze bardziej pod wpływem ciepłej wody. W końcu wsadziła skrawek sukienki pod kran, dokładnie wypłukała, wycisnęła resztki wody, a na koniec stanęła pod suszarką do rąk. Wyprostowała się, wzięła głęboki wdech i powędrowała prosto do paszczy lwa – gabinetu Piotra Pośpiecha.

Piotr Pośpiech tak naprawdę nazywał się Robert Ryski, ale ze względu na swój charakter został przemianowany. Dzięki temu prostemu zabiegowi wszyscy w redakcji mogli swobodnie o nim rozmawiać przy kawie, w windzie, na recepcji, na papierosie, choć już mało kto palił, i nie obawiać się, że naczelny usłyszy kilka słów na swój temat. Nie były to „ochy" i „achy".

– Dzień dobry! – Uśmiechnęła się serdecznie. Miała nadzieję, że na wejściu zarazi go dobrym humorem. – Jak samopoczucie? Dobre? Złe? Wydarzyło się w twoim życiu coś miłego? – Nigdy nie była dobra w small talkach, co znacznie utrudniało pracę dziennikarza. Ratowała ją jednak pozytywna energia, którą potrafiła poruszyć nawet największych ponuraków. Wystarczyło, że pojawiła się w drzwiach, a ludzie momentalnie się uśmiechali, mieli ochotę pić z nią kawę, plotkować, nawet zwierzać się z intymnych spraw. Ale nie Ryski. Ryski chyba w ogóle nie lubił nikogo oprócz siebie.

– Dzień dobry. – Nawet na nią nie spojrzał. – Siadaj. Widziałaś statystyki? Dupy nie urywają. – Przekręcił monitor w jej stronę. – To nie może tak wyglądać. Stracimy wszystkich stałych reklamodawców. Bo o nowych to ja już przestałem nawet marzyć! Nina, co się dzieje? – zapytał, ale jak zwykle nie czekał na odpowiedź. – Przecież wszystkie ankiety pokazują, że Polacy z roku na rok coraz chętniej uprawiają sport. Biegają, pływają, jeżdżą na rowerze, na nartach, chodzą do klubów fitness i na siłownię. A u nas na stronie jakoś tego, kurwa, nie widać! – Lubił przeklinać i dawać znać, kto tu rządzi, a taka „kurewka" wetknięta tu i ówdzie, sprawiała, że czuł się ważny.

– Jest połowa listopada. Biegają już tylko ci, którzy na serio biegają, a oni nie potrzebują naszych pomysłów na to, od czego zacząć ani planów na marszobiegi. Resztę zniechęca zła pogoda, jesienna deprecha albo już poczuli święta i zaczęli przygotowania. Przed sylwestrem znowu statystyki pójdą w górę. Zobaczysz. W styczniu i w lutym będzie dobrze, mam przygotowane fajne projekty na początek roku, a na wiosnę znowu wszyscy zaczną biegać – wyjaśniała.

– Chyba na łeb upadłaś! Nie będę czekał do wiosny. Grudzień ma być lepszy od listopada i nie obchodzi mnie, jak to zrobisz. To już twoja sprawa. Możemy nawet dawać codziennie gołe laski albo zdjęcia małych kotków z hantlami. Chcę mieć lepsze statystyki i więcej followersów na Instagramie! Koniec, kropka. Szkoda czasu na gadanie. Bierzemy się do roboty. Chyba że masz jeszcze jakieś sprawy? – Rozsiadł się wygodnie w fotelu, założył ręce za głowę i czekał.

– Nie mam. Coś wymyślę. Grudzień będzie lepszy – skłamała. Wiedziała, że to niemożliwe. Bo niby kogo w grudniu mogą interesować ćwiczenia na pośladki i ciasteczka fit? Każdy myślami jest już przy świątecznym stole i zatapia zęby w makowcu z lukrem. Takim prawdziwym, z białego cukru. Syrop z agawy, sos daktylowy, mąka kasztanowa i inne jaglano-kokosowe mieszanki muszą poczekać na noworoczne postanowienia.

Zrezygnowana wróciła do swojego biurka i poszukała wzrokiem Lucyny. Miały opanowany do perfekcji schemat miniburzy mózgów, z którego dość często korzystały w pracy z Pośpiechem, ale w porę sobie przypomniała, że Lucyny nie ma i jeszcze długo nie będzie. Nie dość, że nie pomoże jej podnieść statystyk, to jeszcze nie wymyśli niczego, by je utrzymać. Pisać trzeba, a nie ma komu. Otworzyła kalendarz zadań na przyszły tydzień: nie wyglądało to dobrze. Podeszła do okna z nadzieją, że w budynku naprzeciwko wypatrzy rozwiązanie problemów, ale dostrzegła jedynie ruch przy drukarkach i małe głowy skierowane w stronę wielkich monitorów. Nie ona jedna miała niekończącą się listę zadań na korkowej tablicy nad biurkiem i zbyt krótką dobę, której w żaden sposób nie była w stanie wydłużyć.

Z chwilowego zawieszenia wyrwał ją dzwonek telefonu. Spojrzała na wyświetlacz: Hania Lubieniecka. No tak! Miała prosić ją o pomoc!

– Boże, Haniu, z nieba mi spadłaś! – Odebrała ze szczerą radością.

– Ha, ha, już do mnie Aga dzwoniła i wszystko mi opowiedziała. Mam tutaj paru delikwentów. Powiedz mi, do jakich zadań potrzebujesz? Research, tłumaczenia, sondy uliczne, wywiady przez telefon, relacje z eventów? – Od razu przeszła do konkretów.

– Haniu, potrzebuję kogoś bardzo ogarniętego, najlepszego, jakiego masz. Kogoś, kto naprawdę zastąpi mi choć w pewnym stopniu Lucynę. Ma myśleć i lubić sport. Nie musi być pakerem, instruktorem narciarskim ani maratończykiem, tylko ruszać się chociaż raz na jakiś czas. Żeby wiedział, o czym pisze. A, i jeszcze jedno, to właściwie najważniejsze: niech się zna na internetach, instagramowych trendach itd.

– Dobra: ktoś ogarnięty, kto lubi sport i siedzi na Instagramie – powtórzyła Hania.

– Nie siedzi, bo na to nie będzie mieć u mnie czasu, ale zna się, coś tam wie.

– A to widzisz, mam taką fajną Zuzkę, ale ona jest za bardzo skupiona na dobrym selfie... Poczekaj, myślę. Wiem! Dam ci Janka Ogińskiego!

– Jan Ogiński – powtórzyła Nina. – Ładnie się nazywa. Już mi się podoba!

– Kochana, bo Jan Ogiński to jest cały ładny, musi się i ładnie nazywać, a nie, bo ja wiem, Patryk Barszcz czy Krzysiek Bąk. Ale Janka to ja ci oddam tylko za butelkę dobrego wina. To mój najlepszy stażysta: obowiązkowy, o wszystkim pamięta, nigdy się nie spóźnia i zawsze, jak go proszę o sto procent, to robi sto pięćdziesiąt. Wysłać go do ciebie czy odbiór na miejscu?

Piętnaście minut później Nina już sterczała nad biurkiem Hani z belgijską czekoladą w ręku. Dostała ją latem od jednego z zewnętrznych współpracowników. Pewnie liczył na to, że jest w stanie zdziałać cuda i przyspieszyć przelew za kolejną fakturę, ale panie z księgowości były nieugięte. Nawet uśmiech Niny w żaden sposób nie mógł przyspieszyć tego procesu. Za to czekolada, dobrze schowana na dnie szuflady, właśnie się przydała.

– Godiva! Uwielbiam! – Hani zaświeciły się oczy. – Dziękuję!

– Z solą morską. Niebezpiecznie dobra. Lojalnie uprzedzam!

Hania na brak pomocy nie narzekała, wprost przeciwnie, ucieszyła się, że może kogoś na moment odstąpić. Odkąd w redakcji pojawił się nowy przepis, że każdy stażysta musi najpierw przejść przez dział kontaktu z czytelnikami, najzwyczajniej w świecie zaczęło brakować miejsca do pracy. Ci ambitniejsi przyjeżdżali z własnymi laptopami i gnieździli się przy biurkach z tymi, którzy jeszcze się załapali na komputer stacjonarny.

Jan Ogiński lubił pracować na swoim sprzęcie. Cenił sobie ład i przewidywalność, a grzebanie w czyimś komputerze, gdzie masz dostęp do prywatnych treści osób, których nawet nie zdążyłeś poznać, nie było w jego stylu. Takie przynajmniej sprawiał wrażenie.

– Chodź, już mówiłam Jankowi, że adoptujesz go na jakiś czas. Ucieszył się bardzo. Chciałby pisać, robić wywiady i w ogóle ambitniejsze rzeczy niż odbieranie telefonów od czytelników. Cieszę się, że mu to umożliwisz. Na pewno ci pomoże. Pomożesz, Janek, prawda? – krzyknęła głośniej w stronę biurka przy oknie. – To jest Nina Szklarska, redaktor prowadząca nasz serwis o zdrowym stylu życia, a to jest Jan Ogiński, mój pracowity stażysta.

– Jasne, że pomogę. Dzień dobry, Jan Ogiński. – Podał jej rękę i tak promiennie się uśmiechnął, że najchętniej wcale by jej nie wypuszczała. Nie był ładny, jak zapowiadała wcześniej Hania, był piękny! Miał w sobie coś takiego, że nawet Nina, która od kilku lat nie zwracała uwagi na żadnego mężczyznę poza swoim mężem – najpierw motyle w brzuchu, potem ciąża, hormony, karmienie i kolejna ciąża – tym razem swoją uwagę zwróciła. Był wysoki, szczupły, a z jego oczu biło ciepło, które zapewniało, że można się przy nim odprężyć. On się wszystkim zajmie.

– W takim razie chodź, szkoda czasu. Usiądziesz przy biurku Lucyny, która mi się rozchorowała. Spisałam najważniejsze zadania, wszystko ci wytłumaczę i wierzę, że sobie poradzisz. Hania cię bardzo chwaliła. – Wreszcie mogła oderwać od niego wzrok i popatrzeć na koleżankę.

– Nie narób mi obciachu. Mam obiecane dobre wino, jak się sprawdzisz!

– O, jak dobre wino wchodzi w grę, to muszę dać z siebie wszystko. – Wstał od stołu, chwycił plecak i poszedł za Niną do windy.

Niby tylko dwa piętra w dół, ale miała wrażenie, że ta podróż ciągnie się w nieskończoność. To zabawne, jak dziwną konstrukcją jest czas: kiedy dobrze się czujesz i bawisz, masz wrażenie, że całe godziny mijają szybciej niż minuta, a kiedy coś cię krępuje, męczy, trapi, boli, jedna minuta potrafi trwać całą wieczność.

– Studiujesz dziennikarstwo? – To było najprostsze pytanie, jakie przyszło jej do głowy. Gorszego zadać nie mogła, aż sama się nim zawstydziła, ale w biurowej sytuacji trudno o coś bardziej wyszukanego na początek. W końcu przez kilka najbliższych dni miał dla niej pracować. Powinna wiedzieć takie rzeczy.

Gdyby mogła w życiu robić to, na co ma ochotę, zapytałaby go, czy kawę pije z samego rana, czy może raczy się nią dopiero po śniadaniu? Jakie zapachy lubi, a które go drażnią? Jakiej muzyki słucha, gdy odpoczywa, a jakiej, gdy pracuje? A tak dowiedziała się tylko, że zrobił licencjat z socjologii, potem spędził rok na Erasmusie w Mediolanie i wrócił do Warszawy. Kończył właśnie magisterkę na dziennikarstwie. Odetchnęła, gdy dojechali na właściwe piętro i usłyszała dźwięk otwieranych drzwi. Potrzebowała powietrza.

***

W Rekreacji nie było tak tłoczno jak u Hani. Przy wysprzątanym na błysk biurku Lucyny wreszcie mógł się poczuć jak w domu. Nawet krzesło było całkiem wygodne. Przekazała mu listę zadań, potrzebne nazwiska i numery telefonów.

– Wszystko masz, w razie czego wiesz, gdzie mnie szukać. Lecę. Muszę wymyślić jakieś przełomowe rozwiązania, które zwiększą liczbę odsłon i rozkręcą Instagram, a nie jestem królową social mediów – ściszyła głos. To ten uśmiech i to spojrzenie zachęciły ją do spontanicznych zwierzeń. Zupełnie niepotrzebnie. – Zapomniałam! Kuchnia jest tuż za rogiem, w razie czego tam siedzi bardzo sympatyczna Martynka i możesz się do niej zwracać z każdą sprawą – zmieniła temat. Martynka rzeczywiście była niezastąpiona. Kiedy raz na ruski rok zachorowała albo wzięła kilka dni urlopu, całą redakcję ogarniała panika, bo tylko ona wiedziała, gdzie są przechowywane raporty, kiedy wychodzą przelewy, do kogo zadzwonić, gdy w drukarce zabraknie tonera, a do kogo, gdy potrzebna jest wypowiedź specjalisty do tekstu na temat tkanki tłuszczowej. Martynka miała odpowiedź na wszystko.

Zaproponował, że będzie się meldował raz dziennie, by omówić zadania, które właśnie wykonał. Odetchnęła z ulgą. W ciągu kilku lat pracy w redakcji nauczyła się jednego: obecność praktykanta wcale nie oznacza odciążenia. Niestety zazwyczaj to mnóstwo niepotrzebnych pytań, które nie mogą pozostać bez odpowiedzi, setki instrukcji, jakich trzeba udzielić, a przy tym niewiele korzyści. Bilans zysków i strat nie wygląda zachęcająco. Wszystko wskazywało na to, że tym razem będzie inaczej.

Usiadł i zaczął zapełniać biurko Lucyny swoimi rzeczami. Obok laptopa położył lustrzankę, pękaty zeszyt i kilka długopisów. Każdy w idealnym stanie. Widać, nie gryzł ich nerwowo w czasie pracy, jak miała to w zwyczaju Nina. Z plecaka wystawała już tylko *Lolita* Nabokova, którą najwyraźniej akurat czytał.

– To jest ta prezentacja, o której ci mówiłam. Znajdziesz tam główne założenia serwisu, cele na przyszły rok i zobaczysz, w jaki sposób komunikujemy się z czytelnikami. Po prostu rzuć na nią okiem. Pochodź sobie po serwisie, poklikaj, żebyś się zorientował, jak mniej więcej pracujemy. Właśnie! Sprawa z sugestiami działa w dwie strony: jeśli masz jakieś uwagi, coś byś zrobił inaczej, mów! Oczywiście to jest korpo, więc na wiele rzeczy nie mam wpływu i muszą zostać w takiej formie, w jakiej są, ale wbrew pozorom sporo można zmienić, więc śmiało krytykuj. – Przekazała mu wszystkie papiery. Jej wzrok zatrzymał się na otwartym plecaku.

– *Lolita*! Moja ukochana książka! – Oczy jej się zaświeciły. – Uwielbiam Nabokova!

– A ja, szczerze mówiąc, nie za bardzo. Świetnie pisze, owszem, ale to jest tak gęste, wręcz duszne jak wypełniony po brzegi poranny tramwaj na Marynarską. – Uśmiechnął się. – Każde zdanie jest przepakowane porównaniami, szczegółowymi opisami. Trzeba ogromnego skupienia przez cały czas, by niczego nie przeoczyć. Poczekaj, pokażę ci fragment, który akurat przeczytałem dziś w drodze do redakcji. Dosłownie jedno zdanie. Masz chwilkę?

Dla Nabokova zawsze miała. Nawet kilka chwil, a jeszcze z ust Janka?

– Czytaj!

– *Wrażenie wywołane tym, co ujrzałem w ułamku sekundy, muszę tu zawrzeć w szeregu słów; a kiedy tak fizycznie mnożę je na papierze, gdzieś się zatraca sam błysk, ostra jedność percepcji: skłębiona szmata w kratę, auto, starzec-manekin, pielęgniarka panny W., gdy z na wpół opróżnionym kubkiem w ręce wraca szeleszczącym kłusem na werandę z siatkami przeciw owadom w oknach – gdzie, jak można sobie wyobrazić, podparta poduszkami, uwięziona, niedołężna dama krzyczy piskliwie, lecz nie dość głośno, aby zagłuszyć rytmiczne ujadanie setera Starociów, który łazi między jedną grupką ludzi a drugą – od grona sąsiadów (bo już zdążyli się zgromadzić na chodniku przy strzępku kraciastej tkaniny) z powrotem do auta, które w końcu udało mu się osaczyć, stamtąd zaś do grupki na trawniku, złożonej z Lesliego, dwóch policjantów i tęgiego mężczyzny w okularach w szylkretowej oprawie. (Lolita).* To jest jedno zdanie. Ile tam się dzieje? Za dużo! Nie wiadomo, na czym skupić uwagę – podsumował.

– Ale widzisz to, prawda? Tę werandę z siatkami na owady, tych wszystkich ludzi, właśnie dzięki nagromadzeniu tylu szczegółów – stwierdziła, choć sama wspomnianej siatki na owady wcale nie widziała. W głowie pobrzmiewał jeszcze dźwięczny głos, który czyta słowo po słowie jej ulubioną książkę.

– Wolę Cortazara. *Gra w klasy* to zdecydowanie moja *Lolita*.

– Niech i tak będzie. Do roboty! – *Grę w klasy* czytała jakieś trzynaście, może już nawet piętnaście lat temu. W tamto pamiętne lato...

Boże! Nina! Skąd wytrzasnęłaś takiego przystojnego praktykanta?

Mail od Martynki już na nią czekał. No tak, nie tylko ona w mig dostrzegła walory Jana Ogińskiego.

Rozdział 2

[…] Patrzysz na mnie, patrzysz na mnie z bliska, jeszcze bardziej z bliska, oczy powiększają się, zbliżają do siebie, nakładają jedno na drugie, cyklopi patrzą sobie w oczy, łącząc oddechy, usta odnajdują się i łagodnie walczą, gryząc się w wargi, leciutko opierając języki o zęby, igrając wśród tego terenu, gdzie przelewa się tam i z powrotem powietrze, pachnące starymi perfumami i ciszą. Wtedy moje ręce zanurzają się w twoich włosach, pieszczą powoli głąb twych włosów, podczas gdy całujemy się, jakbyśmy mieli usta pełne kwiatów czy też ryb o szybkich ruchach, o świeżym zapachu.
I jeżeli całujemy się aż do bólu – jest to słodycz, a jeżeli dusimy się w krótkim, gwałtownym, wspólnie schwyconym oddechu – ta sekundowa śmierć jest piękna. Jedna tylko jest ślina, jeden zapach dojrzałego owocu, kiedy czuję, jak drżysz koło mnie niby księżyc odbijający się w wodzie […]

Julio Cortazar, *Gra w klasy*

Udało się! O matko, naprawdę to zrobiłam! Może powinnam się uszczypnąć i sprawdzić, czy to na pewno nie sen? Nie, to niemożliwe. Przecież nie zmrużyłam oka od kilku godzin i już na pewno tego nie zrobię, choćby nie wiem co. Nie zmarnuję teraz ani sekundy. W życiu tak rzadko zdarzają się chwile, kiedy wiesz, że to właśnie tu i teraz jesteś szczęśliwy. Dokładnie w tym momencie. Kiedy nie wzdychasz do wspomnień ani nie marzysz o tym, co dopiero się wydarzy. Rozkoszujesz się pojedynczą minutą, godziną, pochłaniasz je z każdym wdechem i czujesz, jak rozgrzewają cię od środka.

Czternaście lat temu, dokładnie we wtorek, czwartego lipca o godzinie piątej piętnaście nad ranem właśnie tak się czułam. Miałam ochotę krzyczeć, wierzgać nogami, a potem podskoczyć i parę razy klasnąć w dłonie, niczym sympatyczny grubasek z amerykańskiego filmu, kiedy dostaje wymarzoną pracę albo numer telefonu cycatej blondynki, o której marzył od szkolnej ławki. Powstrzymałam się jednak i celebrowałam ten moment w ciszy.

Obróciłam głowę w jego stronę. Delikatnie, lekko, tak, by go nie zbudzić. Leżał obok, a ja wciąż nie mogłam w to uwierzyć. Był piękny! Najpiękniejszy! Wyglądał jeszcze lepiej niż w mojej wyobraźni. Na początku pamiętałam go całkiem wyraźnie: ostro zarysowaną szczękę, młodą, gładką skórę, wielkie, niebieskie oczy. Ale już po kilku tygodniach obraz się rozmył, a rysy jego twarzy coraz bardziej przypominały kolegę, którego właśnie spotkałam w windzie, albo faceta z zatłoczonego autobusu. Kiedy

zrobił się podobny do jednego z moich wykładowców, zrozumiałam, że już po wszystkim. Że zniknął na dobre. To ciekawe, jak szybko z głowy ulatnia się obraz twarzy, kiedy jakiś czas jej nie widzimy. I nie ma znaczenia, jak bardzo się staramy i jak bardzo chcemy ją wyryć w pamięci. Po prostu znika. Wiedziałam, że tym razem będzie podobnie, dlatego chciałam zapamiętać jak najwięcej szczegółów, detali, niedoskonałości, które w jakiś magiczny sposób wydłużą proces wymazywania.
Spał spokojnie, odgarnęłam mu z czoła zbłąkany kosmyk i patrzyłam dalej. Ileż ja się musiałam na niego naczekać? Ile nakombinować?

Pierwszy raz pomyślałam o nim w ten sposób rok wcześniej. Siedział samotnie na werandzie i czytał *Imię Róży* Umberto Eco. Znaliśmy się od kilku lat, ale na zasadzie „kolega kolegi", i to dużo młodszy kolega, który sam obcina sobie włosy, znoszone trampki maże korektorem, a dziurawe T-shirty łata agrafkami. Mój różowy top z głębokim dekoltem, jeansowe szorty i stopy wysmarowane brokatem nijak się miały do jego bajki. Przynajmniej jeszcze przez kolejny rok.

— Dziwny wybór na wakacje — rzuciłam, wychodząc na papierosa przed dom, gdzie zabawa trwała w najlepsze. Bo wybór był rzeczywiście dziwny. Kiedy miałam szesnaście lat i wyjeżdżałam na wakacje, myślałam tylko o tym, gdzie można kupić wino bez dowodu, do którego klubu da się wejść z podrabianą legitymacją, a jeśli coś czytałam, to raczej był to Stephen King czy Nicholas Sparks, na pewno nie Eco.

— Masz zapalniczkę? — zapytałam, wyciągając z małej, czerwonej torebki paczkę papierosów.

— Zapałki.

— O, też dobrze. Chcesz papierosa? Niestety mam tylko vogue'i. Jeśli nie masz żadnych uprzedzeń do babskich papierosów, to proszę. — Wysunęłam w jego stronę białe pudełeczko w fioletowe maziaje.

— Może być. — Wyciągnął jednego i wrócił do czytania.

— Wiesz, że jeszcze przez to nie przebrnęłam? — Wskazałam na książkę.

— A ja sam nie wiem, czy mi się podoba.

Usiadłam kilka stopni niżej i rozkoszowałam się chwilą sam na sam z moim najlepszym wówczas przyjacielem – papieroskiem. Kochałam te fioletowe vogue'i i przez długie lata byłam im wierna. Żadne inne tańsze imitacje i cienkie nowości nie miały tego aromatu. Rozpoznałabym go wszędzie, w każdym stanie świadomości. Podpalałam więc papieroska i miałam dokładnie pięć i pół minuty tylko dla siebie. Na moment znikały wszystkie problemy, nie istniały sprawy do załatwienia, telefony do odebrania, rzeczy do przemyślenia. Jednak rzadko paliłam sama. Może dlatego te chwile były dla mnie wyjątkowe? W końcu papieros to rekwizyt socjalny. Ma w sobie coś, co rozwiązuje języki, przełamuje pierwsze lody, sprawia, że nawet obcy ludzie na te pięć i pół minuty stają się sobie bliscy. Tak się zdarzyło i tamtego wieczoru.

– Wolę książki, które od razu chwycą mnie za gardło, zaskoczą, wywołają wielkie „wow!", a tutaj tego nie było – odezwał się po chwili.

– Też jestem niecierpliwym czytelnikiem, nie lubię zbyt długo czekać na to, aż zostanę oczarowana. Nie jestem z tego dumna, ale szybko się nudzę.

Noc była ciepła i cicha. Wszechobecny spokój raz na jakiś czas przerywały dochodzące z domu piski i śmiech. Nikt nie odważył się do nas dołączyć na dłużej niż kilka minut, bo ciężar świata przedstawionego i narracji był nie do udźwignięcia po kilku piwach i skręcie. Skutecznie zniechęcaliśmy każdego śmiałka. I kiedy tak opowiadał mi o tym, co przeczytał, co mu się podobało, a co znudziło na śmierć, poczułam, że go chcę. Tak po prostu, bez żadnego konkretnego powodu. A może jeden by się znalazł: był inny niż wszyscy. Czytał, i to nie jakieś szmiry dla nastolatków. Pił wino, co prawda paskudne kwasidło, którego ja winem bym nie nazwała, ale dobrze, że miał już ten nawyk, a gust się z czasem wyrobi. Najważniejsze, że nie opijał się bezmyślnie wódką dla szybszego efektu, licząc jedynie „woltaż", ani nie wlewał w siebie hektolitrów piwska tylko dlatego, że było tanie i łatwo dostępne.

To przyszło nagle, tak po prostu, bez żadnej zapowiedzi. Spojrzałam na jego dłonie, kiedy podpalał kolejnego papierosa, i wyobraziłam sobie, że te długie, zgrabne palce wędrują po moim ciele. Czułam, jak rozczesują moje splątane włosy i delikatnie gładzą policzek. Kiedy lądują w okolicy ust, wybieram sobie jeden z nich, oplatam ciepłymi wargami i zaczynam ssać. Chcę, by wiedział, że to dopiero początek, że mam ochotę na więcej. Spojrzałam na jego lekko rozchylone wargi, w których trzymał papierosa. Były wilgotne i sprężyste. Chciałam poczuć je na swoich ustach, dowiedzieć się, jak smakuje. Ja podobno smakowałam winem, tytoniem i malinami, ale o tym powiedział mi dużo później.

Kamil, lekko otumaniony sporą dawką alkoholu, snuł dalej swoje wywody na temat powieści – tym razem padło na Reverte – nie miał pojęcia, że w mojej głowie właśnie ściąga koronkowy biustonosz i dociera do sterczących sutków: łapczywie zanurza je w ustach, ssie i podgryza na zmianę.

Niby niewinnie siedział na werandzie i sięgał po butelkę, ale dla mnie te same dłonie, które pod starymi, drewnianymi schodami usiłowały wymacać szklaną szyjkę, krążyły właśnie bez ładu i składu po moim ciele, jakby szukały właściwej drogi. Przebiegły szybko przez moje uda i wylądowały tam, gdzie czekałam na nie najbardziej. „Tutaj! Dotykaj mnie tutaj! Nie przestawaj!", prawie wyrwało mi się z ust. Czułam, że jestem gotowa, że płonę i ciężko będzie to powstrzymać, odwrócić, zapomnieć. Chciałam na moment odrzucić wszystkie konwenanse, zasady, nie zwracać uwagi na ludzi wokół, szybkim ruchem pozbyć się szortów, a później skąpych majtek i po prostu go dosiąść...

– Na mnie już pora. Jestem zmęczona – skłamałam, by w ostatniej chwili ratować sytuację. – Idę spać.

– Coś ty? Nie wygłupiaj się! Zostań ze mną jeszcze! Nie chcesz pogadać?

Chciałam, oj bardzo chciałam: gadać, całować, dotykać, lizać, ssać, smakować, leżeć, stać, siedzieć, być nad nim, pod nim, z tyłu, z przodu, z boku – wszystko. Ale nie dziś, nie teraz, za wcześnie. Niech przeczyta więcej, zobaczy, zwiedzi, przeżyje. Niech wypije lepsze wino i jak wino dojrzeje.

– Dobranoc – powiedziałam wbrew sobie i wstałam. – Na pewno jeszcze będzie okazja, żeby to powtórzyć. – Pocałowałam go w policzek na pożegnanie.

– No jasne! Dzięki za Kafkę i Dostojewskiego – krzyknął na pożegnanie. No proszę, zapamiętał te wszystkie mądrości, którymi się z nim dzieliłam w ostatnich godzinach. Ale już się nie odwróciłam. Po co kusić los? Wyjechałam następnego dnia z samego rana.

***

Skłamałabym, gdybym powiedziała, że czekałam na niego cały kolejny rok. To była jedna głupia noc, nic nieznacząca rozmowa, paczka papierosów i dwie butelki słabego wina. Ileż podobnych wieczorów spędziłam w ciągu tych trzystu sześćdziesięciu pięciu dni z innymi, bardziej lub mniej ciekawymi facetami? Ile godzin przegadałam, ile spotkań zakończyło się pośpiesznymi pocałunkami, a ile ogrzewaniem zmarzniętych dłoni między ciepłymi udami? Nie wiem, ale pewnie wiele.

Skłamałabym też, gdybym powiedziała, że zapomniałam. Nie umiałam tego w żaden logiczny sposób wytłumaczyć, ale przez cały czas Kamil nie dawał mi spokoju. Pojawiał się w snach, wracał, gdy na moment odcinałam się od rzeczywistości i niby bezmyślnie gapiłam się w okno w poszukiwaniu inspiracji do referatu z poetyki czy analizy kolejnego utworu z niekończącej się listy lektur. Kiedy kupowałam nowy sweter, byłam ciekawa, czy jemu się spodoba. Bez sensu, przecież nawet go nie zobaczy... Kiedy wchodziłam do księgarni, zastanawiałam się, którą książkę teraz czyta. Chciałam kupić tę samą, by mieć punkt zaczepienia, gdy kiedyś przypadkiem wpadnę na niego na ulicy. Bywały też dni, nawet całe tygodnie, gdy zupełnie o nim nie pamiętałam. Umawiałam się na randki, jeden romans zaczął się nawet niebezpiecznie przeciągać. Wtedy z nieba spadła mi Julia, przyjaciółka mamy. Odwiedzała nas przynajmniej raz w tygodniu i przy każdej wizycie śmiały się do łez. Trochę zazdrościłam im tej relacji. Kiedy się spotykały, każda z nich stawała się o piętnaście, nawet dwadzieścia lat młodsza. Przyjaźń to najlepszy lifting. Niestety ani nie najtańszy, ani nie najszybszy, bo buduje się ją całymi latami.

– Słuchaj, Nina, a może ty pojedziesz na kilka dni do Majki? – Złapała mnie wzrokiem.

– Ja?

– Tak, matka mówi, że zdałaś już wszystkie egzaminy, akurat odpoczniesz sobie nad rzeką. Jest Tomek, Adaś i chyba Kamil. Jak on się nazywa? Wyleciało mi z głowy... Wiecie, ten co był z nami w zeszłym roku nad jeziorem, tam koło Olsztyna – uparcie szperała w pamięci. – No patrz, jak on się

nazywa? Nie mogę sobie przypomnieć... Nina, ty też powinnaś pamiętać, dojechałaś do nas na kilka dni...
– Sadowski – rzuciłam niby od niechcenia.
– Sadowski! Tak jest! – ucieszyła się, że ktoś szybko przerwał tę mękę poszukiwań. Przypominanie sobie czyjegoś nazwiska to prawdziwa udręka! Grzebiesz w głowie i wciąż trafiasz na zły trop. Dasz sobie uciąć rękę, że zaczyna się na „D", a po godzinie niecelnych strzałów okazuje się, że mowa o Badowskim. Niby jest i „D", ale z pewnością nie na początku. – Jedź do chłopaków. Odpoczniesz kilka dni, a przy okazji rzucisz tam na nich okiem, co?

Nie zastanawiałam się ani chwili. Kamil Sadowski tam był. Mój Kamil! Od razu zaczęłam się pakować. Bo któż mógłby lepiej przypilnować grupy nastolatków niż ja? Kto umiałby lepiej zadbać o Kamila?

Tamtego wieczora wyrzuciłam wszystko z szafy i wyruszyłam na poszukiwania idealnego stroju. Miało być kobieco, kusząco, ale subtelnie: gigantyczne dekolty, push-upy i szorty krótsze od niejednych majtek to nie jego bajka. Przynajmniej wtedy tak myślałam, a dziś wydaje mi się, że dobry cycek i kawałek jędrnej pupy działa na każdego, bez względu na to, czy jest hydraulikiem, czy wykłada filozofię. Spojrzałam na swoje nogi: były blade jak ściana. Nic dziwnego, w czasie sesji wysiadywałam całe dnie w bibliotece, zamiast jeździć po mieście na rowerze i łapać promienie słońca. Wygrzebałam z dna kosmetyczki znienawidzony samoopalacz, którego nie używałam od wielu miesięcy. „Pachniesz jak zupka", podsumowała mnie któregoś dnia wykrzywiona Ola, najmłodsza córka Julii, kiedy układałam ją do snu. Przez chwilę zastanawiałam się, jaką zupką mogę pachnieć, a później poczułam, że samoopalacz już wszedł w reakcję z moją skórą. Cóż za trafne porównanie! Faktycznie pachniałam jak babciny rosół. Że też dzieci zawsze muszą być szczere do bólu? Od tamtej pory od „zupki" trzymałam się z daleka. Wolałam być blada jak ściana, ale pachnieć jak budyń waniliowy albo kawałek czekolady, a nie rosół. Raz jeszcze zerknęłam na nogi i zdecydowałam, że do rana je wyszoruję. Wezmę kilka razy prysznic i po sprawie.

W nocy długo nie mogłam zasnąć. Przewracałam się z boku na bok, w każdej pozycji było mi niewygodnie. Po głowie krążyły tysiące myśli: jak on teraz wygląda, czym się interesuje, co przeczytał w ciągu ostatniego roku. Wiedziałam, że warto sobie przygotować jakiś repertuar tematów, bo nogi – blade czy opalone – nie wystarczą. Przyda się pomoc Topora, Tolkiena, Bukowskiego czy innego Hellera. Co dalej? Fotografia! Wtedy wspominał, że lubi robić zdjęcia, w wolnych chwilach przegląda albumy, ma kilku ulubionych fotografów. Na tym zupełnie się nie znałam. Co prawda, jeszcze jako nastolatka zrobiłam kurs i chciałam rozwijać ukryte talenty, ale musiały być schowane bardzo głęboko, bo nigdy nie udało mi się do nich dogrzebać. Kiedy brodaty pan o niezwykle spokojnym usposobieniu usiłował mi wyjaśnić, z jakich części składa się aparat i co to jest ogniskowa, odpuściłam sobie na dobre. Ale w razie czego as w rękawie był: swoje godziny w ciemni odsiedziałam, dziesiątki zdjęć wywołałam, a to, że były do niczego, można przemilczeć. Tu się doda, tam podkoloruje i przyzwoitą historię da się z tego skleić. Widać już wtedy była we mnie dziennikarska żyłka. Zasnęłam spokojnie.

Następnego dnia dokończyłam pakowanie i wszelkie zabiegi pielęgnacyjne. By mieć całkowitą pewność, że zmyłam z siebie rosołową woń, pod prysznic wskoczyłam jakieś cztery razy, a na koniec wmasowałam w skórę solidną porcję masła o zapachu słodkich migdałów. W osiedlowym sklepie zaopatrzyłam się w kilka buteleczek arbuzowego bacardi, które w upalne dni było moim najczęstszym wyborem, jeśli chodzi o alkohol, i mogłam ruszać do boju! Pierwszą butelkę otworzyłam jeszcze w samochodzie. Wiedziałam, że tak zupełnie na trzeźwo mogę nie podołać, a lekki rauszyk rozluźni mnie i ośmieli.

– No proszę! Widzę, że wakacje pełną parą. – Piotr, mąż Majki, który zaoferował, że może mnie zabrać na miejsce, od razu się ożywił.

– W piątek zdałam ostatni egzamin. Byłam taka zmęczona, że nawet jednego piwa nie zdążyłam z tej okazji wypić. Uwierzysz w to? Cały czas spałam. Pierwszy raz coś takiego mi się zdarzyło.

– Czyli mamy podobny system nauki: last minute?

– Chyba dziewięćdziesiąt procent studentów praktykuje tę metodę. – Uśmiechnęłam się i przechyliłam butelkę. Chłodne bąbelki przyjemnie łaskotały język, a kiedy je połknęłam, pozostawiły po sobie słodki posmak. – Mam nadzieję, że nie masz nic przeciwko? Nie martw się, nie zamierzam się upić. Chciałam tylko symbolicznie spuścić z siebie powietrze.

– Coś ty? Sam bym się chętnie napił, gdybym nie musiał prowadzić. A jeszcze chętniej cofnąłbym się na studia.

– Żartujesz! Ja bym wszystko dała, żeby już mieć to za sobą i zacząć żyć. Zająć się ważnymi rzeczami. – Rozsiadłam się wygodnie.

– Czyli pracą na etacie, spłacaniem kredytu, pieluchami, lekarzami i zebraniami? Korzystaj, póki możesz! – udzielił mi rady, a ja zamierzałam z niej skorzystać. W stu procentach.

Od razu go wypatrzyłam. Stał zaraz za domkiem i przenosił cegły. Zmężniał, wyrósł, zdążył się opalić. Miał na sobie tylko wielkie rękawice, stare trampki i porwane, jasne jeansy, które zatrzymały się poniżej kości biodrowych. Nie przeistoczył się raptem w opasłego, wysypanego pryszczami nastolatka. Wprost przeciwnie, wyglądał lepiej niż Kamil, jakiego pamiętałam.

– O, widzę, że się nie lenią. Chcemy wybudować taki mały, ale porządny dom, bo nasz już się sypie – Piotrek próbował wyjaśnić, skąd się wziął ten cały plac budowy.

– Świetny pomysł! Zawsze macie tylu gości, że przyda się dodatkowa przestrzeń. Pomóc ci? Zabrać coś z bagażnika? Przygotować jedzenie? – zapytałam.

– Nie, daj spokój. Wszystko mam gotowe, zrobicie sobie grilla wieczorem. Tomek lubi dłubać w kuchni, co niestety po nim widać. Tomek, chodź tutaj! Przywiozłem jedzenie! – krzyknął na całe gardło.

– A piwo? – Na ripostę nie trzeba było długo czekać.

– A dowodziki są?

– Oj, tato, nie wygłupiaj się. Jedno piwo za dobrą robotę mógłbyś przywieźć! – Tomek podbiegł do samochodu. Rzeczywiście, w ciągu ostatniego roku zrobił się nieco okrąglejszy, ale nie wyglądał źle. Sprawiał wrażenie sprawnego i pełnego energii. – Nina! Nie wiedziałem, że będziesz! – ucieszył się na mój widok. Znaliśmy się od dziecka. Był dla mnie jak młodszy brat, którego nigdy nie miałam.

– Zostajesz z nami czy wracasz dzisiaj z ojcem?

– Zostaję. – Przytuliłam go na powitanie.

– Super! Napijemy się piwka.

– Słyszałem! – Piotrek zamknął bagażnik i wręczył Tomkowi sześciopak lecha. – Po dwa na głowę i na tym koniec. Nie ma żadnego jeżdżenia na rowerach do miasteczka. Zresztą i tak już wszystko będzie zamknięte.

Kamil przywitał mnie zwykłym „Hej!" – tak, jakby zapomniał o tamtej nocy. Zupełnie się tym nie przejęłam. Miałam przed sobą cały wieczór i całą noc. Wiedziałam, że tym razem mi nie ucieknie.

***

Jakieś dwie godziny później Piotr zostawił nas z krótką listą nakazów, zakazów i zadań do wykonania, a ja rozłożyłam się wygodnie w hamaku, który wypatrzyłam między dwiema starymi czereśniami. Zabrałam ze sobą różową buteleczkę i opasłe tomiszcze, które w ostatniej chwili wrzuciłam do plecaka, to była właśnie *Gra w klasy* Cortazara. Z góry wiedziałam, że ten wybór skazany jest na klęskę: bo niby jak skupić się na złożonej fabule, kiedy wokół dzieją się takie rzeczy? Ale przeszło mi przez myśl, że ta pozycja zrobi na Kamilu dobre wrażenie.

Z pewnością lepsze niż *Lesio* Chmielewskiej, którego rzeczywiście czytałam. Choć dziś w *Lesiu* nie widzę nic złego, ale jak człowiek młody, to myśli, że trzeba sięgać wyłącznie po literaturę z najwyższej półki, a przynajmniej takie sprawiać wrażenie.

Było piękne, upalne lato, a ja nie musiałam nic. Zdałam wszystkie egzaminy, leżałam z dobrą książką, drinkiem w ręku i dawałam się uwieść słodkiemu zapachowi kwiatów dzikiej róży. Moja aktywność ograniczała się do tego, by co jakiś czas przegonić ręką zbłąkaną pszczołę. Piętnaście metrów przede mną Kamil zasuwał bez koszulki i układał cegły. Czego chcieć więcej?

Obrałam następującą strategię: czytałam kilka stron, a potem robiłam krótką przerwę na inne przyjemności. Przyglądałam się, jak każdy mięsień jego ciała napina się i pracuje. Wyobrażałam sobie, że zamiast ciężkich cegieł unosi do góry moje uda i opiera je o ścianę domu. Patrzy na mnie wielkimi, niebieskimi oczami i sprawia, że czuję się tak, jakbym była naga, nie mogła niczego ukryć. Kiedy napięcie sięga zenitu, nachyla się jeszcze bliżej i wilgotnymi ustami dotyka moich ust. Zaczyna powoli, ale robi to łapczywie, głęboko, jakby chciał mnie pożreć w całości. Jakby całą wieczność przymierał głodem i liczył na to, że to właśnie ja go nakarmię. Jego miękkie wargi poruszają się coraz szybciej, a język odwiedza każdy zakamarek moich ust. Nagle między udami wyczuwam ciepłą dłoń. Ten jeden prosty gest doprowadza mnie do szału. Czuję, że koronkowe majtki robią się wilgotne. A on trzyma dłoń w tym samym miejscu i tylko delikatnie ją uciska. Chcę więcej, chcę wszystko, chcę teraz!

To właśnie wtedy postanowiłam przejąć inicjatywę. Nie przyszło mi to łatwo. Nigdy nie byłam jedną z tych kobiet, które zalotnie się uśmiechają, rozbierają mężczyzn wzrokiem i wysyłają czytelne sygnały. Zawsze chciałam taka być, wtedy wszystko w życiu przychodziłoby mi dużo łatwiej, ale nie byłam. Po prostu. Co zrobić? Jeśli w ogóle udawało mi się wysłać jakikolwiek sygnał, to zazwyczaj był on sprzeczny z intencją. Kiedy ktoś wpadł mi w oko, natychmiast wchodziłam w dziwną rolę, której w żaden sposób nie da się wytłumaczyć. Unikałam kontaktu wzrokowego, dotyku, uciekałam bez pożegnania. W jednej chwili traciłam całą pewność siebie i znowu stawałam się małą dziewczynką, której trzeba poświecić uwagę, uwieść słodkim cukierkiem, zaczarować barwną historią.

Dziś podobno niewiele lepsza ze mnie flirciara, ale chociaż tej pewności siebie nie tracę. Mimo wszystko wolałam i wolę być uwodzona. Zawsze bardzo czekam na to pierwsze, porozumiewawcze klepnięcie po ramieniu czy przytrzymanie dłoni w czasie opowiadania anegdoty, na te nienaturalnie wydłużone spojrzenia. Lubię, kiedy na pożegnanie ktoś przytula mnie delikatnie i chwilę głaszcze po plecach. Raptem, zupełnie niekontrolowanie, serce zaczyna bić mocniej, a każdy oddech coraz ciężej złapać. I wiesz, że już niedługo, już za chwilę on znajdzie okazję, by się nachylić i swoimi niecierpliwymi ustami dotknąć twoich ust.

Ale nie Kamil, nie wtedy. Przecież nawet nie przyszłoby mu do głowy, że mam na niego ochotę. Kilkanaście lat temu związki z młodszymi facetami nie były jeszcze czymś tak popularnym i atrakcyjnym jak teraz. Poza tym umówmy się, to dotyczy raczej relacji: ona – między trzydziestką a czterdziestką, on – jakieś dwadzieścia pięć lat, a nie studentka i licealista. W tym wieku z pozoru nic nieznaczące pięć lat różnicy to przepaść! Dwie osoby na zupełnie innych etapach życia. Owszem, wizja kusząca, ale raczej dla dojrzewających chłopców, nie studentek, które znacznie chętniej fantazjują o wykładowcach. Ale ja jakoś nie fantazjowałam, dlatego opróżniłam butelkę do końca, by dodać sobie odwagi, zamknęłam tę nieszczęsną *Grę w klasy* i krzyknęłam:

– Zrobiłam się potwornie głodna! Czy możemy coś z tym zrobić?

Tomek chętnie rzucił wszystko i wziął się za przygotowywanie grilla. Mnie powierzył warzywa:

– Masz, dziewczyny zawsze chcą robić sałatki. Może coś z tego wykombinujesz. Mnie wystarczy porządny kawał mięcha, opiekany chleb i piwo. Właśnie! Wstawisz piwko do lodówki, jak będziesz w kuchni? Położyłem na podłodze i zapomniałem.

Wstawiłam i dorzuciłam jeszcze kilka swoich buteleczek, które były dla mnie jak magiczny eliksir na odwagę. Jak się za to w ogóle zabrać? Powiedzieć coś? Zrobić? Jak mu pokazać, że przyjechałam tu dla niego? Nie miałam pojęcia. Postanowiłam niczego nie planować i pójść na żywioł, zobaczyć, jak sytuacja się rozwinie.

Na szczęście rozwinęła się szybciej, niż myślałam...

Siedzieliśmy przy kominku i oglądaliśmy gwiazdy. Nigdy wcześniej ani później nie widziałam prawdziwego kominka z cegły, który stał w ogrodzie. Może wybudowali go już myślą o nowym domu? A może po prostu pełnił funkcję grilla? Nie pamiętam, zresztą nic mnie to wtedy nie obchodziło. Adaś smacznie spał, Tomek zapalił jointa i odpłynął, a ja powoli wprowadzałam w życie swój plan i sypałam kolejnymi tematami, które przygotowałam sobie poprzedniej nocy. Kamil połknął haczyk. Nie od razu, musiałam się nagimnastykować dobrą godzinę, żeby zobaczyć ten błysk w oku, ale w końcu „kupiłam" go swoimi symbolami u Kafki i innymi parabolami.

– Muszę iść na siku – przerwałam wywód, gdy pęcherz przepełniony bacardi dał o sobie znać.

– Pójdę z tobą. Mam latarkę. – Podniósł się. Żeby dostać się do „toalety", która przypominała latrynę z obozów harcerskich, trzeba było pokonać jakieś sto dwadzieścia, może sto pięćdziesiąt metrów. W ogrodzie nie było żadnego oświetlenia, więc abstrahując już od tego, co mi chodziło po głowie, jego towarzystwo było na wagę złota. Od dziecka bałam się ciemności, a ta z dala od świateł wielkiego miasta przerażała mnie jeszcze bardziej. Szliśmy noga za nogą między drzewami czereśni i wysoką trawą. Cykady przygotowały dla nas ciekawy repertuar, a ja modliłam się w myślach, by rozochocony nocnymi godami chrabąszcz nie zdecydował się na mały skok w bok pod moją koszulkę albo nie zaplątał się we włosach zwabiony światłem latarki.

– Powiem ci coś. Tylko się nie gniewaj, proszę, w gruncie rzeczy to jest komplement – zaczął. – Nie znam cię dobrze, nie powinienem oceniać, ale zawsze mi się wydawało, że jesteś ładną, pustą dziunią, która lubi drogie ciuchy i nie wiem... sushi. Ale spotykamy się przypadkiem już drugi raz i drugi raz rozmawia mi się z tobą tak, jak z nikim. – Był tak podekscytowany swoim odkryciem, że wymachiwał latarką w każdą stronę tylko nie w tę, w którą trzeba.

– Jest taki problem: ja lubię sushi! – zażartowałam i zniknęłam za rozsypującymi się drzwiami „toalety". Przez moment próbowałam zebrać myśli, ale ze względu na zapachy to nie było najlepsze miejsce. Ucieszyłam się ogromnie – mój plan działał. W drodze powrotnej postanowiłam, że nie ma na co czekać, że równie dobra okazja może się nie powtórzyć. Wspięłam się na palce i najzwyczajniej w świecie go pocałowałam. Chyba pierwszy raz w życiu zrobiłam to z własnej inicjatywy. Choć nie, gdy byłam mała, podobno chłopcy bali się wychodzić na podwórko, gdy słyszeli mój donośny głos, bo latałam za nimi i wszystkich obcałowywałam. Gdzie się podziała ta odwaga? Zrobiłam to delikatnie i powoli. Tak, by wybadać sytuację. Poczułam jego ciepłe usta. Rozchylił je delikatnie i pozwolił, bym zanurzyła się głębiej. Jeszcze do mnie nie dotarło, co się dzieje, nie zdążyłam oszaleć ze szczęścia, kiedy Kamil odsunął się o kilka centymetrów, chwycił mnie za ramię i powiedział:

– Nie mogę. Przepraszam. Bardzo bym chciał. Co ja mówię? Zajebiście bym chciał! Nawet nie masz pojęcia, jaki to dla mnie komplement. Nina Pokorska – bo tak jeszcze wtedy miałam na nazwisko – właśnie mnie pocałowała! Nie wierzę!

– Cicho! Tomek cię usłyszy!

– Nina, ale ja nie mogę. Naprawdę, bardzo cię przepraszam – zawahał się przez moment, a ja stałam w milczeniu i czekałam. – Jest taka jedna dziewczyna. Zakochałem się. Nie wiem, czy coś z tego będzie, długo już za nią łażę i staram się, a na razie niewiele z tego wynika, ale pojawiło się światełko w tunelu. Nie mogę teraz tego spieprzyć – mówił szybko i głaskał mnie po twarzy, jakby nie wiedział, co zrobić z rękoma. Denerwował się. A ja? Cóż, właściwie w ogóle mnie to nie ruszyło. Spodziewałabym się, że jeśli coś pójdzie nie po mojej myśli, po tylu miesiącach wyczekiwania i godzinach spędzonych na przygotowaniach, porażka mnie rozłoży na łopatki. Ale nie rozłożyła. Nie wzięłam pod uwagę wariantu, że przecież on może mieć dziewczynę. Prosta sprawa, temat zamknięty. Liczyło się tylko to, że chciał. Widziałam to w jego oczach, czułam, gdy mnie dotykał. W tamtej chwili to było najważniejsze. Rozmawialiśmy jeszcze chwilę i wróciliśmy do Tomka. Coś opowiadał, ale nie pamiętam ani słowa. Nie słuchałam, nie widziałam, nie było mnie tam.

– Przyniosę jeszcze piwko. Chcesz to swoje różowe paskudztwo? – Kamil uśmiechnął się tak,

że trudno było mu nie odpowiedzieć tym samym. – Tomek, piwko czy masz dość?
– Ja to bym się teraz napił tej twojej pigwówki.
– Zapomniałem o niej! No jasne, że pigwówka! Nina?
– Nie, dzięki, zostanę przy swoim. Zawsze, jak dam się ponieść i mieszam to i owo, następnego dnia bardzo żałuję. Dawaj arbuzowego drina – zadecydowałam.

Wszystko wróciło do normy: Tomek po kilkunastu minutach znowu się odciął i zatopił w muzyce, a my gadaliśmy o wywoływaniu zdjęć – o czym, rzecz jasna, nie miałam pojęcia, ale szłam w zaparte, że to uwielbiam i robię w każdej wolnej chwili. Kiedy raz weszłam do tej rzeki, trzeba było płynąć z jej nurtem, bez względu na to, jaki miał być finał historii. Ale finał okazał się całkiem przyjemny.

Jakiś czas później wyszliśmy wszyscy na niewielkie wzniesienie tuż obok, żeby popatrzeć w rozgwieżdżone niebo. Już zapomniałam, że z dala od warszawskich neonów i spalin wygląda zupełnie inaczej – widać na nim wszystko! Zatopiłam się w ciszy, spokoju, wdychałam zapach lata: drewnianego domu, trawy, słodkiego groszku, rozgrzanej ziemi. Nagle poczułam, jak od tyłu obejmują mnie dwie ręce. Jego ręce. Te, na które tak długo czekałam. Zamknęłam oczy. Chciałam, by ten moment trwał jak najdłużej, najlepiej całą wieczność. Chciałam czuć na sobie jego dłonie, oddech, bicie serca. Chciałam zasnąć obok i szczelnie się nim otulić. Tomek nawet nie zauważył w tym niczego dziwnego. Może to efekt miksu: pigwówka z piwem plus trawka, a może odebrał to jak zwykły „siostrzany" gest, bo czasem i on mnie przecież przytulał. Ale nigdy w ten sposób. Odwróciłam się i wyszeptałam:

– Dzisiaj śpisz ze mną.

To nie było pytanie ani też żaden rozkaz czy żądanie. Jedno spokojnie wypowiedziane zdanie, które zakładało, że tak po prostu będzie i tyle. Że żadne miłości, zobowiązania, obietnice czy zasady nie mają teraz znaczenia. Jestem tylko ja, on i ta jedna ciepła noc, którą za kilka godzin przegoni nieunikniony świt.

Jakieś dwadzieścia minut później schowaliśmy się w domu. Był niewielki, ale tak zagospodarowany, że mogło w nim spać nawet dwanaście osób.

Malutkie pokoiki oddzielone były od siebie kawałkami starych koców zawieszonych przy suficie. Wokół unosił się charakterystyczny zapach: starego drewna i kurzu. Wszędzie bym go rozpoznała. Wielka rozkładana kanapa, na którą rzuciłam rzeczy tuż po przyjeździe, zupełnie nie nadawała się na schadzkę. Właściwie całe pomieszczenie było jednym wielkim zaprzeczeniem słowa „intymność", a wspomniane łóżko znajdowało się w samym centrum wydarzeń: każdy, kto miał ochotę wyskoczyć na zewnątrz na siku czy sięgnąć do tyciej kuchni po szklankę wody, musiał przejść obok niego.

– Zapraszam na moje salony. – Kamil uśmiechnął się i odchylił koc do najmniejszego pokoju, jaki kiedykolwiek widziałam. Lokowano tam zbłąkanych singli albo niezapowiedzianych gości, którzy planowali wstąpić na chwilę, ale po grillu i paru piwach nie mogli wsiąść za kółko i wrócić do domu.

Włączył lampkę luźno zwisającą przy oknie i spojrzał na mnie.

– Śpijmy tutaj. Tomek jeszcze siedzi na zewnątrz i pali. – Pocałował mnie, a jego ręce lądowały kolejno na moim karku, we włosach, na szyi, plecach, pośladkach, udach, jakby sam nie wiedział, co z nimi zrobić. Od czego zacząć. Kiedy dotarł do stanika, przez dłuższy czas nie był w stanie go rozpiąć. Wyciągnęłam obie ręce do tyłu i sprawnym ruchem pozbyłam się muru, który dzielił nas od kolejnej dawki przyjemności.

– Trochę lepiej sobie z tym poradziłaś.
– Robię to kilka razy dziennie od wielu lat. Myślę, że bez względu na to, jakie masz doświadczenie, nie możesz ze mną konkurować – chciałam dodać mu otuchy.

W jego ruchach wyczuwałam lekką niepewność, widziałam ten rumieniec na twarzy, kiedy przekraczaliśmy kolejny etap zabawy i nie wiedziałam, czy to jego pierwszy raz, czy może ma to już dawno za sobą. Każdy dojrzewa, eksperymentuje, zakochuje się w swoim czasie.

Kamil tamtej nocy miał siedemnaście lat. Prawie. Swoje urodziny świętował kilka tygodni później. Trudno było powiedzieć, jaka była jego historia, a przecież pytać nie wypadało. Poza tym, jakie to miało znaczenie dla przebiegu wydarzeń? Chyba żadnego. Mimo wszystko postanowiłam ułatwić mu nieco zadanie, sprawić, by poczuł się pewniej.

Rzuciłam go na mikroskopijne łóżko, a sama wylądowałam tuż nad nim. Jego członek sterczał już na baczność, jakby zapraszał mnie do zabawy. Odgarnęłam włosy z twarzy, przerzuciłam je za ramię i zanurzyłam go powoli w ustach tak, by z każdej strony poczuł moje ciepło. Koniuszkiem języka kreśliłam na jego najczulszym punkcie tajemnicze znaki, które tylko on byłby w stanie odczytać. Podobało mu się. Czułam to w każdym oddechu, ruchu, dotyku. Zęby schowałam bezpiecznie za wargami i zanurzyłam go głębiej.

– Jestem za bardzo podniecony. Długo tego nie wytrzymam. – Zatrzymał mnie i spojrzał porozumiewawczo.

– Spokojnie, mamy jeszcze kilka godzin. Zdążysz się zregenerować – wyszeptałam, ale postanowiłam nie kontynuować. Chciałam go poczuć w sobie, a nie miałam pewności, że po pierwszej fali rozkoszy najzwyczajniej w świecie nie zaśnie. Budzić go? Nie miałabym serca. Pożegnałam się z jego męskością delikatnym muśnięciem, jakie składa się na policzku znajomego, uniosłam się nieco wyżej na przedramionach i po prostu go dosiadłam.

Czułam, jak wchodzi we mnie milimetr po milimetrze i wypełnia sobą od środka. Próbowaliśmy znaleźć rytm, który będzie dobry dla nas obydwojga, ale to okazało się dużo trudniejsze, niż myślałam. Jego dłonie bez ładu i składu błądziły po moim ciele: palce wbijały się w pośladki, a chwilę później lądowały na skaczących nad jego głową piersiach. Ach! Jakież ja miałam wtedy piękne cycki! Wielka szkoda, że w wieku dwudziestu czy dwudziestu paru lat tak rzadko zdajemy sobie sprawę z tego, jak perfekcyjne są nasze ciała. Skupiamy się na wyimaginowanych niedoskonałościach: tu za dużo, tam za mało, to w ogóle do niczego się nie nadaje, a potem patrzymy na stare zdjęcia i wzdychamy z zachwytu.

Powoli zaczynało do mnie docierać, co się dzieje. Świadomość, że Kamil Sadowski patrzy na mnie w taki sposób, jakbym w tamtym momencie była całym jego światem, nakręcała mnie jeszcze bardziej. Zamknęłam oczy i dałam się prowadzić własnemu ciału. Nasz pierwszy raz nie trwał długo. Nie wiem nawet, czy to było kilkanaście, czy kilka minut. Nie był też szalenie namiętny, dziki, rozdzierający i ciało, i duszę. Nie zakończył się obezwładniającą falą rozkoszy. Ale dla mnie był wtedy najlepszy na świecie, bo z nim. Od razu zasnął, jak wcześniej założyłam w swoim scenariuszu, a ja spokojnie leżałam obok i próbowałam uwierzyć w to, co się przed chwilą stało.

Rozdział 3

I dlatego właśnie wymyślili małżeństwo i przysięgę wierności, iż wiedzieli, że nic na świecie nie pasuje tak źle do siebie jak kobieta i mężczyzna.

Marek Hłasko, *Brudne czyny*

Maciej Szklarski wyróżniał się z tłumu. Trudny – to było pierwsze słowo, jakie przychodziło Ninie na myśl po latach wspólnego życia. Ambitny, ciekawy i seksowny, ale cholernie trudny. Każdy dzień u jego boku był jedną wielką niespodzianką i różnił się od poprzedniego. Nie szło się w tym wszystkim odnaleźć, a kiedy jakimś cudem się udało, Maciek znowu zmieniał zdanie. Może dlatego tak chętnie lądowała z nim w łóżku? Z rozmarzeniem wspominała te miesiące, gdy jeszcze byli we dwoje. Kochali się codziennie i poświęcali sobie nawzajem dużo uwagi. Szybko nauczył się jej ciała, wiedział, gdzie i jak dotknąć, by zobaczyć ten grymas, który zapowiada intensywny orgazm.

– Jeszcze jeden! – prosiła z uśmiechem na twarzy, gdy po kilku minutach wracała na Ziemię. Lubiła te wieczory i poranki, w których poświęcał uwagę jej ulubionej części ciała – łechtaczce i pieścił ją tak, jak lubiła: nie za mocno, rytmicznie, stopniowo podkręcając tempo wibrujących na niej palców.

– Teraz, teraz! Jeszcze chwilkę! Już go czuję! Już zaraz! Nie przestawaj! Tak! Tak! Tak! – zwijała się pod nim z błogim uśmiechem. – Jeszcze jeden? – pytała, gdy tylko doszła do siebie.

– Nie, dość tego, ty mały zboczeńcu! Idziemy jeść śniadanie. – Rzucał w nią poduszką i wychodził z sypialni.

– To sama dokończę! Też mam rączki – śmiała się zza ściany, ale zwykle była już tak głodna, że na groźbach się kończyło.

Teraz trzeba było szybciej załatwiać sprawy, jeśli chciało się mieć jakiekolwiek życie erotyczne w domu. Obydwoje kochali ten mały pieprznik: klocki porozrzucane po całym mieszkaniu, na których rano stawało się bosą stopą (aua!), wieczory z playlistą, otwieraną przebojem *Była sobie żabka mała*, a zamykaną *Kółkiem graniastym* – z obowiązkowym układem tanecznym. Jednak bardzo małe dzieci, sztuk dwie, na jakiś czas osłabiają życie erotyczne. Najzwyczajniej w świecie jest na to mniej czasu, miejsca i okazji, a więcej zmęczenia, czasem wręcz skrajnego wyczerpania.

– Chodź do mnie, szybciutko! Czekam w łazience! – Obudziła go w sobotni poranek. Uwielbiała te dni, kiedy nie trzeba było spieszyć się do przedszkola, żłobka, pracy, tylko na zupełnym luzie wziąć gorący prysznic, a potem w spokoju wypić równie gorącą kawę. Dobrze spała całą noc, obudziła się rześka, pełna energii. Grzechem byłoby tego nie wykorzystać.

Myślała, że nie dołączy, że w łóżku będzie mu zbyt ciepło i przytulnie, by z niego wychodzić. Zaskoczył ją. Po kilku minutach drzwi się otworzyły i na białej framudze, tuż nad podłogą nie ujrzała małej rączki, tylko silną dłoń, znacznie wyżej. Wszedł do maleńkiej kabiny prysznicowej i stanął tuż obok. Odwrócił ją tyłem do siebie i bez słowa włożył w nią dwa palce.

– No proszę. Już jesteś gotowa! – Pozytywnie go zaskoczyła. Wiedział, że nie będzie trzeba marnować czasu na rozgrzewkę, tylko od razu można wziąć się do roboty. Lubił konkret: w pracy, w treningu, w życiu prywatnym. Nie cackał się. Wykonał jeden pewny ruch i już był w środku. Okręcił ją tak, by nie opierała się o szkło, tylko o ścianę pokrytą kafelkami. Nie chciał obudzić dzieci. Nina wspięła się na palce, by ułatwić mu dostęp. Chwycił ją za biodra i docisnął do siebie tak mocno, że pisnęła, jak mała Japonka z pornosów, które czasem oglądał w łazience na iPhonie. Pewnie myślał, że Nina o tym nie wie.

– Ciii! – wyszeptał jej do ucha i powtórzył ruch. Miała wrażenie, że przy każdym pchnięciu wchodzi coraz głębiej. Zatkała sobie usta dłonią, by nie krzyczeć.

– Wyskakuj, mała, tu będzie za ciasno – zdecydował i rozsunął drzwi kabiny prysznicowej. Posłusznie podeszła do zlewu. W lustrze zobaczyła jego odbicie. Był przystojny, męski, a jasne, piaskowe włosy łagodziły ostre rysy twarzy. Złapał jej łydkę i podciągnął do góry. Stopę oparła o stojącą pod zlewem szafkę.

– O tak! Teraz możemy działać! – Klepnął wypięte w górę pośladki i znowu się wdarł się do środka. To były szybkie, mocne pchnięcia. Przyjemność mieszała się z bólem: w końcu znał jej ciało jak nikt inny. W kulminacyjnym momencie odskoczył, a Nina poczuła, jak ciepła strużka spływa po jej pośladkach. Wiedziała, że Maciek kocha swoje dzieci ponad wszystko, ale dwoje mu na razie w zupełności wystarcza. Nie chciał ryzykować.

***

Maciej Szklarski już w dzieciństwie nauczył się tego, że jeśli czegoś chcesz od życia, to sam musisz to zdobyć. Słuchał, podglądał i uczył się od tych, którzy w danej dziedzinie życia mu imponowali. Był cierpliwy i łatwo się nie poddawał, a porażki go nie zniechęcały – wprost przeciwnie – motywowały do tego, by szukać innego rozwiązania i podjąć kolejną próbę.

Dzięki tym cechom właściwie wszystko, za co się brał, prędzej czy później było uwieńczone sukcesem. Miał świetne wyniki w nauce przy stosunkowo niewielkim nakładzie pracy, doskonale radził sobie z dziewczynami, nawet tymi najpiękniejszymi i najchłodniejszymi – twierdził, że na każdą jest sposób, trzeba tylko poznać zasady gry. Uprawiał różne sporty, by być sprawnym, zwinnym i mieć siłę, bo na warszawskiej Woli wszystkie te cechy były na wagę złota. Na studia poszedł do Szkoły Głównej Handlowej – twierdził, że trzeba studiować coś praktycznego. Chciał pracować ciężko, ale krótko, by drugą połowę życia zostawić sobie na przyjemności.

– Chcę przejść na emeryturę tuż po czterdziestce. Kupić sobie nie za duży jachcik i żeglować: zimą po Karaibach, latem w okolicy Wysp Kanaryjskich – mówił znajomym.

Już na pierwszym roku studiów zrozumiał, że jeśli chce to marzenie zrealizować, warto się przenieść na zagraniczną uczelnię, zdobyć jak najwięcej doświadczenia i dopiero wtedy wrócić do kraju. Pomysł od razu przekuł w plan: siedem miesięcy później wylądował w London Business School, a wieczorami i w weekendy dorabiał sobie w barze obok domu. To było dla niego idealne miejsce: nie dość, że starsze panie po kilku lampkach wina chętnie zostawiały napiwki, to z tymi nieco młodszymi można było przyjemnie poflirtować. Zaplanował, że tuż po studiach, zanim rozkręci się na dobre w pracy, zrobi sobie roczną przerwę, typowy amerykański *gap year*, i będzie podróżował po świecie. Indie,

Nowa Zelandia, Ameryka Południowa, Kanada – w każdym z tych miejsc spędzi kilka miesięcy, by dobrze je poznać, naprawdę poczuć, a nie obejrzeć jak typowy turysta. Niestety nie zdążył. I choć już wszystko było dopięte na ostatni guzik, a pierwsze bilety – do New Delhi – kupione, zanim odebrał dyplom, dostał propozycję nie do odrzucenia: pierwszy poważny kontrakt w City. Odłożył wyjazd o rok, potem o jeszcze jeden i kolejny. Za każdym razem, kiedy informował firmę, że odchodzi, dostawał tak dobre warunki, że tylko idiota by nie skorzystał. Po siedmiu latach wrócił do Polski.

Początki nie były łatwe. Przywykł może i do powierzchownych, za to pozytywnych i przyjemnych relacji z ludźmi. Zapomniał, że na pytanie „Co u ciebie?" można odpowiedzieć więcej niż jednym zdaniem, a zagadywanie kobiet w windzie czy saunie może być odbierane jako coś niestosownego. Minęło jednak kilka miesięcy i na nowo pojął zasady gry. Potrafił już wyczuć, co można, a czego lepiej nie robić poza gronem sprawdzonych przyjaciół.

W jego życiu miłosno-erotycznym nigdy nie wiało nudą. Sztukę uwodzenia miał w małym palcu. Poza codzienną praktyką na uczelni, w pracy, w bibliotece, na siłowni czy w sklepie – jednym słowem wszędzie, gdzie akurat był – postawił jeszcze na teorię. Przeczytał kilka pomocnych książek, które wyszły spod piór różnych *pick up artists* i korzystał z życia pełnymi garściami. Czasem robił seksualny detoks i skupiał się wyłącznie na sobie, a wszelkie podrywanie ograniczał do momentu, gdy dostawał numer telefonu. Innym razem budował z którąś ze swoich zdobyczy coś na kształt stałego związku, bo jak każdy człowiek, tak i on potrzebował spokoju, serialu w łóżku i ciepłych kapci.

W pewnym momencie zmęczył go ten stan rzeczy. Chciał zmiany. Jednak każda kolejna kobieta to dodatkowy wysiłek, czas i pieniądze, a tych dwóch ostatnich nie lubił marnować. W życiu zawodowym osiągnął wreszcie taki pułap, który go satysfakcjonował: otworzył własną agencję HR i szukał perełek, które marzyły o karierze w segmencie finansowym w City czy na Canary Wharf. Sporo podróżował, bo sam organizował sobie czas pracy, a z potencjalnymi kandydatami i tak najczęściej spotykał się na Skypie. Do pięknego scenariusza brakowało tylko równie pięknej damy, która z wdziękiem odegrałaby przypisaną jej rolę.

Kiedy poznał Ninę, od razu wiedział, że to ona. Pierwszy raz zobaczył ją podczas jednego z górskich wypadów. W Bieszczadach odbywał się akurat słynny Bieg Rzeźnika. Co prawda Maciek nie miał ani pakietu, ani partnera, a to warunek konieczny, by pokonać blisko osiemdziesięciokilometrową trasę, mimo wszystko postanowił pojechać i spróbować szczęścia. Walczył nawet wtedy, gdy nikt inny nie widział szans na zwycięstwo. I wygrał! W biurze zawodów czekało na niego ogłoszenie:

Szukam partnera na start, mój ma poważną kontuzję. Jestem przygotowany na 11 h, ale mogę biec wolniej. Dostosuję się, Wojtek.

O większy fart byłoby trudno: nie dość, że Wojtek miał pakiet, to jeszcze był całkiem przyzwoitym zawodnikiem! Na metę przybiegli poniżej zakładanego czasu, a oprócz medali czekała na nich Nina z dyktafonem.

– Panowie, wielkie gratulacje! – Podeszła po kilku minutach, gdy ochłonęli i zaczęli zdejmować zabłocone buty. – Wiem, że jesteście zmęczeni, ale bardzo chciałabym wam zadać kilka pytań.

To zajmie dosłownie dziesięć minut. Jako łapówkę przyniosłam zimne piwko i pierogi. Jedzcie, pijcie, a ja obiecuję, że zaraz znikam. Rzadko się zdarza taka fajna przypadkowa para. Chciałabym o was napisać. To jak? Pomożecie?

Pomogli i to jak! A właściwie Maciek pomógł, bo Wojtek potrzebował kilku godzin, by dojść do siebie.

– Zimne piwo na mecie to był strzał w dziesiątkę. Marzyłem o tym przez ostatnie dwadzieścia kilometrów – podziękował raz jeszcze.

– Też o tym myślę, kiedy już nosem czuję metę. Albo w czasie kryzysu, kiedy najchętniej zeszłabym z trasy. Wyobrażam sobie, co dobrego zjem, gdy dobiegnę, i czuję smak tego zimnego piwa na deser.

Zostawił swój adres mailowy z prośbą, by podesłała mu link do materiału. Dwa tygodnie później oddzwonił pod numer znaleziony w stopce, by podziękować za tekst.

– Lepszej pamiątki nie mógłbym mieć – stwierdził. – Co powiesz na weekendowe wybieganie w Kampinosie i piknik w ramach podziękowań ode mnie i od Wojtka?

– Super! Wojtek też będzie? Fantastycznie!
– Wojtka nie będzie. Na Mazurach ma takie trasy, że go nie skusimy, ale też się bardzo ucieszył. Myślisz, że sam ci nie wystarczę? – podpuszczał.
– Możemy spróbować. To co, sobota?

Po pikniku, w następnym tygodniu, zabrał ją na nocne testowanie czołówek na Bemowie, ale wtedy tak łatwo już jej nie wypuścił. Pocałował ją, nim uciekła do samochodu. Pachniała wiatrem i całkiem przyjemnym dla nosa płynem do płukania tkanin.

– Pewnie jestem piekielnie słona – wyszeptała.
– Raczej piekielnie słodka. Ciężko mi się będzie od ciebie odkleić. – Pocałował ją raz jeszcze. – To jak? Idziemy jutro do kina? Jest parę fajnych filmów, spisałem kilka propozycji, mam wszystko w samochodzie, możesz wybrać.
– O proszę, widzę, że ktoś się przygotował! W takim razie chyba nie mam wyjścia!

Maciej Szklarski działał szybko, a w jego życiu nie było miejsca na przypadki. Dwa tygodnie po pierwszej oficjalnej randce zaproponował, by się do niego wprowadziła, a kilka miesięcy później niespodziewanie zapytał:

– Chciałabyś mieć ze mną dziecko?
– Ale już? Teraz? – Takiego tempa się nie spodziewała.
– A kiedy? Przecież dobrze nam razem, życie zawodowe mamy ułożone, na co czekać? Ja bym chciał mieć z tobą przynajmniej troje. Trzeba brać się do roboty, bo nie mamy dwudziestu lat.

Nie musiał jej długo namawiać. Zakochała się w nim od pierwszego wejrzenia, a każdy kolejny tydzień we dwoje tylko utwierdzał ją w przekonaniu, że to na niego czekała. Na nikogo innego.

– Czasem mam wrażenie, że jakiś były facet chce się na mnie zemścić – wyznała najbliższej przyjaciółce Paulinie, gdy raczyły się winem.

– Co ty pleciesz?

– Podstawił mi, wypisz wymaluj, kogoś takiego, o kim zawsze marzyłam i za kilka miesięcy, kiedy się zakocham na zabój, powie: „A masz, suko, za swoje!" – śmiała się. – Ja po prostu nie wierzyłam, że możesz w życiu spotkać dokładnie kogoś takiego, jak chcesz. Tak zazwyczaj zaczynają się thrillery o psychopatach. Tylko patrzeć, jak mnie zaraz czymś zaskoczy!

– Nie myśl za dużo, tylko ciesz się każdą chwilą. Chociaż pewnie ma jakieś trupy w szafie i jeszcze je wyciągnie. Tak to już niestety z nimi wszystkimi jest – westchnęła Paulina. – Ale ja tam się twoim szczęściem cieszę, bo dajesz nadzieję, że jeszcze i mnie coś miłego w życiu spotka.

Wymarzony Maciek oczywiście wady miał jak każdy i pewnie dla wielu kobiet byłyby one zupełnie nie do przejścia, ale psychopatą się nie okazał. Wprost przeciwnie: dla Niny i tak był najlepszym mężczyzną, jakiego mogła sobie wyobrazić. Lena przyszła na świat po ich pierwszej rocznicy. Obydwoje zwariowali ze szczęścia, choć nie spodziewali się, że trafi im się egzemplarz, który tak bardzo nie lubi spać i wymaga ciągłej uwagi. Jakoś dzieci znajomych potrafiły czasem spokojnie poleżeć i dać rodzicom pogadać, zjeść, napić się kawy. Przy Lenie przez wiele miesięcy nie było chwili na oddech. Jeśli drzemała, to krótko i na rękach albo na zewnątrz, w czasie spaceru. Nie było mowy o tym, by zrobić sobie przerwę na książkę i relaks na ławce. Mała od razu wyczuwała, że wózek stoi i podnosiła rączki ku przestrodze, jakby komunikowała: „Ruchy! Ruchy! To jest pierwsze ostrzeżenie. Zaraz zacznę krzyczeć!".

Przez pół roku Nina nie mogła zostawić jej na dłużej niż dwie i pół godziny, bo butelka była „be" i tylko maminy cycek mógł ją wykarmić. Do fryzjera umawiała się w weekendy i zawsze pod domem, by Maciek mógł podskoczyć na karmienie, jeśli farbowanie się przedłużyło. Ale i tak najgorsze były te nieprzespane noce. Niby nic wielkiego, niby da się z tym żyć, a do permanentnego zmęczenia można się przyzwyczaić, jednak po kilku miesiącach zaczyna się tracić rozum. Już nie wiadomo, co wydarzyło się naprawdę, a co się tylko wydawało. Człowiek robi się rozdrażniony, nerwowy i marzy tylko o tym, by choć na chwilę się położyć i nic nie musieć. Postanowili zgodnie: jedno dziecko w zupełności wystarczy. Tydzień później zapach przypraw, które Nina zawsze uwielbiała, stał się nie do zniesienia, a po ośmiu miesiącach do Leny dołączyła Zuza.

I choć lekko nie było, miała wrażenie, że dopiero przy dzieciach rozkwitła.

– Nawet nie masz pojęcia, jakie to uczucie, kiedy idę po Lenę do przedszkola, ona bawi się w najlepsze i raptem rzuca zabawki na podłogę, zostawia koleżanki, leci do mnie i wczepia się jak miś koala – próbowała kiedyś to opisać Paulinie podczas niedzielnych plot przez telefon. – Ale jest trudniej, nie ma co się oszukiwać. Nie pamiętam, kiedy ostatnio tak po prostu zaległam z książką na kanapie i wiedziałam, że mam bite dwie godziny tylko dla siebie. Ja już nawet nie pamiętam, kiedy ostatni raz się nudziłam. Teraz po prostu zawsze jest coś do zrobienia. Nie wiem, jak to jest możliwe, żeby cztery osoby, w tym dwie tak małe, produkowały tyle ubrań i brudnych naczyń. Mam wrażenie, że non stop piorę, suszę, zmywam, zamiatam, odkurzam, nastawiam wodę, wycieram, a ja chciałabym się czasem bezmyślnie pogapić przez okno albo przekartkować „Zwierciadło".

– To zapraszam do mnie! Nie chcę cię załamywać, ale wstałam dziś o jedenastej trzydzieści i jeszcze się nie wykąpałam. Na śniadanie zjadłam kilka suszonych morelek, bo mi się nie chciało nic robić, a teraz właśnie oglądam *Seks w wielkim mieście*. Po raz czwarty lecę od pierwszej serii.

– Zamień się ze mną na jeden dzień!

– Nina, ja się chętnie zamienię na zawsze! Nawet nie masz pojęcia, jak mam dość tych kretyńskich randek z Tindera, kaca i kiepskiego seksu.

Chciałabym się zakochać, jestem już gotowa na te pieluchy, kaszki i inne cuda, tylko naprawdę nie ma w kim...

Maciej Szklarski z kolei nudzić się nie chciał. Tęsknił za to za beztroskimi podróżami, wielkimi wyzwaniami i trudnymi warunkami, w których musiałby się zmierzyć z własnymi słabościami. Czasem w nocy nie mógł zmrużyć oka, nie dlatego, że Zuza upominała się o mleko – tego nigdy nie słyszał, a przynajmniej tak twierdził. W głowie kreślił plan, który pozwoliłby mu się zrealizować, poczuć tę adrenalinę, podniecenie, strach na nowo.

– Wyobrażasz sobie, że dziewczynki kiedyś się od nas wyprowadzą? – Nina rzuciła podczas jednej z wieczornych kąpieli.

– Już odliczam dni.

– Nie gadaj bzdur!

– Nie gadam. Osiemnaście lat skończone, dziękuję, do widzenia i wracam do życia. Wyjadę na rok w Himalaje, przepłynę kajakiem Atlantyk, a tak co najwyżej mogę się przebiec po Kampinosie.

Wiedziała, że to tylko głupie gadanie. Czego by o Maćku nie mówić, był świetnym ojcem i kochał swoje córki jak szalony. Niektórych kolegów wręcz śmieszyło jego zaangażowanie w sprawy rodzinne. Od pierwszych dni ich życia zmieniał pieluchy, szykował kaszki, obcinał paznokcie, zabierał dzieci na wycieczki, zabawiał, gdy Nina potrzebowała chwili dla siebie. Tęsknił, gdy wyjeżdżał na kilka dni, ale równie mocno tęsknił za wyzwaniami. Chciał znowu wyjść poza strefę komfortu i udowodnić samemu sobie, że może więcej. Najbardziej ciągnęło go w góry. Nina uwielbiała sposób, w jaki na nie patrzył. Dzięki niemu i ona choć w małym stopniu była w stanie pojąć, dlaczego niektórzy tracą dla nich głowę.

– Nie ma drugiego miejsca, gdzie możesz być tak blisko natury. Czujesz to powietrze? Widzisz to niebo? Te chmury? Popatrz na tamten szczyt: u nas jest słońce, a tam burza i wichura – powtarzał za każdym razem, gdy udało im się wspiąć nawet na niewielki szczyt w Karkonoszach. – Tu nie ma znaczenia, co posiadasz, ile zarabiasz i jakie studia skończyłeś. Liczy się to, kim jesteś, jaki masz charakter, sprawność, ale nawet i to nie do końca. Silna głowa czy ciało nie mogą cię uratować przed siłą natury. To ona decyduje o tym, co się z tobą stanie. Może cię w każdej chwili zmiażdżyć. W każdej. Cholernie pociągająca wizja! – opowiadał często.

***

Poniedziałki od kilku lat były najtrudniejsze. Dziwnym trafem wszystkie firmy właśnie na początku tygodnia uświadamiały sobie, że potrzebują świeżej krwi. Maciek tonął w mailach od samego rana i do późnych godzin nocnych wisiał na telefonie. Nina z kolei, poza „bieżączką", musiała zaplanować działania na kolejne dni. Od miesięcy obiecywała sobie, że będzie to robić w piątek, przed wyjściem z redakcji, ale jeszcze ani razu jej się nie udało. Ratunkiem była Ania. Trafiła do nich z ogłoszenia na Facebooku. Kiedy Lena skończyła pół roku, Nina postanowiła wrócić do pracy. Nie na pełen etat, nie do redakcji, ale kilkanaście godzin w tygodniu, biurko w domu albo w kawiarni na dole kamienicy – czemu nie? Wiedziała, że to jej dobrze zrobi. Pośpiech zgodził się bez specjalnego namawiania, trzeba było tylko wszystko sprawnie zorganizować. Na pomoc jednej i drugiej babci można było liczyć, ale wieczorami i w weekendy, pierwsza jeszcze pracowała, a druga mieszkała za daleko.

Nina zaczęła szukać niani: najpierw wśród znajomych, a gdy to nie przyniosło pożądanego efektu, na własną rękę. Trafiła na grupę na Facebooku dla mam i dodała ogłoszenie. Wrzuciła zdjęcie całej rodziny, zabawny opis i jeszcze tego samego dnia dostała dwanaście ofert! Odpisała na każdą, choć osiem z nich nie nadawało się nawet do tego, by organizować spotkanie. Za to cztery były w porządku.

Ania w tej czwórce się nie znalazła. Wpadła do folderu „Tak śmieszne, że aż pokażę koleżankom". Młoda, piękna, włosy do pasa, a idealna czarna kreska na powiece sugerowała, że codziennie sporo czasu spędza przed lustrem.

– Zobacz, na pewno wezmę taką do domu i podstawię pod nos Maćkowi! – Nina śmiała się w czasie lunchu z Pauliną. Ale coś ją tknęło: sama była wrogiem oceniania ludzi po wyglądzie. Pierwsze skojarzenia? „Będzie się tylko czesać, malować. Jak z tymi długimi włosami do dziecka? No i najważniejsze: skąd ona ma niby wiedzieć, jak zmienić pieluchę?". Przełamała się: zadzwoniła do Ani, zaprosiła ją na spotkanie i dwa tygodnie później dziewczyna miała tę pracę. Była po prostu najlepsza – każda matka to czuje. Jako jedyna od razu po wejściu umyła ręce i wyciągnęła Lenkę z łóżeczka. Pieluchy zmieniać umiała, bo rodzice uraczyli ją niespodzianką w postaci siostry, gdy skończyła szesnaście lat, a włosy związała. Przychodziła dwa, trzy dni w tygodniu, na kilka godzin, ale szybko stała się członkiem rodziny. Dla Niny była przyjemną odskocznią od zmęczonych mam na placu zabaw i rozmów o tym, ile to już słów ich dzieci są w stanie powiedzieć, w jakich językach rozumieją polecenia i jak ładnie sobie radzą z widelcem. Ania na szczęście nie bardzo chciała rozmawiać o kolorze i konsystencji kupek. Zdecydowanie lepiej się czuła w temacie butów, torebek i korektorów pod oczy, które świetnie kryją, ale nie powodują efektu maski.

– Pokaż mi swoją kosmetyczkę – poprosiła któregoś dnia, gdy Nina marudziła, że nie umie sobie zrobić idealnych kresek na powiece.

– Nie jest źle. Masz kilka fajnych rzeczy, ale musimy iść na zakupy. Przyda się dobra baza, korektor i rozświetlacz. Od razu się odmłodzisz i nie będzie widać, że jesteś niewyspana. Kupimy też dobry eyeliner. Zobaczysz, że one same rysują. Lenkę weźmiemy ze sobą. Niech się uczy od kołyski. Możesz jutro? – Nina wiedziała, że dobrze zrobiła, nie ulegając pierwszemu wrażeniu, a w każdy poniedziałek utwierdzała się w słuszności swojej decyzji. Również w ten listopadowy, kiedy wpadła do domu głodna i tak zmęczona, jakby to był ostatni dzień tygodnia. Nie pierwszy.

– Mogę jeszcze godzinę zostać. Chcesz się przebiec? – padło pytanie, gdy tylko Nina pojawiła się w drzwiach.

– Nie, dziękuję, nacieszę się dziewczynkami. – Usiadła w zimowej zbroi na dywanie i zaczęła układać duplo. Zuzka od razu wpakowała jej się na kolana i podała białego króliczka, ulubiony element z całego zestawu.

– Aniu, a czy mogłabyś wpaść jutro tak z samego rana? Przebiegłabym się jeszcze, zanim małe wstaną, a dziś już sobie daruję. – W głowie szybko układała plan, który połączy ze sobą wszystkie wątki. – Szósta trzydzieści byłaby idealna, dasz radę?

– Pewnie! A co ja mam innego do roboty? Pouczę się tutaj, zanim się obudzą.
– Wiesz, że cię kocham?
– Jak córkę? – zapytała i nadstawiła policzek do całowania.
– Wolałabym „jak siostrę"! Aż tak staro wyglądam?
– Nie, wyglądasz świetnie, ale powinnaś mieć trochę czasu dla siebie, a nie tylko praca i dom.
– Chcesz zostać na kolacji? Dzisiaj będzie, uwaga: pieczony kalafior, topinambur i dorsz.
– Co? Topimambur? Pierwsze słyszę. Znowu jakieś twoje nowości. – Przewróciła oczami. W kuchni Niny wiele razy jadła coś po raz pierwszy.
– To-pi-NAM-bur – przesylabowała. Nie martw się, dla mnie to też będzie debiut.
– To ja pomogę! No i chciałabym z tobą o czymś pogadać...
– O nie! Wyjeżdżasz? Chcesz mieć inną pracę? Co się stało? – Nina zamarła.
– Nie! Nigdzie nie wyjeżdżam. Trochę mi głupio, ale nie mam tutaj żadnej koleżanki, która mogłaby mi mądrze doradzić... Poznałam kogoś – ściszyła głos i nerwowo układała kolorowe klocki.

– Nie wierzę! Nareszcie! I co? I co? – Nina ucieszyła się tak, jakby właśnie słuchała o pierwszej miłości swojej córki. Tfu! Siostry.

– Nie no jeszcze nic właśnie. Po prostu poznałam kogoś, kto mi się bardzo podoba – kontynuowała nieśmiało.

– No dobra, jak na ciebie to krok milowy. Gdzie poznałaś? Kto to jest? Opowiadaj!

– Mamo, pats! – Lena podstawiła jej pod nos budowlę, która przypominała kolorowy, koślawy domek z piękną palmą w ogrodzie.

– Brawo! Piękny domek! Myślisz, że możemy tę panią wpuścić do środka? – Nina podała jej do ręki ludzika z blond kitkami.

– Mozemy. – Zadowolona z faktu, że udało się odciągnąć mamę od rozmowy, złapała ludzika w rączkę i wepchnęła go przez dziurawy dach do środka.

– Na razie nie ma co opowiadać. Tak naprawdę niewiele o nim wiem poza tym, że strasznie mi się spodobał. Ma w sobie coś takiego, że… chciałabym częściej go widywać. Nie wiem, czy wiesz, o co mi chodzi. Ciężko to określić – próbowała zebrać myśli.

– Jasne, że wiem! To świetnie! Dobry znak. I w czym jest problem? – dopytywała Nina.

– Nie zwrócił na mnie jakiejś szczególnej uwagi. Zastanawiam się, czy nie wziąć sprawy w swoje ręce. Wiesz, mogę znaleźć jakiś powód, żeby się z nim spotkać. Jest starszy, oczytany, mógłby mi pomóc w nauce. Chociaż nie wiem, czy to dobry pomysł, bo zauważy, że do teatru nie chodzę, a ostatnią książką, jaką przeczytałam, było *Pięćdziesiąt twarzy Greya*.

– Nie wygłupiaj się. Oni wszyscy lubią wchodzić w rolę mentora. Lubią być potrzebni. Jak masz pomysł na luźną zaczepkę, która sprawi, że może się domyśli, ale jest na tyle delikatna, że w razie czego uda ci się wykręcić, to działaj! Ja byłam wstydliwa, zawsze czekałam, bo to nie wypada, tamto też nie i wiele fajnych okazji przeszło mi koło nosa. Dopiero z wiekiem do mnie dotarło, że nie warto się przejmować tym, co oni pomyślą. Zobacz, co ryzykujesz? Co najgorszego może się wydarzyć? Że nic z tego nie wyjdzie? Jeśli nic nie zrobisz, być może już nigdy go nie spotkasz i też nic z tego nie będzie, czyli skończy się tak samo.

– Też prawda... – przytaknęła.

– Im jestem starsza, tym bardziej to do mnie dociera. Szkoda, że nie można się cofnąć o dziesięć czy piętnaście lat z tym stanem świadomości, który mam teraz. Ale z cyckami i pupą sprzed lat! Koniecznie! Zupełnie inaczej bym rozegrała pewne sprawy – rozmarzyła się.

– Czyli nie bać się? – Ania wyraźnie szukała wsparcia.

– Pewnie, że się nie bać! – Sama dobrze wiedziała, że najfajniejsze wspomnienia zawdzięcza temu, że kiedyś odważyła się działać. – Życie jest za krótkie, żeby się przejmować tym, co ktoś pomyśli. Mówię ci – podsumowała i wreszcie ściągnęła z siebie płaszcz. – Chodź do kuchni, wszystko przygotowałam rano, trzeba tylko wymieszać olej rzepakowy z przyprawami, polać nim warzywa, zamieszać i wstawić je do piekarnika. Rybę zrobimy na parze. Wyciągnij ją, proszę, z lodówki. Masz wszystko?

– Tak. Na ile stopni piekarnik? – Ania nie była mistrzem patelni.

– Góra-dół, dwieście stopni, dwadzieścia minut, a ja idę na chwilę do sypialni. Znajdę ci parę książek.

– Wariatka. Wiedziałam, że do ciebie można się z tym zwrócić.

Po kilku minutach Nina wróciła z naręczem książek. Był tam Irving, Bukowski, Atwood, nawet Tolkien.

– *Hobbit*? Oszalałaś? – wykrzywiła się Ania. Pozostałych autorów nie znała.

– Tak i od tego zaczniesz. Fantastyka pobudza wyobraźnię, a wbrew pozorom to jest bardzo przyjemna bajeczka. Zobaczysz. Ja już zacieram ręce na myśl, że za parę lat będę mogła czytać Tolkiena dziewczynom do snu.

– Kamil? Kto to? Nigdy nie słyszałam. – Ania zaczęła wertować *Hobbita*.

– Jaki Kamil?

– „Dla Niny! Mam nadzieję, że jak będę czytać ci tę oto wspaniałą książkę, będziesz przepełniona szczęściem i pozytywną energią. Kamil. P.S. Wiem, że to żałosna dedykacja..."

– Pokaż! O, matko! Nie wiedziałam, że to mam!

– Kim jest Kamil?

– Kiedyś ci opowiem. Teraz bierzemy się za rybę. – Wzięła książkę do ręki i spojrzała na dedykację. Znała ten charakter pisma. Zabawne zawijasy przy niektórych literach. – Ten Kamil to dowód na to, że trzeba brać sprawy w swoje ręce – podsumowała i udała się do lodówki po dorsza.

Rozdział 4

Już nigdy nie będzie takiego lata...
Nigdy papieros nie będzie tak smaczny,
a wódka taka zimna, pożywna.
[...]
Słońce nie będzie już tak cudnie wschodzić, zachodzić.
Księżyc nie będzie tak pięknie wisiał.

Świetliki, *Filandia*

Nie spałam całą noc, ale kiedy masz dwadzieścia lat, możesz nie spać nawet kilka z rzędu. Nie dość, że zmęczenie nie zarysuje się bezlitośnie na twojej twarzy, to samopoczucie też zbytnio na tym nie ucierpi. Przewracałam się z boku na bok przez parę godzin i wdychałam słodki zapach jego skóry. Nie myślałam o tym, co będzie dalej, chciałam, by czas potwornie długo się ciągnął i dał mi szansę jeszcze popatrzeć, poczuć, posmakować. To niesamowite, jak intensywnie potrafimy przeżywać każdą chwilę, kiedy wiemy, że nic więcej na nas nie czeka. Nie było mi z tego powodu smutno ani źle.

Wprost przeciwnie, miałam wrażenie, że świadomość tymczasowości intensyfikowała wszelkie doznania.
– Hej! – Obudził się w pewnym momencie. Do domu już jakiś czas temu wkradło się sporo światła. – Długo spaliśmy?
– Nie, jakieś pięć godzin – nie przyznałam się do swojej bezsenności. – Jest dziesięć po siódmej.
– Super, mamy jeszcze dużo czasu, autobus mam o jedenastej. Jak się czujesz?
– Dobrze. Nawet bardzo dobrze.
– Nie spodziewałem się aż tylu atrakcji. Dziękuję. – Pocałował mnie delikatnie w policzek, potem w szyję. – Wskoczyłbym pod prysznic. Pójdziemy razem? Będzie cieplej.
Prysznic, podobnie jak toaleta, też był ciekawym miejscem. Bardzo prowizoryczny natrysk został zamontowany na tyłach domu, z każdej strony otaczały go krzaki, nie było żadnej kabiny ani folii. Woda długo grzała się w bojlerze, więc zazwyczaj chodziło się myć parami lub grupami. Lubiłam te babskie prysznice z moją mamą i Mają, kiedy można było trochę poplotkować, pośmiać się z własnego ciała, dowiedzieć czegoś od dojrzałych, fajnych kobiet.

Nagość zbliża ludzi, sprawia, że relacje od razu wskakują na inny poziom, dlatego od zawsze lubiłam rozmowy w saunie. Nie chroni cię żaden pancerz ani maska, proszę bardzo – oto jesteś w pełnej krasie taki, jakim stworzyła cię matka natura. Nie wiedzieć czemu, nadzy jesteśmy bardziej szczerzy, prostolinijni.

– Chodźmy. – Sama marzyłam o tym, by na moment wskoczyć pod strumień ciepłej wody i spłukać z siebie mieszankę wczorajszych zapachów.

Wyjęłam z torby wielki, miękki ręcznik i cała się nim owinęłam. Złapałam szampon, klapki i więcej mi do szczęścia nie było trzeba. Miałam wszystko.

Powoli otworzyłam stare, skrzypiące drzwi, tak, by nikogo nie zbudzić. Uderzył mnie przeszywający chłód. Poranek był rześki, ale już po kilku krokach szok minął. Wyszłam na werandę i wzięłam głęboki wdech. Lubię to uczucie, kiedy z samego rana wciągasz do płuc świeże, wręcz ostre powietrze. Na początku lekko cię odurza, a potem czujesz nagły przypływ energii.

– Wszystko mam, idziemy! – Wyciągnął do mnie rękę. Wyglądał jeszcze lepiej niż wieczorem: lekko zaspany, z każdym włosem w inną stronę i pogodnym, żółtym ręcznikiem luźno zawieszonym na biodrach. Seks w czystej formie! Wysoka, dawno nieskoszona trawa była wilgotna i przyjemnie łaskotała stopy podczas krótkiego spaceru. Powiesiłam ręcznik na jednym z krzaków i wskoczyłam pod prysznic w nadziei, że o tej porze roku woda i tak będzie ciepła – Można wchodzić! – zakomunikowałam. Obydwoje schowaliśmy się pod niewielkim strumieniem. Wylałam odrobinę szamponu na dłoń i wtarłam go we włosy.

– A może ja umyję ciebie, a ty mnie? – Podał mi butelkę z mydłem w płynie i zaczęła się przyjemna zabawa. Jeszcze raz mogłam pieścić każdy kawałek jego ciała i pozwalać, by dotykał mnie tam, gdzie od dawna chciałam czuć właśnie te palce, żadne inne. Co jakiś czas przerywaliśmy przyjemne rytuały i przychodził czas na pocałunki, które raz lądowały na drugich ustach, a kiedy indziej na brodzie, uszach, brzuchu. Słodkie igraszki przerwała nagle fala zimnej wody. Odskoczyłam, gdy na skórze poczułam tysiące małych szpilek. Dwie minuty później stałam grzecznie opatulona w ręcznik i wyżymałam z włosów nadmiar wody.

– Zimno? – zapytał i przytulił mnie mocno.

– Przeżyję, ale zobacz, tam jest słońce. Wyjdziemy na chwilę? – Wskazałam wzniesienie, na którym kilka godzin temu podziwialiśmy gwiazdy i, nie czekając na odpowiedź, ruszyłam przed siebie. Usiedliśmy na trawie i pozwoliliśmy, by – wciąż jeszcze delikatne promienie słońca – lekko nas ogrzały.

– Żałuję, że muszę wyjechać, wiesz? – Spojrzał na mnie.

– Nie myśl tak o tym. I nie miej żadnych wyrzutów sumienia. To było tylko między nami, to tylko nasza sprawa. – Uśmiechnęłam się, choć sama tak naprawdę pierwszy raz poczułam wtedy smutek. Nagle dotarło do mnie, że może niepotrzebnie to wszystko sprowokowałam. Że gdybym nie przyjechała, nie uwodziła go i nie pocałowała, nadal żyłabym sobie spokojnymi mrzonkami, a za jakiś czas zupełnie bym o nim zapomniała. A tak zapomnieć będzie dużo trudniej.

– Dlaczego mnie chciałaś? – zapytał nagle. – To był taki kaprys? Pomysł chwili? Bo wiesz, to, że ja chciałem, to oczywista sprawa. Aż mi wstyd, jak pomyślę, że najpierw odmówiłem.

– Nie, to nie był kaprys. Pamiętasz, jak się poznaliśmy w zeszłym roku? Już wtedy wiedziałam,

że to się musi wydarzyć. Po prostu. – Mogłam grać w otwarte karty i powiedzieć mu wszystko. To nie miało już żadnego znaczenia.
– Dlaczego?
– Nie wiem. Nie umiem tego wytłumaczyć. Chociaż... może dlatego, że byłeś inny niż wszyscy.

Kamil wyjechał zaraz po śniadaniu. Tomek odprowadził go na przystanek, a ja zostałam z Adasiem. Zaczęłam sprzątać, żeby zająć czymś ręce, ale bardziej przydałoby mi się coś, co zajęłoby moją głowę. Kiedyś gdzieś słyszałam: „Jeśli chcesz przestać o kimś myśleć, po prostu idź z nim do łóżka". Gówno prawda! Pewnie powiedział to jakiś facet i do tego na pewno nie miał dwudziestu lat. Ja w każdym razie tamtej nocy owo zainteresowanie dopiero odnalazłam.

Kiedy skończyłam zmywać naczynia, wyniosłam gruby materac przed dom i położyłam się na trawie obok Adasia. Był upalny dzień. Promienie słońca delikatnie podszczypywały każdy centymetr skóry, który wyłaniał się spod koszulki i szortów. Na błękitnym niebie powoli przesuwały się puchate chmury. Nigdy nie miałam okazji beztrosko się w nie wpatrywać i zastanawiać, co swoim kształtem przypominają. Takie zabawy znałam tylko z książek i filmów. W centrum, jeśli już coś odgadywaliśmy, to raczej marki samochodów przejeżdżających obok domu. Nabrałam chęci, by zaproponować Adasiowi zabawę z chmurami, ale od rana był tak pochłonięty lekturą jakiejś książki, starannie owiniętej w beżowy papier, że nie widziałam na to sporych szans.

– Co czytasz? – zapytałam.

– *Harry'ego Pottera*. Zobacz, przeczytałem już osiemdziesiąt stron, a dopiero dzisiaj zacząłem. Dobrze, że mam trzy tomy – odpowiedział z błyskiem w oku i pokazał mi, ile kartek ma już za sobą. Jakie to rozkoszne, że w dzieciństwie najbardziej cieszysz się z ilości przeczytanych stron, a treść schodzi na dalszy plan. Ważne, by lekko wchodziło. Choć akurat *Harry'emu Potterowi* niczego bym nie zarzuciła, ale wtedy go jeszcze nie znałam.

– Muszę przeczytać wreszcie tego Pottera. – Rozłożyłam się wygodnie, wyciągnęłam discmana i składankę, którą nagrałam sobie kilka tygodni wcześniej.

– Nie czytałaś? Musisz! To nie jest tylko dla dzieci. Pożyczę ci, jak skończę pierwszą część – Adaś szybko znalazł rozwiązanie i wrócił do lektury, a ja odpłynęłam.

Targały mną mieszane uczucia. Z jednej strony cieszyłam się jak nastolatka i mimo zmęczenia miałam ochotę tańczyć, śpiewać, zadzwonić do Pauliny i o wszystkim jej opowiedzieć. W końcu udało się coś, co sobie wymyśliłam tak dawno temu! Z drugiej strony byłam wściekła sama na siebie. Po co mi to było? Po co mąciłam w głowie sobie i jemu? Choć pewnie sobie znacznie bardziej. Mężczyźni jednak inaczej do tego podchodzą, szczególnie młodzi. Przynajmniej będzie miał co opowiadać kolegom. W końcu chętna studentka, która sama z własnej woli wskakuje ci bez majtek do łóżka, to piękna historia. A ja jakoś nie przewidziałam konsekwencji. Nie założyłam tego, że kiedy wyjedzie, świat nie wróci do poprzedniego stanu, tylko zrobi się pusty i bezbarwny. Wszystko straci smak. Wyszłam z założenia, że chodzi o tu i teraz, i na tym trzeba się skupić. Nie obchodził mnie ciąg dalszy. Wolałam przerwać na: „Rycerz pocałował księżniczkę i żyli długo i szczęśliwie". Tyle tylko, że to ja pocałowałam rycerza, który właśnie odjechał na swoim rumaku zwanym pekaesem.

Jeszcze tego samego wieczoru przyjechała Majka z Piotrkiem, jej sąsiadka z córkami, a potem dotarła nawet moja mama z Julią i Olą. Nie było chwili, by zatopić się w myślach i popaść w melancholię, choć miałam na to ogromną ochotę. Przyjemnie jest odciąć się od wszystkiego i dać ponieść emocjom, które obezwładniają na początku nowego romansu. Nie spać, nie jeść, zapomnieć kluczy, założyć skarpetki na lewą stronę. Tym razem nie było na to czasu, a raczej przestrzeni. Od rana do wieczora zajadaliśmy się różnymi smakołykami i śmialiśmy do łez. Pogoda dopisywała, więc codziennie chodziliśmy nad rzekę. Co prawda pływać nie bardzo się dało – woda była zimna, a nurt wartki – ale chętnie się moczyliśmy. Lubiłam te leniwe godziny spędzone na rozmowach, rozwiązywaniu krzyżówek, przeglądaniu gazet i zbieraniu kwiatów. Wreszcie odpoczywałam, choć moje myśli w każdej wolnej chwili i tak krążyły wokół niego. Kiedy nikogo nie było w pobliżu, kładłam się na łóżku w „jego pokoju" i udawałam, że czytam książkę. Zamykałam oczy i scena po scenie odtwarzałam wydarzenia tamtego wieczoru. Przeżywałam je na nowo: każdy dotyk, każdy pocałunek, każde słowo. I choć Majka wymieniła pościel, a łóżko przydzieliła komuś zupełnie mi obcemu, wciąż czułam zapach i smak jego skóry.

Wrócił dokładnie po pięciu dniach. Stanął nade mną z bukietem chabrów, kiedy plotłam małej Oli warkocze.

– Zebrałem je po drodze. Trzymaj! – Wyciągnął w moją stronę pękaty bukiet przewiązany trawą.

– Dla mnie? – Kompletnie ścięło mnie z nóg. Myślałam, że to koniec, że już nigdy więcej go nie spotkam, a nawet jeśli, to tak, jak do tej pory: przez przypadek, w przelocie.

– Co ty tutaj robisz?

– Przyjechałem przed chwilą.

– To widzę, ale jakim cudem? Przecież nie planowałeś tego? Nic nie wiedziałam.

– Mam wracać? Widzę, że nie jestem mile widziany.

– Kto to jest, ciociu? – Ola była równie zaskoczona tą wizytą, co ja.

– To jest Kamil, kolega Tomka. I mój kolega – dodałam. – A to jest Ola. – Dałam im chwilę na wymianę spojrzeń, założyłam kolorową gumkę na drugi warkocz i wstałam. – Gotowe, możesz lecieć. Tylko

wrzuć szczotkę do swojego plecaka, żebym mogła ją później znaleźć. – Podeszłam do Kamila i pocałowałam go w policzek, jak całowałam wszystkich kolegów czy koleżanki. – Dziękuję za kwiaty. To bardzo miłe. I fajnie, że znowu cię widzę. – Musiałem wrócić. Pomogłem mamie z malowaniem kuchni i pomyślałem, że bez sensu siedzieć w Warszawie, skoro mogę przyjechać tutaj i być z tobą.
I tak ze mną pobył następny tydzień. Równo siedem dni i siedem nocy. I to były najlepsze dni i noce mojego życia. Przynajmniej wtedy.

***

Oczywiście nikt nie mógł się o tym dowiedzieć, a trzymanie wszystkiego w tajemnicy tylko dodawało pikanterii całej sytuacji. Było niewiele okazji, kiedy mogliśmy porozmawiać sam na sam, dotknąć się czy pocałować. Wymienialiśmy tylko porozumiewawcze spojrzenia, szeptaliśmy coś na szybko, gdy nikt nie patrzył, a czasem udawało nam się musnąć nogę czy ramię. Z tego okresu pamiętam tylko zapach trawy, rozgrzanej ostrym słońcem ziemi, szum wiatru, rzeki i słodki smak malin – zakradaliśmy się po nie do sąsiada z działką przy samym lesie. Jeszcze bzyczenie rozmaitych owadów, które towarzyszyło nam podczas popołudniowych schadzek. Dni ciągnęły się spokojnie, bez pośpiechu, nie miałam zegarka, nie używałam telefonu, po prostu byłam. I był Kamil. To wystarczyło.

Szybko nauczyliśmy się komunikować przy innych, znacznie więcej trudności sprawiała organizacja czasu sam na sam. Nawet kiedy oferowaliśmy zrobić coś, na co zazwyczaj ciężko było znaleźć chętnych, raptem zgłaszała się cała ferajna.

– Jak chcesz, Majka, mogę dzisiaj pójść na piechotę po mleko. Nie byłam jeszcze na spacerze i chętnie się przejdę. Nie musisz jechać samochodem – rzuciłam przy obiedzie.

– I będziesz taszczyć bańki taki kawał? Wykluczone! Chociaż rower weź. Ale ty nie lubisz tego mojego siodełka. W każdym razie sama nie pójdziesz. Weź ze sobą Tomka, przyda mu się ruch.

– Oj mamo, daj mi odpocząć, już się dzisiaj nanosiłem cegieł.

– Ja pójdę – wyrwał się Kamil.

– Ja też chcę! – krzyknęła Ola.

– I ja! – nawet Adaś uznał, że Harry Potter może na niego chwilę poczekać.

I tym oto sposobem z romantycznego spaceru z zaplanowanym numerkiem w krzakach zrobiła się szkolna wycieczka z przystankami na siku i zbieranie biedronek. Za to noce należały do nas. Kiedy cały dom pogrążony był już w głębokim śnie, a z niektórych pomieszczeń dochodziło głośne chrapanie, wyskakiwałam po cichu przez maleńkie okno i szłam w stronę drogi. Kamil siedział z pasiastym kocem na wielkim kamieniu i czekał. Przy pierwszej schadzce zupełnie nie pomyśleliśmy o tym, by cokolwiek ze sobą zabrać. Zaszyliśmy się w polu zaraz za domem i kochaliśmy w wysokim zbożu, którego jeszcze nie zdążyli skosić. Wszystko kłuło, drapało, ale nic nie było w stanie nas zniechęcić. Zarzuciłam mu nogi na barki, żeby unikać kontaktu z nieprzyjemnym podłożem, i pozwoliłam, by wszedł we mnie najgłębiej, jak się da. Po kilku minutach postanowiłam jednak zmienić pozycję. Ta była wyjątkowo nietrafiona. Odsunęłam go od siebie i odwróciłam się. Przez chwilę delikatnie głaskał moje obolałe plecy, a potem palcami szukał właściwej drogi. Chyba bał się tego, by przypadkiem nie trafić tam, gdzie jeszcze obydwoje niespecjalnie byliśmy gotowi. Poruszał się szybko, trochę chaotycznie, a potem padło moje ulubione pytanie:

– Gdzie mam skończyć?

Od lat zastanawia mnie ten fenomen: dlaczego mężczyźni tak często nas o to pytają? Badają grunt? Chcą wiedzieć, na co mogą sobie pozwolić, a na co jest za wcześnie? A może po prostu chcą usłyszeć z naszych ust: „Skończ na mojej twarzy!". Może to ich podnieca?

– W moich ustach. Chcę wiedzieć, jak smakujesz – ujęłam to nieco subtelniej. Smakował mną, sobą, nasze zapachy też zdążyły się wymieszać. Chwilę później ciepły płyn wypełnił moje usta. Nikt nie smakował tak, jak on.

Na kolejną „randkę" już zabraliśmy koc. Pech chciał, że kiedy tylko oddaliliśmy się od domu dosłownie o kilka kroków, pojawił się deszcz. Zaczęło się spokojnie od zwykłej, letniej mżawki, ale z minuty na minutę atakowały nas coraz większe krople. Wylądowaliśmy na środku wielkiego pola i nawet nie było szans, by ukryć się za drzewami. Padało tylko godzinę, ale oczywiście akurat tę, którą wybraliśmy na „randkę". Wróciliśmy kompletnie przemoczeni, ale nic nie jest w stanie powstrzymać dwójki rozpalonych kochanków, nawet burza gradowa. Po śniadaniu Majka postanowiła wybrać się z nami nad rzekę. Spakowała jedzenie, ręczniki, chwyciła koc, który suszył się na drzewie.

– A czemu ten koc jest mokry! Przecież nie padało.
– Może w nocy padało? – zareagował Kamil.
– Ale on jest cały w ziemi? Co się z nim stało? Przyznawać się! Kto ruszał mój ukochany koc i co to jest? – zdenerwowała się. Następnego dnia, kiedy Piotr pojechał po mleko samochodem, wrócił z informacją, że w zbożu jest kilka wygniecionych dziur i stary Pietrzak może nie być zadowolony.
– Chyba jakieś UFO mamy w okolicy – podsumował, wyciągając stalową bańkę z bagażnika. Podobnych sytuacji było wiele.

Potem dopadło mnie niemiłosiernie bolesne zapalenie pęcherza, więc o zabawach można było zapomnieć. Właściwie każdy krok sprawiał mi ból, o wizytach w toalecie już nie wspomnę. Kamil dzielnie mi towarzyszył i próbował odciągnąć moją uwagę, ale nie było to łatwe zadanie. Leżał obok na materacu, gdy próbowałam wygrzać się w słońcu i czytał mi książkę. Nie pamiętam już, co to było. Nie słuchałam go, na dodatek wybrał jakąś cięższą pozycję, zdaje się, że Orwella i jego *1984* albo *Nowy wspaniały świat* Huxleya. Mieliśmy luźny dzień, wszyscy pojechali na jarmark do miasteczka, a my mogliśmy spokojnie porozmawiać, pobyć ze sobą.

– I jak na złość nie można skorzystać z faktu, że wreszcie jesteśmy sami – westchnęłam na myśl o tym przeklętym pęcherzu, którego niedyspozycja z pewnością była skutkiem owej deszczowej nocy.

– To nieważne. Ważne, że wreszcie mogę ci poczytać. – Pocałował mnie w czoło i kontynuował, przegryzając w zębach źdźbło trawy. Przymykał oczy, by ostre słońce go nie raziło, i co jakiś czas opędzał się od much, muszek i innych latających dręczycieli. – Wiem! – Odskoczył nagle. – Zrobię ci listę lektur, które musisz przeczytać, a ty wypisz książki dla mnie. Masz jakiś zeszyt? Czekaj, długopis gdzieś tu mam. – Pogrzebał w kieszeni spodni i wyciągnął starego, pogryzionego BIC-a.

– Zeszyt mam tam, w tej dużej torbie. – Wskazałam mu ławę na werandzie, gdzie zwykle siadałam ze swoimi klamotami i czytałam. Na poszarpanej kartce w kratkę wypisał kilkanaście tytułów, a do każdego z nich dołączył ustną argumentację. Pismo miał całkiem czytelne, robił tylko dziwne zawijasy przy „y", które często wyglądało jak „ę" lub „ą". Mam tę kartkę do dziś. Niebieski atrament nieco wyblakł, papier pożółkł, ale nie tak bardzo, jak mogłabym się tego spodziewać. Pewnie dlatego, że przez tyle lat siedziała schowana przed dziennym światłem między w rozmaitych powieściach i służyła mi głównie jako domowa zakładka. Większość książek z owej listy przeczytałam, część od razu – np. *Paragraf 22* czy *Hobbita*, inne po wielu latach – choćby *Lolitę*, ale były i takie, które ominęłam, bo uznałam je za kaprys niedoświadczonego nastolatka. Teraz pewnie sam by się z nich śmiał. W rewanżu przygotowałam swoje propozycje. Nie pamiętam już nazwisk ani tytułów, ale znając życie, znalazł się tam Kafka, Dostojewski, Gogol i Dickens. Wtedy czytałam głównie klasykę.

Spędziliśmy razem jeszcze jeden dzień, a potem wróciłam do Warszawy.

Rozdział 5

Najbardziej winien jest ten, kto wynalazł świadomość, więc straćmy ją na parę godzin.
F.S. Fitzgerald, *Wielki Gatsby*

Jan Ogiński do redakcji przychodził jako pierwszy, kiedy na całym piętrze było jeszcze pusto i cicho. Nie znosił pośpiechu, zgiełku ani bałaganu. Dużo łatwiej było mu zebrać myśli, jeszcze zanim ogromna, poprzecinana gdzieniegdzie prowizorycznymi ściankami przestrzeń, zaczęła się wypełniać bardziej lub mniej ruchliwymi postaciami, płaszczami, kurtkami, szalikami, torbami, kubkami herbat, pudełkami z domowym jedzeniem lub papierowymi torbami z cateringiem. Przyjemna cisza, w której tak bardzo lubił się zatapiać, raptem zamieniała się w istny gwar, rodem z bazarku pod Halą Mirowską tyle tylko, że zamiast „Słodziutkie i soczyste championy, w sam raz na szarlotkę!" słyszało się „Kto, kurwa, puścił tyle rzeczy do druku na trójce?" oraz rozmaite dzwonki telefonów, rozmowy, awantury i śmiechy.

Tego ze wszech miar chciał uniknąć. Z samego rana mógł ze stoickim spokojem oddawać się swoim codziennym rytuałom: nalewał sobie kawy, którą przywoził w termosie z domu, bo żadne firmowe ekspresy go nie zadowalały. Parzył ją tuż po przebudzeniu. Lubił czarną, gęstą, czasem lekko rozrzedzał ją wrzątkiem. Zamykał oczy i rozkoszował się jej zapachem. Pierwszą filiżankę wypijał w ulubionym fotelu, jeszcze w domu. Przeglądał w tym czasie serwisy informacyjne, sprawdzał pocztę, czasem nawet odpowiadał na wiadomości, ale tylko na te niecierpiące zwłoki. Resztę kawy przelewał do termosu i zabierał do biura. Wybierał playlistę, która pasowała do jego aktualnego nastroju, bo bez muzyki nie był w stanie pracować. Wyciągał laptopa, stary, wypełniony do połowy notatkami zeszyt i, racząc się kolejną małą czarną, wypisywał zadania do zrobienia na dany dzień. Porządek i organizacja były mu potrzebne do życia jak powietrze.

– Ty znowu przede mną! Dzień dobry! – Nina zjawiła się w redakcji punkt dziewiąta.

– Dzień dobry. Kawy? – Zapraszająco wskazał na termos.

– A wiesz, że dziś jeszcze nie piłam? Ale spokojnie, zrobię sobie. – Ściągnęła puchowy płaszcz.

– Chętnie się podzielę. Mam w domu dużą kawiarkę, na sześć osób. Robiłem różne cuda: nalewałem mniej wody, dodawałem odpowiednio mniej kawy, ale za każdym razem wychodzi inny smak, inna moc. Wolę nie ryzykować i po prostu parzę więcej, także żaden problem. Raczej przyczynisz się w ten sposób do mojego zdrowia, jak zabierzesz kilka miligramów kofeiny.

– O! Jeśli tym sposobem będziesz żyć dłużej, to dawaj koniecznie! – Podeszła do swojego biurka, odwiesiła płaszcz i wielki szary szal, którym szczelnie się opatulała w chłodne dni.

– Świetne ponczo. Z nowej kolekcji? – zareagował, gdy wróciła ze swoim kubkiem. Miała na sobie jasne jeansy i szare ponczo Nike, które całkiem „przypadkiem" kupiła ostatnio w Galerii Mokotów, gdy wyskoczyła na lunch. Nie mogła się opanować, gdy zobaczyła je na wystawie. Po prostu nie mogła. To była miłość od pierwszego wejrzenia, a takiej przecież nie mówi się „nie".

– A tak! Dzięki, bardzo je lubię. Szczególnie ten kolor. Wiem, nudny, stapiam się z tłumem, ale co zrobisz? Nic nie poradzisz. Lubię szary i już. – Przed oczami widziała Maćka, śmiał się, że kupiła kolejny „szary koc".

– Bardzo dobrze w nim wyglądasz – stwierdził i od razu przeszedł do konkretów: – Zrobiłem w weekend kilka rzeczy, wczoraj też trochę podłubałem. Myślę, że część pomysłów może ci się przydać. Podeślę wszystko mailem i może pogadamy, jak znajdziesz chwilkę? – zapytał.

– Świetnie, dziękuję. Podeślij.

Wróciła do biurka i postanowiła dać sobie chwilę, zanim weźmie się za grzebanie w jak zwykle przeładowanej skrzynce. W domu tak rzadko była okazja, by napić się gorącej kawy. Zazwyczaj tuż po tym, kiedy ją zaparzyła i usiadła wygodnie na kanapie, w drzwiach pojawiała się Lena ze zniszczonym przez życie, ale ukochanym królikiem, a zaraz za nią dreptała Zuza. I choć trudno o milszy widok z samego rana niż jeszcze zaspane, ziewające dziecko, które nieśmiało się uśmiecha i wystawia maleńkie usta po buziaka, to chciałaby raz na jakiś czas móc wypić tę kawę, dopóki jest ciepła, a świat ratować siedem minut później. Dopiero za chwilę wrócić na ziemię i przygotować owsiankę, jednej córce zmienić pieluszkę, drugą posadzić na nocnik, dopilnować, by śniadanie wylądowało we właściwej buzi, a nie we włosach siostry, zęby zostały umyte, a rajstopki założone.

Spojrzała na swoje ponczo: „Bardzo dobrze w nim wyglądasz". Ale miło! Jedno, małe niby nic nieznaczące zdanie, a od razu miała lepszy humor i wróciła jej chęć do pracy. Otworzyła znienawidzoną skrzynkę pocztową i postanowiła lecieć po kolei.

– Janek, mogę cię na chwilę prosić? – zawołała go do siebie dwie godziny później. – Weź, proszę, tamto krzesło i siadaj. – Położyła przed nim kilka kartek, na których przekreśliła pojedyncze słowa, czasem zdania i dopisała coś od siebie. Nie było tego dużo.

– Wydrukowałam te teksty i zaznaczyłam, co ja bym zrobiła inaczej, ale nie musisz wprowadzać moich poprawek. To jest naprawdę dobre! Jak dla mnie możesz to śmiało dzisiaj wrzucić na stronę. Podesłałam ci wszystkie dostępy. Wiesz, jak to zrobić czy potrzebujesz pomocy?

– Pogrzebałem trochę i widzę, że wszystko wygląda jak WordPress – odpowiedział.

– Tak. Jak publikowałeś coś w WordPressie, to na pewno nie będziesz mieć żadnych problemów. W razie czego poproś Martynkę albo najlepiej Michała, który siedzi tam po prawej. O, tego w czerwonej bluzie. – W porę sobie przypomniała, że Martynkę bardzo lubi, ale nie aż tak, by podawać jej na tacy swojego praktykanta. Wolała go zatrzymać dla siebie, nawet jeśli nigdy miałaby tej znajomości nie skonsumować. – Ale wiesz co? Ja nie o tych tekstach chciałam pogadać. Przejrzałam inne rzeczy i szczerze mówiąc, to nie wiem, co powiedzieć... – Bezradnie rozłożyła ręce.

– Coś nie tak? – zaniepokoił się.

– Wszystko tak! Zacznę od początku: skąd masz te wypowiedzi specjalistów?

– Zrobiłem research i obdzwoniłem ludzi – odpowiedział, jakby to była jasna sprawa.

– A te zdjęcia? – Machnęła mu przed nosem kartką.

– Część zrobiłem w weekend, żeby dodać taki lokalny akcent do tego materiału, a nie jakieś zdjęcia stockowe, a te znad Wisły pstryknąłem kilka tygodni temu. Wszystkie są moje, a te biegające dziewczyny to koleżanki, więc śmiało możemy wykorzystać ich wizerunek. Zgodziły się. Jeśli chcesz, poproszę o pisemną zgodę.

– Dziękuję! Stawiam lunch. Zainteresowany? Możemy wziąć te kartki, to od razu powiem ci, dlaczego zrobiłabym coś inaczej.

– Z wielką przyjemnością!

– To plan jest taki: wrzucasz to teraz na stronę, ja kończę swoje rzeczy i wychodzimy za – odchyliła się, żeby spojrzeć na ekran komputera – niecałe dwie godziny, dokładnie o czternastej trzydzieści. W okolicy trudno o coś fajnego. Pojedziemy do centrum, póki nie ma korków, i resztę rzeczy będziesz mógł zrobić już w domu czy w kawiarni, jak tam sobie lubisz.

– Świetnie. To biorę się do roboty! – Zniknął jej z pola widzenia.

O czternastej dwadzieścia dziewięć, kiedy Nina była dopiero w połowie maila do Pośpiecha, a na liście miała jeszcze dwa zadania z tak zwanej kategorii „na wczoraj", Janek był już spakowany i gotowy do wyjścia.

– O, matko! Zapomniałam, że jak się człowiek z tobą umawia, to musi być słowny – westchnęła, kiedy mignął jej przed oczami.

– Spokojnie, mam co robić. Wyjąć jeszcze laptopa? Może zrobić coś za ciebie? – zaproponował i odwiesił kurtkę z powrotem na wieszak. Była czarna, jak każda inna część garderoby, którą miał na sobie codziennie. A przynajmniej od dnia, kiedy zaczął pracować w jej dziale. Dobrze dopasowane jeansy przeszły jej przed samym nosem. Ciężko było choćby nie rzucić okiem na ten młody, jędrny tyłeczek. Ach, klepnęłaby go chętnie, a potem wgryzła się jak w soczyste, słodkie jabłko...

– Piętnasta? – przerwała. – Obiecuję, że do tego czasu już na pewno będę gotowa.

Owo zamiłowanie Jana Ogińskiego do punktualności wywarło na niej taką presję, że tym razem była gotowa już pięć minut przed czasem. Skoczyła jeszcze do łazienki sprawdzić, czy bluza nadal się na niej dobrze prezentuje, a makijaż nie wymaga delikatnych poprawek, ale nie miała na twarzy zbyt wiele: raptem delikatny podkład i korektor, by ukryć zmęczenie oraz wszelkie niedoskonałości, tusz do rzęs i róż na policzkach, by dodać sobie świeżości i odjąć parę lat. To był jej stały, ulubiony zestaw. Wyciągnęła jeszcze z torebki malinowy błyszczyk. Dostała go niedawno od Ani.

– Udało się! Jedziemy. Proponuję Kulturalną – rzuciła pewnie. To było jedno z niewielu miejsc, w którym bywała regularnie, od lat. Przygoda z ciemną, klimatyczną kawiarnią na samym dole Pałacu Kultury zaczęła się jeszcze na studiach. Chodziła tam ze znajomymi na wino, bo można było do późnych godzin nocnych dyskutować o Łagodnej Dostojewskiego albo *Przemianie* Kafki. W centrum Warszawy nie było wtedy wielu takich miejsc. Lubiła ten ciemny, przydymiony klimat i nieco przypadkowe meble, które sprawiały, że czułeś się jak w prywatnym mieszkaniu, zatem swobodniej, intymniej. Z jedną tylko różnicą: jakbyś obudził się czterdzieści lat temu.

Kiedy zaczęła lepiej zarabiać i zdarzało jej się nie tylko pić, lecz także jadać na mieście, zauważyła, że w Kulturalnej serwują całkiem smaczne dania. Do tego obsługa: taka normalna, ludzka, bardzo pomocna. A może idealizowała to miejsce, bo miała do niego sentyment?

Zdążyli jeszcze na zestaw lunchowy: barszcz ukraiński i indyka w panierce orzechowej z sosem cytrynowym.

– Brzmi dobrze! – zareagował entuzjastycznie. Smakowało też całkiem nieźle. Zamiast deseru zamówili sobie po lampce Cabernet. Omówili teksty, które dla niej przygotował i subtelnie przeskoczyli do tematu jego przyszłości. W końcu sposób pisania zależy od tego, o czym opowiadamy i do kogo się zwracamy.

– Najbardziej chciałbym wylądować w redakcji newsowej. Choć na chwilę. Mam wrażenie, że tam najwięcej się dzieje i można się dużo nauczyć. Przez cały czas trzeba pracować pod presją. Nie zrozum mnie źle, nie myślę, że w Rekreacji nie gonią cię terminy czy statystyki. Wiem, że często coś musi być „na już", ale w newsach jest taka adrenalina: coś się wali tu i teraz, w nocy o północy i trzeba non-stop trzymać rękę na pulsie – próbował się wytłumaczyć.

Doskonale wiedziała, o czym mówi. Sama zaczynała od newsów. Dotąd, na wspomnienie poranków w radiu, czuła chłód na policzkach i ciężkie powieki, które proszą o dodatkową porcję snu.

Opowiedziała mu o tym, jak bezlitosny budzik zrywał ją codziennie o czwartej dziesięć, by mogła złapać nocny autobus, o czwartej trzydzieści dwie.

Nie mogła się spóźnić ani sekundy, bo na następny trzeba było czekać pół godziny. Nie zdążyła tylko dwa razy. Leciała wtedy o własnych nogach przez całe centrum, by dotrzeć na czas w okolice Kolumny Zygmunta. Najgorszy był Ogród Saski, który lubiła od dziecka, ale nie zimą i nie w środku nocy. Przy Operze Narodowej krążyły grupki podpitych studentów i turystów. Oni dopiero kończyli dzień i nie wierzyli, że ktoś może go o tej porze zaczynać. Zanim weszła do redakcji, sprzed drzwi zbierała wszystkie dzienniki i tygodniki pozostawione chwilę wcześniej przez kuriera. Czasem mijała się z nim w bramie. Wchodziła do środka i szybkim ruchem zdzierała z gazet cienką folię, wertowała je, wybierała najważniejsze informacje, a potem sklejała kilka pierwszych newsów. O szóstej rano koledzy wchodzili na antenę i już nie było ani chwili na oddech. Kolejne wejścia co pół godziny, przy każdym trzeba było dodać coś nowego, a od siódmej nękać polityków i rzeczników prasowych telefonami, by nagrać komentarze. Nie każdy był zadowolony z takiej pobudki, ale po kilku tygodniach pracy już wiedziała, do kogo można dzwonić, a kogo lepiej unikać.

Na swój sposób lubiła tamtą pracę. Każdy dzień był tak intensywny, że mijał w mgnieniu oka. Nie pamiętała o jedzeniu, piciu, pierwszą kawę piła po dziesiątej, gdy kończył się jej dyżur i przejmowała zadania typowego reportera. Chodziła nabuzowana, nakręcona, jak na amfetaminie, ale o dwudziestej pierwszej padała. To było najtrudniejsze. Studenckie czasy, wszyscy bawią się w najlepsze, a ty nie dajesz się wyciągnąć do kina na dwudziestą, bo wiesz, że zaraz i tak zaśniesz... O imprezach lepiej nie mówić. Cały tydzień i piątki nie wchodziły w grę – musiała swoje odespać, zregenerować się. Na szczęście miała jeszcze soboty...

– To był fajny okres. W newsach nauczyłam się przyzwoicie pracować. Nie to, żebym wcześniej była obibokiem, ale tam dochodziła ogromna presja czasu, trzeba było szybko reagować, podejmować ważne decyzje, wymyślać alternatywne rozwiązania, gdy ktoś nie odbierał albo nie chciał rozmawiać. Nie masz pojęcia, ile razy dzwoniliśmy do znajomych i prosiliśmy, żeby się wypowiedzieli na temat zakazu palenia w miejscach publicznych albo świeżości kurczaków w supermarkecie. Potem zmienialiśmy im głos i wymyślaliśmy nowe nazwisko. – Uśmiechnęła się na to wspomnienie.

– Aż tak? – Spojrzał z niedowierzaniem.

– Tylko w sytuacjach awaryjnych, ale za mojej kadencji zdarzyło się ich kilka. Do dziś z przymrużeniem oka traktuję komentarze usłyszane w radiu czy telewizji. W każdym razie do takiego dziennikarstwa nie namawiam. Rozgadałam się!

– Mów, mów! To bardzo ciekawe. W każdym razie ja posłucham z przyjemnością! – zapewniał.

Jak miło było wrócić pamięcią do tych czasów! Jak miło, że mogła komuś o tym opowiedzieć! Że ktoś słuchał jej z zainteresowaniem i wręcz prosił o więcej. Tak dawno nie miała okazji pogadać o czymś innym niż kalorie, tłuszcze nienasycone, trening tlenowy, Ewa Chodakowska, laktator, żłobek kontra niania, odpieluszkowanie. Maciek wiedział już o niej wszystko, poza tym nie pochwalał tego, że praca tak bardzo ją absorbuje. Niby rzucał to w żartach, ale tak naprawdę byłby najszczęśliwszy, gdyby zajęła się domem. „Przecież zarabiam tyle, że spokojnie wystarczy, żeby nas wszystkich utrzymać, a ty mogłabyś spędzać czas z dziewczynkami, dbać o to, by w naszym gniazdku była przyjemna, ciepła atmosfera i pachniało szarlotką – żartobliwie ją podszczypywał. – Mogłabyś sobie chodzić w ciągu dnia na trening, spotykać się z koleżankami, czytać". Jasne! Już ona to widziała! Skończyłoby się na tym, że osiemdziesiąt procent czasu, który teraz spędza w pracy, przeznaczyłaby na pranie, suszenie, sprzątanie, gotowanie, pieczenie wspomnianych szarlotek, a na trening i książki by go zabrakło. I o czym miałaby z nim wtedy rozmawiać? O tym, jaki dobry kawałek wołowiny udało jej się dorwać czy jak fajnie się sprawdza ten nowy środek do odplamiania bodziaków? Przecież kochała swoją pracę! Uświadomiła to sobie na nowo dopiero teraz, kiedy siedziała przed Jankiem i mogła się tym z nim podzielić. Przez ostatnie godziny nie była mamą, która codziennie musi pamiętać o witaminie D i milionie innych drobiazgów, a w środku nocy kładzie się w niewielkim łóżeczku i zasypia w wyjątkowo niewygodnej pozycji, by dać się pomacać po piersi. Nie była też żoną, która z marnym skutkiem stara się wywiązać ze wszystkich domowych obowiązków.

Teraz było inaczej: zabrakło sterty brudnych naczyń w zlewie i niedbale rozrzuconego duplo na dywanie. W tle nie słyszała *Starego niedźwiedzia*, tylko kojące Youth. Była sobą, taką, jak dawniej, taką, którą dobrze znała, tylko zostawiła gdzieś za rogiem w natłoku spraw. Zrobiło jej się przyjemnie, błogo. Zrelaksowała się. Dawno nie miała okazji tak po prostu pobyć i nie wchodzić w żadne role. Przypomnieć sobie, jakiej muzyki lubi słuchać, jakie książki czytać, a to wszystko w towarzystwie wina i faceta, na którego miło było popatrzeć.

Nie to, żeby Maćkowi czegoś brakowało. Wprost przeciwnie! Był świetnie zbudowany, dobrze się ubierał i ani trochę nie „statusiowiał", ale wiadomo – swój chłop to nie to samo co nowy, świeży, zupełnie nieznajomy, który niczego o tobie nie wie i jeszcze chciałby się dowiedzieć albo przynajmniej dobrze udaje.

Dała mu mówić, żeby móc tak po prostu na niego patrzeć. Przyjrzeć się temu, jak gestykuluje, gdzie się marszczy, kiedy się uśmiecha. Docierało do niej co drugie zdanie, a nawet i z tego, co docierało, niewiele rozumiała. Przyglądała się i zastanawiała, jaki jest przy znajomych, dziewczynach. Jakby to było, gdyby nie poznała go w pracy, tylko na koncercie, domówce u znajomych czy wpadła na niego na ulicy. Gdyby nie wszedł w rolę praktykanta, nie wiedział, że jest od niego o dziesięć czy dwanaście lat starsza, że ma rodzinę. I gdyby ona sama też mogła o tym na chwilę zapomnieć... Ciekawe, czy gdyby wpadli na siebie w innych okolicznościach, też na moment zastygłaby w miejscu. Pewnie tak. Już w samym jego wyglądzie było coś takiego, co sprawiało, że miała ochotę patrzeć godzinami. Chciała zatopić się w tych oczach, dotknąć jego włosów i sprawdzić, jak pachną. Przytulić go mocno, by poczuć na sobie bicie jego serca. Dotknąć palcami tych ust, którym przygląda się od dawna i sprawdzić, czy są tak gładkie, jak jej się wydaje, a potem złożyć na nich pocałunek. Pozwolić, by koniuszek jej języka spotkał się z tym, który należy do niego. I na moment stopić się w jedno. Brakowało jej tej bliskości. Chciała wiedzieć, że ktoś rozumie jej emocje, czyta je, choć nie powiedziała ani słowa. Wtedy seks wchodzi na zupełnie inny poziom. Z jednej strony jest dziki i opętany: szybki, agresywny, czasem bolesny, a za chwilę staje się najdelikatniejszą pieszczotą, jakiej możesz doświadczyć. Lżejszy niż muskanie piórkiem skóry w zgięciu kolan.

Tego wieczoru wiele by dała, żeby zatrzymać na kilka godzin świat i zrobić sobie przerwę. Drugi raz w życiu zdobyć się na odwagę i powiedzieć: „Dzisiaj śpisz ze mną", jak tamtego lata. Nie myśleć o konsekwencjach. Przecież to dotyczyłoby tylko ich dwojga, tylko ten jeden raz. Nikt nie byłby poszkodowany ani zraniony. Przypomniała sobie bolesne słowa męża, który twierdził, że życie w monogamicznym związku to dziwaczny wymysł cywilizacyjny i może rodziny powinno się zakładać, ale na dobry seks nie ma co liczyć, bo trudno mówić o ekscytacji czy silnym podnieceniu, kiedy kogoś tak dobrze znasz.

Chciała dokończyć tę lampkę wina i rzucić: „To co, może pójdziemy do ciebie?". Wsiąść do taksówki jakby nigdy nic. Z kierowcą wdać się w pogawędkę na temat korków i pogody. Powiedzieć coś o exposé premiera, poskarżyć się na wysokie koszty najmu mieszkań. Wymienić ukradkiem parę porozumiewawczych spojrzeń. Zostawić napiwek taksówkarzowi, pożegnać się z uśmiechem i życzyć mu miłego wieczoru, a potem zniknąć w czeluściach wysokiej, ciężkiej bramy, jakich wiele w starych, warszawskich kamienicach. Kiedyś napomknął, że mieszka w jednej z nich. Chciałaby się zatrzymać się na pachnącej wilgocią klatce i wreszcie go pocałować, szepcząc mu przy tym na ucho: „Nikt nie może się o tym dowiedzieć. Jasne?", a potem dać się poprowadzić do góry za rękę. Przekroczyć próg jego mieszkania i od tego momentu zgadzać się na wszystko. Ciekawe, jaki jest w sprawach łóżkowych: ośmielony jej propozycją przejmie inicjatywę czy może będzie grzecznie czekać, aż ona mu pokaże, na co może sobie pozwolić? Jest z tych, którzy w przypływie podniecenia lubią złapać za włosy i wykrzykiwać tuż nad uchem: „I jak? Lubisz to, co? Lubisz mocno! Chyba cię dawno nikt porządnie nie zerżnął!" czy może raczej zachowa wszelkie komentarze dla siebie i skupi się na przeżywaniu?

Jej rozmyślania bezlitośnie przerwał telefon.

– Przepraszam! – Janek wyciągnął go z kieszeni i wyciszył dzwonek.

– Odbierz, nie ma problemu.

– Nie, nie będę teraz rozmawiał. Dam tylko znać, że oddzwonię później, dobrze? – zapytał, a Nina kiwnęła głową.

– Cześć, Aneczko, przepraszam cię, nie mogę teraz rozmawiać. Czy to coś bardzo pilnego, czy mogę oddzwonić za jakąś godzinkę, może szybciej? – Jak zwykle był tak miły, że chyba nikt nie miałby mu tego za złe, a każda sprawa mogłaby tę „godzinkę" poczekać. Nawet sprawa Aneczki. – Świetnie. Oddzwonię w takim razie wieczorem na spokojnie. Buziaki i do usłyszenia. – Uśmiechnął się raz jeszcze i rozłączył. Ciekawe, kim była owa Aneczka. Dziewczyną? Narzeczoną? Ale chyba wtedy nie musiałby do niej oddzwaniać wieczorem, bo najzwyczajniej w świecie spotkaliby się w domu. A może to świeża sprawa i jeszcze razem nie mieszkają? Siostra? Koleżanka? Przyjaciółka, która chciała się poskarżyć komuś, kogo zna jeszcze od dziecka, na nowe humory swojego faceta? W głowie Niny uruchomił się długi proces myślowy, którego celem było rozwiązanie tej zagadki.

– Jeszcze raz przepraszam. Na czym skończyliśmy? – Schował telefon do kieszeni kurtki, która wisiała za nim na oparciu krzesła. „Na Aneczce", pomyślała. Tylko dlaczego jej to w ogóle przeszło przez myśl? Jakie to ma znaczenie, czy Janek się z kimś spotyka, czy nawet mieszka? Przecież ona ma męża i dzieci!

– Na Londynie – odpowiedziała i pozwoliła, by dokończył swoją opowieść. Lampki wina stały puste już od dobrego kwadransa, ale za wcześnie było na to, by proponować dolewkę. Poza tym Janek miał jeszcze do zrobienia dla niej kilka rzeczy, a Nina, jak w każdą środę, o osiemnastej jechała z Pauliną na body pump. To był jedyny wieczór w tygodniu, kiedy mogła bez zapowiedzi wrócić później i nie martwić o kaszki, kąpiele, mycie zębów i usypianie. I nie zamierzała z tej opcji rezygnować.

– Jeszcze raz to samo? – zapytała kelnerka z odważnie krótką grzywką. Pasowała jej ta fryzura. Bardzo.

– Dziękujemy. Poprosimy rachunek. Zapłacę kartą – Nina zawczasu odpowiedziała na wszystkie pytania, które zaczęłyby kolejno padać.

– Dziękuję. Bardzo dobre jedzenie i towarzystwo. – Uśmiechnął się i wyciągnął do niej dłoń na pożegnanie, gdy minęli wielkie, drewniane drzwi i znaleźli się na Placu Defilad. Było już ciemno i całkiem chłodno. Nina wyjęła z torebki czapkę i szal.

– Do jutra – pożegnała się i skręciła w kierunku innego wyjścia. Od dobrych dwudziestu lat miała w Pałacu Kultury swoje ulubione przejście, dzięki któremu można było się przedostać na drugą stronę, bez obchodzenia słynnego monumentu dookoła.

Zniknęła tak szybko, jak tylko umiała, i chciała, by Janek równie szybko ulotnił się z jej głowy.

Rozdział 6

W seksie szukamy pociechy, gdy cierpimy na niedostatek miłości.
Gabriel García Márquez, *Rzecz o mych smutnych dziwkach*

Paulinie Smolińskiej do szczęścia brakowało tylko jednego: przyzwoitego faceta. Już nie chodziło o to, by był nie wiadomo jak przystojny – to przestało mieć znaczenie jakieś dwa lata temu. Jasne, nie mógł być odrażający, ale nie musiał wyróżniać się z tłumu, właściwie to nawet lepiej, by się z nim stapiał. W końcu Paulina też nie była miss Instagrama, tylko zadbaną trzydziestopięcioletnią blondynką z zawsze idealnie ułożonym – przedłużonym do ramion – bobem. Ów mężczyzna nie musiał też figurować na liście stu najbogatszych Polaków – wystarczyło, by był w stanie zapłacić za jej drinka na pierwszej randce i po tygodniu znajomości nie pożyczał na papierosy, bilet miesięczny czy wspólne kino. Jakiś czas temu przestała też liczyć na to, że spotka kogoś, kto ma arcyciekawą pracę, która jednocześnie jest jego pasją, a do tego lubi uprawiać sport, podróżować, czytać, chodzić do teatru, tańczyć na weselach i rozkręcać drętwe domówki. Nie, nie, Paulina te czasy miała już za sobą. Teraz liczyło się to, by jakąś pracę po prostu miał i nie wykrzywiał się każdego dnia rano, kiedy musi do niej iść. Pod sport można podciągnąć spacery, przez podróże rozumiała choćby weekendowe wypady w Karkonosze, jeśli zaś chodzi o czytanie, dawała mu wolną rękę – cokolwiek, co go zainteresowało. Do teatru i tak chodziła z Niną, a na wesele wystarczy, by po prostu pojechał.

– Chciałabym normalnego faceta, takiego najzwyklejszego w świecie, który nie kłamie, nie kombinuje i nie ma problemów emocjonalnych. Czy to za dużo? – mówiła. Miała wyjątkowego pecha: co rusz trafiała na kogoś, kogo do worka z napisem „przyzwoity" nie dałoby się wrzucić. Ale grunt to się nie poddawać, nie zniechęcać, więc – może bez jakiegoś wielkiego zaangażowania – próbowała dalej.

W każdą środę po pracy spotkała się z Niną w Marriotcie. Hotelową siłownię upatrzyły sobie jeszcze lata temu, kiedy Warszawa nie znała modelu

24/7, a one lubiły mieć tę świadomość, że w każdej chwili mogą wyskoczyć na trening lub posiedzieć w saunie, niezależnie od tego, czy jest zwykły poniedziałek, czy Boże Narodzenie.

– Witamy spóźnialskich. Zapraszamy! To ostatni moment, kiedy można do nas dołączyć. Ale uprzedzam, za każdą minutę będą dodatkowe pompki po treningu. – Nina wpadła na salę w połowie rozgrzewki. Paulina już była na miejscu. Dawniej królowa bałaganu, teraz pojawiała się przed czasem, zawsze brała pod uwagę plan B i C, żeby potem niepotrzebnie się nie stresować. Nauczyła ją tego szefowa z niewielkiej, ale obsługującej ważnych klientów, agencji reklamowej, w której pracowała jako copywriter, odkąd skończyła studia.

– Jedna minuta to dziesięć pompek. Nie śmiej się, Iwonko, bo dostaniesz kilka za karę – straszyła Monika, której zajęcia najchętniej wybierały. Miała w sobie taką charyzmę, że nogi same rwały się do pracy.

Po solidnej dawce przysiadów, wyciskania na klatkę, pompek, wykroków i innych cudów wzięły prysznic i tradycyjnie skierowały się do sauny. To był najlepszy punkt programu, dla którego warto było wycisnąć z siebie siódme poty. W mrocznym, chłodnym i deszczowym listopadzie doceniały tę opcję jeszcze bardziej.

– Idziemy później na szybką sałatę do Vapiano czy spieszysz się do domu? – zapytała Paulina, układając się wygodnie na najwyższej ławce. Nina zdecydowanie lepiej czuła się na dole. Lubiła ciepło, ale na moment. Za każdym razem, gdy postanowiła zrobić krok w bok i dołączyć do przyjaciółki, szybko żałowała.

– Chodźmy! Maciek dziś usypia dziewczynki. W nocy ma wychodne na dłuższe wybieganie w lesie.

– Znowu szykuje się do zawodów?

– Lepiej: wymyślił sobie nowy projekt.

– O, już się boję! – Paulina dobrze wiedziała, czego można się po Maćku spodziewać. Bardzo go lubiła i uważała za świetną partię, ale nie dla siebie. Z jego pomysłami nie wytrzymałaby nawet tygodnia.

– Wyobraź sobie, że mój ukochany mąż chce lecieć na cztery tygodnie na Grenlandię i biegać z miasteczka do miasteczka z całym ekwipunkiem.

– Będzie biegać przez miesiąc?

– Tego biegania to tam pewnie wyjdą jakieś dwa tygodnie, ale wiesz, najpierw trzeba dolecieć do czegoś tam na K, Kange coś tam, nawet nie powtórzę. Tam zostać dwa-trzy dni, żeby się rozkręcić, przyzwyczaić do temperatury, a potem złapać samolot do Nuuk. To już bardziej cywilizowane miasto. Będą na niego czekać z Visit Greenland, żeby omówić trasę, przegadać, co jest możliwe. Wiesz, jak to jest: sam na mapie wszystkiego nie sprawdzi. Potrzebuje miejscowych, którzy dobrze znają teren w praktyce. No i chodzi też o bezpieczeństwo: żeby wiedzieli, gdzie i kiedy powinien być, bo oczywiście poza miastem nie ma zasięgu. Czy mam opowiadać dalej? – westchnęła.

– Czyli już nie płynie przez Atlantyk?

– Nie, to było dwa tygodnie temu. Już nieaktualne. W tym tygodniu jest Grenlandia. I jak widzisz niby niewinne: „Co byś powiedziała na taki plan?", a już wszystkie loty, dojazdy, noclegi i ceny posprawdzane. Pewnie z tymi ludźmi z Visit Greenland też już rozmawiał.

– Jak znam Maćka, to on już kupił te bilety, zanim się zapytał – podsumowała Paulina.

– Powiedz lepiej, co u ciebie. Sprzedaj mi jakąś pikantną opowieść szalonej singielki, która nie musi się na co dzień borykać z takimi problemami. – Przekręciła się ostrożnie, tak by żadną częścią ciała nie wystawać poza wielki ręcznik. – Przyznaj się, na pewno byłaś na jakiejś randce, odkąd gadałyśmy ostatni raz.

– Nawet na dwóch – potwierdziła Paulina.

– I co?

– Gdybym miała coś ciekawego do opowiedzenia, nie czekałabym na to, aż mnie zapytasz.

– Tinder? – Nina uparcie ciągnęła temat.

– Jeden z Tindera, a drugiego poznałam na imprezie u Zośki. – Wyciąganie wiadomości tym razem szło wyjątkowo opornie. Dżentelmen z Tindera był nudny i smutny, a do tego schował się za wielką czapą, jakich Paulina nie uznawała.

– Chudziutki, malutki, wyglądał w niej jak smutny smerf – podsumowała.

– Nie przesadzaj, zimno jest!

– Ale on w tej czapie siedział cały wieczór, nawet w środku. Po prostu jej nie ściągnął. Wyglądał komicznie – westchnęła. – Co to w ogóle za dziwna moda z tymi czapami? Przecież nawet przystojny facet w czymś takim na głowie wygląda jak wielki krasnal.

– Nieprawda! Widziałam na ulicy parę apetycznych smerfów – zaprotestowała Nina.
– Może twojemu pasuje, ale on to i w worku na kartofle dobrze by wyglądał.
– Mój akurat nie ma ani jednej czapy. – W myślach szybko przejrzała szafę męża.
– Widzisz, bo Maciek zna się na rzeczy i nie uległ temu durnemu trendowi.
– A ja myślę, że ty już szukasz dziury w całym: szara kurtka zła, czapa zła. Czego by chłopak na siebie nie włożył, to byłoby nie tak.
– Bo on cały był nie tak. Nina, błagam cię. Bardziej nudnego faceta nie widziałam. Nie miał nic do powiedzenia, trzeba było go ciągnąć za język, a i to z marnym skutkiem. Na wszystko przytakiwał. Jakby tego było za mało, to jeszcze był cholernie smutny. Nie lubi swojej pracy, mieszkania, chyba w ogóle nie lubi swojego życia. I nie dziwię mu się, też bym nie lubiła, jakbym miała codziennie patrzeć w lustro na siebie w tej czapie – nie odpuszczała.
– No dobra, więc drugiej randki nie będzie? – Nina wyczuła, że temat się wyczerpał i pora przeskoczyć na kolejny egzemplarz.

– Nie było nawet drugiego drinka. Powiedziałam mu po czterdziestu minutach, że to nie ma sensu i żebyśmy nie marnowali sobie nawzajem czasu – podsumowała.

– Ostro! Można było jakoś tak łagodniej. Nie wiem, że jeszcze nie doszłaś do siebie po ostatnim długim związku...

– Mój ostatni długi związek zakończył się pięć lat temu. Już dawno do siebie doszłam i chciałabym wejść w kolejny. Już mam dość tych przypadkowych randek z kretynami. Aż szkoda poświęcać dwudziestu minut na makijaż przed wyjściem, o dojeździe na miejsce już nie wspomnę.

– No, ale można było skłamać, żeby nie dołować go jeszcze bardziej, jak już i tak był smutny...

– Nie, moja droga, ja już jestem za stara i za bardzo zmęczona na takie rzeczy. Trzeba grać w otwarte karty: podoba się albo się nie podoba. Dziękuję, było miło, następny proszę! – Paulina była kategoryczna.

A Nina zazdrościła jej czasem sterczenia przed szafą, wybierania ubrań. Lubiła ten lekki stres, który najbardziej dało się odczuć w żołądku. Na kilka godzin przed randką nie mogła nic przełknąć, zresztą nie była głodna. Czuła się tak, jakby wypiła kilka dzbanków kawy i nie wiedziała, co ze sobą zrobić. Lr Pociły jej się dłonie i stopy, raz było zimno, a za chwilę gorąco. Łapała kilka głębokich oddechów, uspokajała się, patrzyła na zegarek i planowała czas: dwadzieścia minut na kąpiel, trzydzieści na makijaż – w końcu musi być perfekcyjny, jak u pani z okładki, potem jeszcze włosy i dobór stroju. Lubiła to. Teraz wszystko trzeba było robić szybko i skupiać się tylko na tym, by przed wyjściem z domu umyć zęby, uczesać włosy i wrzucić do torebki szminkę.

– Zazdroszczę przydymionej powieki, malowania paznokci i wcierania w nogi śmierdzącego samoopalacza, żeby ładnie się prezentowały w sukience.

– Raz na jakiś czas to jest przyjemne. Ale czy ty wiesz, ile ja już tych randek zaliczyłam, nawet tylko w ostatnim miesiącu? I żadna nie była tego warta, żadna! Poza tym spójrz na to realnie: przecież te wszystkie podchody, próby, spotkania, poznawania, docierania się służą jednemu – żeby w końcu znaleźć tego, z którym będzie się chciało zamieszkać, założyć rodzinę albo po prostu razem się zestarzeć.

Przecież ja to wszystko robię po to, żeby się znaleźć tam, gdzie ty już jesteś!

– Ale umiesz sobie wyobrazić, że już nigdy nie będzie tego stresiku, tych motyli w brzuchu, tych emocji: „Zadzwoni czy nie?" i dylematów: „Lepsza czarna sukienka czy czerwona?"

– Serio to lubiłaś? Ja nie! Zapomniałaś już o tych wszystkich kretynach, których trzeba było przerobić, żeby znaleźć Maćka? Albo o tych złamanych sercach, trudnych chwilach i milionie pytań, które cię męczyły i wysysały energię? To „Zadzwoni czy nie?" wcale nie było przyjemne wtedy, kiedy się działo. Albo te wszystkie pytania, które teraz mi nie dają spokoju: „Czy będzie chciał ze mną zamieszkać?", „Czy nadaje się na ojca?", „Czy za parę lat nie wymieni mnie na młodszą?". Zobacz, w jakiej jesteś komfortowej sytuacji! Maciek to świetny facet! Owszem, ma wady, jak każdy, ale to twój rycerz na białym koniu! Inteligentny, ambitny, pracowity, ma pasję i do tego cholernie przystojny. Zobaczyłabyś tych wszystkich cwaniaczków, leni, nudziarzy i zakochanych w sobie gogusiów, których ja teraz muszę przesiewać. Masakra! MA-SA-KRA!

– A ten drugi? Ten z imprezy? – Nina liczyła na to, że kolejna historia będzie nieco bardziej optymistyczna. Może nawet z pieprzykiem?
– Paul przyleciał do Polski dwa lata temu, bo się zakochał, ale nie wyszło.
– I tak mu się spodobało w Warszawie, że został?
– Nie, wrócił do Edynburga. Przyleciał na urodziny Zośki – wyjaśniła Paulina.
– Czyli byłaby miłość na odległość?
– Raczej kiepski seks na odległość – sprostowała Paulina i zeszła poziom niżej. – Już mi gorąco. Wychodzimy się schłodzić na pięć minut?
Niny długo nie trzeba było namawiać. Rozłożyły się na leżakach nad samym basenem. W wodzie, która dzięki kolorowym płytkom, zgrabnie ułożonym na dnie sprawiała wrażenie lazurowej, pluskał się leciwy Włoch, może Hiszpan, wnioskując po ciemnej karnacji, a w jacuzzi słodko gruchała świeżo upieczona parka, zdaje się z Rosji. Słychać było tylko strzępki rozmów i donośny śmiech szczupłej blondynki.
– I co z tym seksem? – Nina wyszeptała konspiracyjnie. Co jak co, ale słowo „seks" brzmi podobnie w każdym języku.

– Wyglądało to mniej więcej tak: – Paulina wyciągnęła się na leżaku i założyła ręce za głowę – A teraz obsługuj mnie, maleńka!
– To znaczy?
– Ściągnął spodnie, rozsiadł się na kanapie, założył ręce za głowę – właśnie tak – i chciał, żebym zrobiła mu loda.
– I zrobiłaś?
– A, daj spokój! Nie to, żebym nie lubiła robić loda, ale sposób, w jaki mi to zakomunikował, skutecznie zabił we mnie całą namiętność. W dupach już im się poprzewracało, wiesz? Nie dość, że dostają seks bez większego wysiłku, to nawet nie chce im się chociaż trochę postarać. Niech spada! – zakończyła wątek. – Zimny prysznic i jeszcze jedna rundka?
Nina opuściła powoli stopę na podłogę i starała się wymacać ukryte pod leżakiem japonki.
– Swoją drogą, ta pozycja na stałe powinna wejść do Kamasutry jako „Na obcokrajowca"! Zapronuję dziś mężowi!
– Zabiję cię, jak mu o tym opowiesz! A właśnie, jak tam wasze sprawy? Udaje się częściej uciec od dzieci i pobaraszkować?

– Ja też już nie pamiętam, co to jest przyzwoita gra wstępna. Nasze życie seksualne od kilku lat opiera się na szybkich numerkach. – Uśmiechnęła się do przyjaciółki. Kiedy otworzyły drzwi sauny, uderzyło je gorące powietrze. Pachniało drewnem i olejkiem eukaliptusowym. Ktoś musiał tu zajrzeć na chwilę i dolać go, gdy leżały przy basenie. Przyjemna odmiana. Lżej się oddychało. – Chciałabym wyjechać z nim sama, tylko na weekend, już nikt nie mówi o jakimś długim urlopie. Zaszyć się w przyjemnym hotelu, napić dobrego winka, może nawet szampana w jacuzzi, a potem kochać się bez myślenia o tym, że musi być szybko i cicho, bo w każdej chwili możemy obudzić dziewczyny. Wiesz, taka tandetna romantoza, ale właśnie czegoś takiego bym chciała.

– To co stoi na przeszkodzie? – dociekała Paulina.

– Kiedy rzucam taki pomysł, Maciek od razu chce jechać w góry.

– Ale nie o góry przecież chodzi, tylko o seks!

O to, że nie o góry chodziło, a o czas we dwoje, o leżenie w łóżku nago, wsłuchiwanie się w miękki i przyjemny wokal Róisín Murphy czy wokalistki

The Knife, o rozmowy o wszystkim i o niczym Nina doskonale wiedziała. Gorzej z Maćkiem. Twierdził, że seks można uprawiać w domu i nikt nie jeździ w tym celu do hotelu. Chyba że z kochanką. Upojny urlop we dwoje zarezerwowany jest dla tych, którzy się nie widzą na co dzień. Wtedy rzeczywiście można pół dnia nie wychodzić z łóżka, ale nie teraz, nie na tym etapie. W stałym związku trzeba się skupić na dzieciach, pracy, pasji, wyzwaniach, a nie na życiu erotycznym. Poza tym, inni robią to znacznie rzadziej i nie trzeba nic zmieniać, to normalna kolej rzeczy, uważał.

A może w tym, co mówił, był jakiś sens? Może małżeństwo nie służy wielkim emocjom, adrenalinie, tajemnicy i całonocnym maratonom w sypialni? Przecież wyszła za niego, bo chciała bezpieczeństwa i przewidywalności. Chciała budzić się rano i wiedzieć, czego mniej więcej może się spodziewać, choć z Maćkiem i tak każdy poranek był wielką przygodą. „Co za paradoks!", pomyślała. Marzysz o stabilizacji, ciepłym domu, gwarnej rodzinie. Tęsknisz za tym, gdy na twojej drodze pojawiają się różni delikwenci, przy których nie możesz poczuć się pewnie. Nagle zjawia się ktoś, kto ci to wszystko daje i co?

I raptem zmieniasz front, a raczej podnosisz poprzeczkę jeszcze wyżej: chcesz, żeby dał ci i bezpieczeństwo, i dreszczyk emocji, był opiekuńczy, ale też tajemniczy i niedostępny. Oczekujesz stabilizacji, ale też niespodzianek. A może tak się nie da? A może trzeba wybrać jedno i potem pielęgnować, by być blisko siebie, ale nie wymagać od kochającego męża, by dawał ci takie same emocje jak obcy kochanek, którego nie znasz i masz tylko raz na jakiś czas? Tylko że tak pięknie byłoby mieć i jedno, i drugie...

***

– Co tam u Pauliny ciekawego? Ma jakiegoś faceta? – Maciek zawsze pytał o to samo, kiedy wracała do domu. Zupełnie, jakby nie miało znaczenia, czy ktoś sobie dobrze radzi w pracy, czy jest zdrowy, czy nie wrócił czasem z ciekawej podróży. „Cześć Paulina, Nina karmi właśnie Zuzę, ale zaraz ci ją dam. Jak tam? Masz jakiegoś chłopaka?", rzucał, gdy dzwoniła. Awanse czy kolejna delegacja to nic ciekawego, a tak człowiek może się chwilę rozerwać. Zawsze był bezpośredni i nie owijał w bawełnę. „Ty musisz wypić pół butelki wina, żeby się dowiedzieć, czy twoja najlepsza przyjaciółka ma chłopaka, a mi wystarczą dwie minuty", tłumaczył swoją ciekawość.

– Nie ma nowego chłopaka, ale była na kilku nieudanych randkach – odpowiedziała.

– To jak Jacek. Może powinniśmy ich ze sobą umówić?

– Paulina i Jacek? No nie wiem, chyba nie. Ale przecież on nie jest sam. Co rusz widzę go z jakąś dziewczyną.

– A, daj spokój. Wszystkie to słabe trójki, no może czwórki. – Odkąd go poznała, oceniał koleżanki w skali od jednego do dziesięciu. Przez lata wspólnego życia nie miała odwagi zapytać, do którego worka ją wrzucił. Nawet taka szóstka mogłaby być bolesna. W końcu dla tego jednego jedynego chcesz być najlepszą partią. – Nie wygłupiaj się! A Magda? To bardzo atrakcyjna dziewczyna.

– Teraz tak, ale Magda ma już trzydzieści dziewięć lat. Jeszcze dwa i koniec. Okno się zamknie na dobre – podsumował.

– Chcesz powiedzieć, że już będzie poza skalą?

– Za dwa lata będzie stara.

– To ja będę stara za sześć lat i co wtedy? Wypad z domu? – szybko przekalkulowała.

– Kotek, nie wygłupiaj się. Ty to co innego. Ciebie przecież kocham, nie musisz mi się podobać – odpowiedział bezmyślnie. Bolało, ale już nie tak bardzo jak kiedyś. Powoli oswajała się z faktem, że Maciek był prostolinijny i brutalnie szczery. Czasem chciała, by skłamał, wymyślił coś naprędce, szepnął czułe słówko, ale nie robił tego.

– Dziewczynki już śpią? – Wolała nie ciągnąć tematu.

Usypianie ich w ostatnich tygodniach to była istna katorga i prawdziwy trening cierpliwości. Próbowała już wszystkiego! Książeczek, kołysanek, noszenia na rękach, usypiania na zmianę: najpierw jedną, potem drugą. Kiedy to nie zdawało egzaminu, kładła je we wspólnym łóżku i próbowała uśpić w tym samym czasie. Zaczynało się przyjemnie. Bardzo lubiła te chwile, spokój, babski czas, który nazywała *quality time*. Lądowały razem u Leny, przeglądały książki, a potem Nina opowiadała im różne historie. Uwielbiała zapach małych główek, dotyk ciepłej skóry i te słodkie buziaczki, którym nie było końca. Właśnie: nie było końca. Przez pierwsze dwadzieścia minut to był istny raj na ziemi. Zapominała o wszystkich problemach, docierało do niej, po co żyje i dziękowała za każdą chwilę, którą mogą spędzić razem. Gdy mijało pół godziny, mijało również to narkotyczne wręcz uniesienie, ale nadal było przyjemnie i nie chciałaby być nigdzie indziej. Następne piętnaście minut później, gdy Zuza grzebała w jej dekolcie, przypominając sobie błogi okres zasypiania na cycku, a Lena wstawała sprawdzać, czy drzwi są zamknięte, czy tatuś już śpi, czy oby na pewno cały dom pogrążony jest w ciszy i nie ominie jej żadna zabawa, zaczynało jej się robić gorąco. Gdy mijała godzina, zagryzała zęby, by zamiast „Aaaaaa kotki dwa" nie zaśpiewać „Kiedy powiem sobie dość", a z każdą kolejną minutą, podnoszeniem się na piciu, siusiu, machaniem rączkami i nuceniem znienawidzonego *Ojca Wirgiliusza* miała ochotę walić głową w ścianę.

Nie poddawała się, liczyła w ciszy do dziesięciu i powtarzała sobie, że to codzienne wychodzenie poza strefę komfortu tylko ją wzmocni i pozwoli głębiej doświadczyć macierzyństwa. Nie było to proste zadanie po całym dniu spędzonym w redakcji, przy świadomości, że kiedy wreszcie zasną, trzeba będzie jeszcze wstawić naczynia do zmywarki i umyć podłogę zabryzganą kaszką. Dobrze, że był na tym świecie Maciek. Czasem dzielili się i jedno usypiało Lenę, a drugie Ninę – tak było nieco łatwiej, a kiedy indziej po prostu się wymieniali, gdy pierwsze straciło cierpliwość. I choć to on lubił wychodzić poza strefę komfortu, zwykle Nina była w stanie znieść znacznie więcej. Ale tym razem przyjemnie ją zaskoczył.

– Śpią – potwierdził. – Przebieram się i jadę do lasu.

Nina wykorzystała ten moment i wyciągnęła się na kanapie z *Okruchami dnia* w ręku. I choć Kazuo Ishiguro porwał ją od pierwszej strony, delektowała się tą książką już drugi tydzień. Kiedy czytała, lubiła smakować każde zdanie, wracać do akapitu, który czymś ją urzekł i przyjrzeć mu się raz jeszcze. A potem jeszcze jeden. Kiedy coś bardzo jej się spodobało, otwierała stary, zniszczony już zeszyt i przepisywała ulubiony fragment. Nie kopiowała, nie wklejała, nie drukowała. Wszystko robiła ręcznie. Miała wrażenie, że tylko w ten sposób owo zdanie czy opis zapadną jej w pamięć. Zresztą dzięki temu zeszytowi miała pod ręką gotowe rozwiązanie, gdy ktoś bliski brał ślub, zmieniał pracę czy rodziło się dziecko. Nina wertowała namiętnie pożółkłe strony i zawsze znajdowała cytat idealnie nadający się na tę okoliczność. Ileż radości sprawiała jej ta prosta czynność! Czasem tak bardzo coś jej się spodobało, że zamiast wpisywać do zeszytu, chciała się tym z kimś podzielić. Najchętniej z mężem. Z wypiekami na twarzy wbiegała do łazienki, gdy się golił i komunikowała:

– Słuchaj! Muszę ci to przeczytać!

Ale po trzecim razie Maciek odmówił współpracy, a po piątym powiedział, że jeśli jeszcze raz usłyszy coś o genialnej narracji, wyprowadzi się z domu. Lubił czytać, ale praktyczne rzeczy, które coś wnoszą do jego życia, a nie taką sztukę dla sztuki, bezsensowne dyrdymały, jak to nazywał.

– Przeintelektualizowany bełkot. Czytam dopiero trzecie zdanie i już nie mam chęci na więcej – skomentował któregoś dnia, wertując jej pamiętne wydanie *Gry w klasy*, które przyniosła wraz z dobrą setką innych książek w kilku kartonach, gdy się do niego wprowadzała. Spodziewał się raczej butów, płaszczy, kiecek, kremów na dzień, na noc, do rąk, stóp, szyi i pod oczy, ale nie książek. Tego jeszcze nie było. A przynajmniej nie w takiej ilości.

– Porozmawiaj o tym z Pauliną albo jeszcze lepiej: znajdź sobie młodego kochanka, który lubi czytać. Nie dość, że chętnie pogada z tobą o takich pierdołach, to jeszcze będzie miał ochotę na seks trzy razy dziennie – podsumował i odłożył książkę na półkę.

Rozdział 7

Wielka miłość zdarza się w życiu tylko raz, wszystko, co następuje potem, jest tylko szukaniem tej utraconej miłości.

Marek Hłasko

Z Kamilem spałam w sumie dwa, może trzy razy w życiu. Mowa o śnie, nie o igraszkach. Z perspektywy czasu myślę, że to i tak niezły wynik. Szkoda, bo taka z pozoru nic nieznacząca noc w jednym łóżku często zbliża bardziej niż dziesiątki czy nawet setki orgazmów. Ktoś musi się czuć przy tobie na tyle dobrze, na tyle bezpiecznie, by wtulić się w twoje ciało i odpłynąć. Twój zapach musi grać z jego zapachem, a oddechy zlać się w jedną melodię. To intymniejsze niż jakakolwiek pieszczota, ale wtedy jeszcze tego nie wiedziałam. Tym bardziej Kamil.

Kiedy wróciliśmy do Warszawy, wszystko się zmieniło. Pojawiły się obowiązki i trudności, w każdej chwili na ulicy można było wpaść na kogoś znajomego. Do siebie go nie zapraszałam, bo niby jak wytłumaczyłabym mamie regularne wizyty o kilka lat młodszego kolegi? Do niego tym bardziej nie mogliśmy pójść. Pamiętam, jak któregoś dnia ulokowaliśmy się w maleńkim parku na tyłach Nowego Światu, tuż przy Akademii Muzycznej, nad Muzeum Fryderyka Chopina. Siedzieliśmy na kamiennych schodach, popijaliśmy białe wino z pobliskiej Biedronki, a Kamil czytał mi Topora. Mój ulubiony później tomik opowiadań *Cztery róże dla Lucienne*. Ależ ja byłam wtedy szczęśliwa! Nawet nie drażnił mnie fakt, że tym razem wino przyszło nam pić z butelki. Trzeba być elastycznym. Słońce czule łaskotało nasze ramiona, na szyi czułam oddech chłopaka, z którym poszłabym na koniec świata, a w moich uszach pobrzmiewał jego głos. Umówmy się: mogłam przymknąć oko na brak szklanek czy kieliszków.

— A może przejdziemy się do tego parku po drugiej stronie Tamki? — zaproponowałam, kiedy wyłożone kostką brukową schody zaczęły dawać o sobie znać. Przypomniałam sobie to nieznośne zapalenie pęcherza i od razu chciałam przenieść się na ławkę albo cokolwiek innego, byle nie siedzieć na kamieniu. Przenieśliśmy się tuż obok, do parku Kazimierzowskiego, który poznałam na wylot w czasie studiów. Znaleźliśmy rozłożysty klon i zamiast na ławce wylądowaliśmy na trawie, ja asekuracyjnie na złożonej w kostkę bluzie. Czytał dalej, a ja zamknęłam oczy i wsłuchiwałam się w jego głos.

– A co byś powiedział na to, żebym zabrała cię na moment na tamto drzewo? – Wskazałam lekkie wzniesienie nieopodal. Było oddalone od ścieżek dla pieszych i otoczone niższymi krzakami.

– Teraz? Tutaj? – Oderwał się od książki i rozejrzał wokół.

– Nikogo nie ma. Wszyscy są jeszcze w pracy, studenci na wakacjach, a tam nikt nie chodzi. No chodź. Mam fajny pomysł – uparcie kusiłam.

Zamknął książkę, z trudem wcisnął kawałek korka w butelkę, by nie rozlać resztek wina i poszedł za mną. Na szczęście w krzakach nie czekały na nas niemiłe niespodzianki w postaci psich i nie tylko psich kupek, co się często zdarza w Warszawie. Jeśli powietrze pachniało czymś nieprzyjemnym, to tylko i wyłącznie spalinami.

Oparłam go o drzewo, upewniłam się, że obydwoje nie jesteśmy widoczni zza ciemnozielonych liści i osunęłam się na kolana. Rozpięłam kolejno metalowe guziki jego jeansowych szortów. „Brzdęk, brzdęk", zdawały się grać, gdy trącałam je świeżo pomalowanymi paznokciami. Moje dłonie od razu powędrowały w kierunku jąder. Dotykałam je delikatnie, z wyczuciem, by sprawić mu przyjemność, nie ból. Chwilę później pieściłam językiem cieniutką skórę, która je z każdej strony otulała. Chciałam ją lekko zwilżyć i ogrzać. Zapomniałam o strachu, o tym, że w każdej chwili ktoś może nas między tymi tylko z pozoru gęstymi gałęziami wypatrzyć.

Kamil położył dłoń na moich włosach, zaczął się nimi bawić. Głaskał je delikatnie, jakby naśladował pieszczoty, których sam doświadcza, i wskazywał mi właściwy rytm. Na zmianę ssałam raz jedną, raz drugą z jego krągłości, a członek wylądował w mojej dłoni. Zwilżyłam go obficie i pieściłam posuwistymi ruchami. Chciał więcej i więcej. Widziałam to w jego nieobecnym spojrzeniu, czułam w każdym oddechu. Podkręciłam tempo ruchów i intensywność uścisku, by potem zwolnić i dać mu dojść do siebie.

Chciałam, by ta rozkosz, która pojawi się na końcu zabawy, była paraliżująca.
– O tak! Rób tak, jak teraz. Nie przestawaj! Dochodzę! Uwaga!

Staraliśmy się wykorzystać każdą sytuację, każde głupie dziesięć minut, które dla nas głupimi nie były. Pamiętam, jak kiedyś pojawiliśmy się u Tomka na domówce. Tak bardzo chcieliśmy się spotkać, że obydwoje zaoferowaliśmy pomoc w przygotowaniach, byleby tylko zjawić się jak najwcześniej i spędzić ze sobą jak najwięcej czasu. Podczas rozkładania plastikowych talerzyków okazało się, że nie mamy kubków, a żadne z nas nie chciało narażać Majki na straty. Tomek wyskoczył szybko do sklepu, a my zgodnie stwierdziliśmy, że zostaniemy i ogarniemy całą resztę. Oczywiście, gdy tylko usłyszeliśmy trzask zamykanych drzwi, wylądowaliśmy w salonie na dywanie. Był szorstki i wyjątkowo nieprzyjemny w dotyku. Jakoś nigdy wcześniej nie zwróciłam na to uwagi.

Usiadłam na nim. Nie zdążyłam zdjąć majtek, przesunęłam je tylko na bok i tak bardzo dałam się ponieść, że przestałam odczuwać ból. Miałam na sobie krótką spódniczkę w kolorze soczystej, wiosennej trawy. Takiej, która pojawia się zaraz po długiej zimie, a promienie słońca jeszcze nie zdążyły jej wypalić. Pod tę mini wsunął obie dłonie: ciepłe i zdecydowane. W ciągu kilku tygodni, spędzonych pod moimi skrzydłami, nabrał pewności ruchów. Tamtego dnia po raz pierwszy poczułam prawdziwą rozkosz. Może to lęk przed tym, że Tomek mógł w każdej chwili pojawić się w drzwiach, dodał całej sytuacji pikanterii, a może coś innego. Moje ciało wreszcie było w pełni obecne. Zalewały je fale gorąca, a potem dopadał przeszywający chłód. I tak na zmianę, bez końca. Gdy doszłam do siebie, na kolanach zauważyłam krwawe plamy. Jakby się dobrze przyjrzeć, do dziś pozostał ślad. Goiły się długo, a ja udawałam, że są skutkiem nieszczęśliwego wypadku na rolkach. Nie wiem, czy miałam je kiedykolwiek na nogach. Może w podstawówce pożyczyłam od koleżanki i to by było na tyle. Tomkowi powiedziałam, że spadłam z okna, gdy próbowałam zawiesić balony.

Kilka dni później zabrał mnie na imprezę do koleżanki. Julki co prawda nie znałam, ale Tomek i kilku naszych wspólnych znajomych też tam wylądowało, więc czułam się jak ryba w wodzie.

– Nie boisz się, że ktoś nas zauważy? – zapytałam, kiedy posadził mnie na kolanach. Jak zwykle wszyscy gnieździliśmy się w kuchni, choć mieszkanie było ogromne.
– A czego mam się bać?
– No nie wiem, tu są twoi znajomi.
– Nina, spójrz na siebie. Przecież każdy gość na tej imprezie marzy o tym, żeby taka dziewczyna usiadła mu na kolanach. Widzisz te pełne zawiści spojrzenia? – wyszeptał i wskazał głową na kolegów. – Wstyd się przyznać, ale bardzo to lubię. Wiem, wiem: płytkie to i próżne, ale nawet nie masz pojęcia, jak przyjemnie się z tobą chodzi za rękę! Nie wiem, czy to widzisz, ale za każdym razem, kiedy spacerujemy Nowym Światem, Francuską, łazimy po Skaryszaku, ci wszyscy faceci, którzy na nas patrzą, mają takie miny... Uwielbiam to! Wyłapuję ich wzrokiem i czuję się dumny!

Rozbawiło mnie to wyznanie. Próżne nie próżne, dla mnie urocze. Kiedy byłam z nim, zapominałam o całym świecie. Nie zwracałam uwagi na to, którędy idziemy, dokąd zmierzamy, a już na pewno nie przyglądałam się twarzom mijanych przechodniów.

Ale nie to miałam na myśli, kiedy zapytałam, czy się boi. Chodziło mi o nią. O tę dziewczynę, której imienia nigdy nie wymienił, ale to z jej powodu powiedział mi wtedy „nie". Czasem o niej wspominał niby mimochodem, ale ja wiedziałam, że wciąż siedziała mu w głowie. Co z nią? Wróciła? Przecież gdzieś w tym tłumie musi być jakaś życzliwa przyjaciółka, która jej wszystko przekaże, a on nie może o tym nie wiedzieć. Ale to pytanie pozostało bez odpowiedzi. Nie męczyłam go dalej. Nie chciałam. Wolałam żyć w słodkiej świadomości, że cały świat nie istnieje, że jesteśmy tylko my. Jeszcze chociaż przez kilka dni, nim skończy się lato.

***

– Zrobiłaś to! Puknęłaś go już pierwszej nocy? Nie wierzę! Ty? – Paulina wreszcie wróciła z wakacji. Czekałam na ten dzień jak na niewiele rzeczy w życiu. Tak bardzo chciałam jej o wszystkim opowiedzieć, podzielić się radością, poradzić się, wyżalić, wypłakać. Pech chciał, że na cały miesiąc poleciała na kurs językowy do Dublina, a ja zostałam sama jak palec. Nie powiem, korciło mnie, jak nie wiem co! Chciałam napisać długiego maila i podzielić się każdym szczegółem albo zadzwonić na Skypie, żeby zobaczyć jej minę. Ostatecznie postanowiłam dzielnie się trzymać i poczekać, aż wróci. Cóż, dla tej miny, którą zobaczyłam, było warto.

– Że niby ja to nie mogę?

– Nina, bo ty zawsze jesteś taka nieśmiała, niepewna. A tu proszę bardzo! I to jeszcze taki trudniejszy przypadek! No nie wierzę! Brawo! – Paulina była zachwycona.

– Przestań. To nie do końca tak było. Ja nie planowałam seksu. – Nawet własnej przyjaciółce nie chciałam się przyznać do misternie uknutej intrygi. Wypierałam się do końca, choć doskonale pamiętałam układaną po nocach listę lektur, wygibasy z samoopalaczem i wielkie nadzieje, jakie pokładałam w różowych buteleczkach bacardi.

– Tylko co?

– Ja chciałam po prostu z nim zasnąć... Przytulić się – przez moment nawet sama w to uwierzyłam.

– Zasnąć? Z szesnastolatkiem? Czy ty się słyszysz?

– Siedemnastolatkiem – sprostowałam.

– Z tego, co mówiłaś, to urodziny ma za tydzień. Czyli szesnastolatkiem.
– Ja liczę rocznikowo – droczyłam się dalej.
– Nieważne, nastolatek to nastolatek. Co ty myślisz, że jak powiesz młodemu chłopakowi, którego rozsadzają hormony: „Dzisiaj śpisz ze mną!" to on to rozumie tak: „A, dziewczyna ma ochotę wskoczyć do łóżeczka w piżamce i się poprzytulać!"? Nie rozśmieszaj mnie! Ale powtórzę jeszcze raz: Brawo! Nie doceniałam cię! Ty wiesz, że chyba nawet ja bym się nie odważyła? Patrz, to ja jestem ta odważna i lubieżna, ale jak już przyjdzie co do czego, bijesz mnie na głowę! Polej jeszcze winka i mów, co było dalej. Z detalami!

Do dziś zostało nam to zamiłowanie do dzielenia się ciekawymi historiami.

***

Problem w tym, że bajka nie może trwać wiecznie. Pierwszy cios zadał mi dużo wcześniej, niż się tego spodziewałam.

– To jest zupełnie bez sensu – wypowiedział te słowa pewnego upalnego wieczoru, kiedy siedzieliśmy przy Wodozbiorze w Ogrodzie Saskim. Cięły jak brzytwa. Patrzyłam uparcie w witki wierzby, które spokojnie zanurzały się w wodzie, żeby czymś zająć myśli. Sama wiedziałam to doskonale, ale nie dopuszczałam do siebie. Wydawało mi się, że dopóki żadne z nas nie wypowie tego na głos, problem nie istnieje. To trochę tak, jak boisz się zalogować na konto i sprawdzić, ile masz na nim pieniędzy, bo dopóki nie zobaczysz na oczy, ile wydałeś, jesteś o tę kwotę bogatszy. Albo z wizytą u lekarza: dopóki do niego nie pójdziesz i nie usłyszysz, że masz nowotwór, jesteś zdrowy, nawet jeśli bez powodu opadasz z sił.

Tak było z nami. Uwielbiałam spędzać z nim czas i na swoje nieszczęście stawałam się coraz bardziej uzależniona od jego zapachu, smaku, głosu. Każdego dnia chciałam więcej i więcej, ale nic na ten temat nie mówiłam. Wiedziałam, że sprawa jest dość skomplikowana. Starałam się nie myśleć o tym, co ma sens, a co nie. Korzystałam z chwili. Nie wiedziałam, jak długo jeszcze będzie trwać. Ale gdzieś w środku coraz częściej odczuwałam lęk. A Kamil go tylko rozbudził na dobre. Powiedział coś, czego już w żaden sposób nie można było cofnąć.

Nie dałam się odprowadzić. Chciałam zostać sama. Nie byłam zła, nie miałam do niego żalu, potrzebowałam chwili na odnalezienie się nowej sytuacji. Cholera jasna, zakochałam się i tyle. Najwyższa pora się do tego przyznać, choćby samej sobie. Zupełnie bez sensu, bez szans na jakiekolwiek powodzenie i to jeszcze na własne życzenie. Wracałam do domu ruchliwą Marszałkowską i mimo tego, że mijało mnie morze samochodów, tłum przechodniów, czułam się potwornie samotna. Do ust spływały mi łzy. Słone, mętne, wymieszane z kremem i podkładem. Część z nich połykałam, a część wycierałam ręką. Miałam gdzieś to, czy wyglądam śmiesznie, czy tusz rozmazał się na policzkach. Jakie to miało znaczenie? Cały świat wypadł mi z rąk i rozsypał się w drobne kawałki! Bolało. Bolało jak cholera. Zrozumiałam, że najwyższy czas coś z tym zrobić, jakoś to poukładać, wrócić do rzeczywistości.

    Następnego dnia poprosiłam o więcej godzin w kawiarni, w której sobie dorabiałam, a tydzień później mama złożyła mi propozycję nie do odrzucenia:

    – Lecę pod Rotterdam zająć się domem Agaty. Praca w domu, w ogrodzie, opieka nad trzema psami, chcesz się przyłączyć? Dobrze płaci, na pewno lepiej na tym wyjdziesz niż w tej twojej kawiarence, a przyda mi się pomoc. Whippety potrzebują dużo ruchu, mogłabyś z nimi biegać albo przynajmniej zabierać je na długie spacery, w przeciwnym razie zdemolują ogród. Lecimy?

To było najlepsze, co mogło mi się trafić! Nie zastanawiałam się nawet chwili, chciałam jak najszybciej uciec z Warszawy, gdzie każdy park, każda ławka, każdy kąt zdawały się krzyczeć jego imię.

W Holandii nie było czasu na myślenie o głupotach. Kiedy kończyłam robić jedną rzecz, w kolejce czekała już druga i trzecia. Mimo tego regularnie udawało się wyrwać choć pół godziny na rower albo błogie lenistwo z książką w samym sercu bajkowego ogrodu. Miałyśmy wielkie szczęście do pogody: ani jednego deszczowego dnia!

– Przeżywasz coś? – zapytała mnie mama któregoś dnia.

– Zakochałam się – odpowiedziałam szczerze, jak na spowiedzi. Przed matką nie byłam w stanie niczego ukryć. Nawet zaskoczył mnie fakt, że tak późno o to zapytała. Jestem pewna, że już

wcześniej coś zauważyła. Może uznała, że sama przyjdę, kiedy będę gotowa? Ale nie przyszłam.
– Chcesz mi o tym opowiedzieć? – dodała, a ja poczułam, jak puszczają mi wszystkie emocje. Ni z tego, ni z owego popłynęło morze łez. Nie mogłam nad tym zapanować.
– Spokojnie, czasem każdy musi sobie popłakać. – Usiadła obok i przytuliła mnie. Ten prosty gest uruchomił kolejną falę łez. Tym razem już nie obeszło się bez głośnego łkania, niemalże histerii. – Ciii! – szeptała mi do ucha i kołysała, jakbym była małą dziewczynką, którą trzyma na rękach. I tak się poczułam: słaba i bezbronna. Płakałam i płakałam, łzom nie było końca. Trochę tak, jakby coś się we mnie odblokowało, jakby ktoś wreszcie pozwolił mi okazać emocje. Nie powiedziałam wtedy nic więcej, a mama nie pytała. Zaparzyłyśmy sobie waniliowego roiboosa i czytałyśmy książki. Było idealnie.

Następnego dnia pojechałam do miasta sprawdzić maile. Internetu w domu nie było, więc co kilka dni wsiadałam na rower, żeby mieć kontakt ze światem. W epoce, kiedy serwisy społecznościowe właściwie nie istniały, taka dawka wystarczała w zupełności. Zalogowałam się na skrzynkę i zmroziło mnie! Nadawca: Kamil Sadowski. Przez chwilę chciałam skasować tę wiadomość bez czytania, nie wracać do emocji, które udało się przygłuszyć. Byłam na dobrej drodze, by za jakiś czas zupełnie się z niego wyleczyć. Otworzyłam bezmyślnie kilka innych maili, ale nic do mnie nie docierało. Serce waliło jak szalone i wiedziałam, że nie zapanuję nad tym, że muszę przeczytać tę wiadomość. Po prostu muszę!

Jak się czujesz? Mam nadzieję, że lepiej niż ja. Chciałem Cię przeprosić za to, co powiedziałem ostatnim razem, kiedy się widzieliśmy. To było kretyńskie, żałosne. Widocznie żaden ze mnie kompan do rozmowy, tylko zwykły gówniarz, który jeszcze nie panuje nad tym, co mówi. Nie chciałem tego pisać, chciałem Cię przeprosić osobiście, więc wybrałem się kilka dni temu do kawiarni, żeby sprawdzić, w które dni pracujesz. Powiedzieli mi, że wyjechałaś do Rotterdamu – zazdroszczę, choć Warszawa latem ma swój urok. Wieczorami szwendam się wąskimi uliczkami w okolicach Nowego Światu i przypominam sobie, jak śmiałaś się tutaj

na całe gardło, kiedy opowiadałem Ci o moim nauczycielu od matematyki. Tęsknię za tym głosem, donośnym śmiechem i za Twoimi ustami, które zawsze smakują tak samo: papierosami, winem i malinami. Spotykam się ze znajomymi, chodzę czasem na domówki i mam wrażenie, że to wszystko jest takie puste i nijakie bez Ciebie. Próbuje się dobrze bawić, zapomnieć i zaraz słyszę lub widzę coś, co wywołuje wspomnienia. Dziś na przykład wyciągnąłem z półki przy łóżku Mistrza i Małgorzatę, bo pomyślałem, że najwyższa pora to wiekopomne dzieło przeczytać i nie zgadniesz, co znalazłem! Na ręce wysypał mi się brokat. Twój brokat, z którego zawsze się śmiałem. No bo co to za pomysł, żeby codziennie smarować stopy brokatem i to tylko stopy? A teraz myślę, że to świetny pomysł, bo Twój. Zebrałem wszystkie ziarenka i wrzuciłem z powrotem do książki. Dzięki temu częściowo jesteś ze mną. Swoją drogą: masz jakiś pomysł, skąd się tutaj wziął?
 Ale do rzeczy: przepraszam, jestem idiotą. Nie gniewaj się. I nawet jeśli już nigdy nie będzie nam dane ze sobą rozmawiać, chcę, żebyś wiedziała, że bardzo żałuję tego, co powiedziałem. Że Warszawa

bez Ciebie już nie jest taka sama: gwar przestał być muzyką, stał się upierdliwym hałasem, zacząłem czuć smród spalin, a ludzie stali się szarzy i nieciekawi. Wracaj.
Kamil

Przeczytałam tego maila chyba z dziesięć razy, żeby się upewnić, że wszystko zrozumiałam. Zawsze pisał tak, że mnie wzruszał, ale robił to niezwykle rzadko. To był może drugi mail, jaki od niego w życiu dostałam. Reszta wiadomości to pourywane esemesy albo dedykacje w książkach. I ta pamiętna lista, ale na niej nie było nic poza tytułami i nazwiskami. Gdybym była w domu, wydrukowałabym sobie tę wiadomość i czytała codziennie przed snem, a tak przepisałam tylko do zeszytu dwa zdania:

Warszawa bez Ciebie już nie jest taka sama: gwar przestał być muzyką, stał się upierdliwym hałasem, zacząłem czuć smród spalin, a ludzie stali się szarzy i nieciekawi. Wracaj.

Tęsknił. Nawet nie musiał tego mówić. To zabawne, że bez względu na wiek na jedną rzecz mężczyźni reagują bardzo podobnie: zaczynają cię doceniać, gdy na moment znikniesz z ich życia. Kiedy zobaczą, jak ich świat wyglądałby bez ciebie...

Wsiadłam na rower i wróciłam do domu. Podróż trwała dłużej niż zwykle, bo dopiero tego dnia dostrzegłam, jak piękny jest Rotterdam. Wystawiałam twarz do słońca, uśmiechałam się do ludzi, podziwiałam zielone parki, które wyrastały jak grzyby po deszczu co kilkaset metrów. Całą trasę śpiewałam coś pod nosem, a po południu, gdy podcinałyśmy z mamą krzaki w ogrodzie, dołączyłam do tego układ taneczny.

– O, widzę, że już nie mam się o co martwić! – Uśmiechnęła się i przytuliła mnie mocno. – Jak taką cię widzę, to mogę być spokojna – dodała. Ale ja spokojna jeszcze nie byłam...

Po dwóch dniach łażenia po ogrodzie i zastanawiania się, co zrobić z wiadomością, którą właśnie przeczytałam, wsiadłam na rower i pojechałam do miasta. Stwierdziłam, że kochać trzeba odważnie. Nie zastanawiać się za dużo, nie rozrysowywać wszystkich możliwych scenariuszy, tylko działać. Kochać – wtedy pierwszy raz dopuściłam do siebie to słowo. Wstydziłam się go, długo je wypierałam, bo miało dla mnie zupełnie inny kaliber niż „być zakochaną". Zakochana to ja byłam za każdym razem, gdy poznawałam kogoś, kto wprowadzał w moje życie chaos, ale kochać... nigdy nie kochałam. Pamiętam, że wymyśliłam sobie wtedy dziwaczną definicję miłości i kurczowo się jej trzymałam. Do dziś myślę, że każdy ma swoją, no bo jak przypisywać charakterystyczne cechy czy objawy emocjom, skoro wszyscy przeżywamy je na inny sposób?

Cześć!
Pięknie tu! Zielono, czysto i pachnie latem w pełni. Spodobałoby Ci się. Mieszkam w pięknym domu z ogrodem, którym zajmujemy się z mamą pod nieobecność jej znajomej. Nie ma dużo pracy ani innych zajęć – to maleńka miejscowość pod Rotterdamem. Jeżdżę na rowerze i czytam książki. I tak każdego dnia. Potrzebowałam tego. Odpoczęłam od tych wszystkich wydarzeń, nabrałam dystansu, czuję, że powoli mogę wracać.
Nie jestem zła, nawet wydaje mi się, że Cię rozumiem. Zresztą nie mogłabym Cię o nic obwiniać. To

ja wkradłam się do Twojego życia, wręcz wyważyłam drzwi, których dzielnie pilnowałeś. Oczywista sprawa, że namieszałam Ci w głowie, sobie jeszcze bardziej. Nigdy nie byłam zła. Raczej rozczarowana i to nie Tobą, a sobą, własną naiwnością. Przecież od początku wiedziałam, że to nie ma sensu, nie trzyma się kupy, że to na chwilę, a potem przeżyłam rozczarowanie... Nieważne, nie ma co wracać do przeszłości.

Miło mi, że napisałeś. Uwielbiam czytać Twoje słowa i to bez względu na to, czy piszesz o mnie, o Warszawie, czy o butelce piwa. W życiu bym nie powiedziała, że masz 17 lat! Nie jesteś gówniarzem, a już na pewno nie wtedy, gdy bawisz się słowami.

Śmieszna historia z tym brokatem! Nie mam pojęcia, skąd się tam wziął! Pewnie Mistrz i Małgorzata *byli wtedy z nami w łóżku albo gdzieś obok ;)*

Czytaj, ale nie zaszywaj się w książkach. Chodź na imprezy, rozmawiaj, bo to Twój czas. A te młode dziewczyny są fajne, trzeba tylko chcieć je lepiej poznać, chociaż, cholera, budzi się we mnie jakaś taka iskierka zazdrości ;) Lepiej poczekaj na mnie.

Wracam w środę wieczorem. Masz mój numer, jeśli będziesz chciał się któregoś dnia spotkać, po prostu zadzwoń.
Nina

Zadzwonił jeszcze w środę.
– Dojechałaś cała i zdrowa? – Przyjemnie było znowu usłyszeć jego głos.
– Dosłownie weszłam do domu.
– Co powiesz na nocny spacer nad Wisłą?
– Ale dziś?
– Tak, mogę być pod twoim domem za pół godziny.
– Nie wiem... Chciałabym się wykąpać, zjeść, rozpakować. Na serio, dopiero weszłam. Może jutro?
– To za godzinę. Wystarczy? – nalegał.
– Za godzinę na placu Grzybowskim. – Nie umiałam mu odmówić. Pewnie stałam z telefonem w ręku i stęskniona przebierałam nogami. Tego momentu akurat dobrze nie pamiętam, ale czym jest brak prysznica, głód, zmęczenie, gdy masz dwadzieścia parę lat i ON na ciebie czeka? Ten przeklęty mail na nowo ruszył całą machinę!

Wrześniowe noce nie są już takie ciepłe. Nawet jeśli trafi się dobry rok i słońce w ciągu dnia mocno daje się we znaki, to nie nagrzewa już asfaltu i kostki wystarczająco mocno, by wieczorami nie marznąć bez ciepłego swetra. Wciągnęłam na siebie jeansy i ulubioną szarą bluzę z kapturem, bo wiele rzeczy mogę przeżyć, ale nie przeszywający chłód, który psuje całą zabawę i odbiera chęć do robienia czegokolwiek. Całe życie staramy się jak najrzadziej denerwować, nie wybuchać, nie strzelać fochów z byle powodu, a wystarczy, że dopadnie nas głód, zrobi się zimno albo pełny pęcherz da o sobie znać i cała nauka idzie w las. Przynajmniej ja nie jestem w stanie trzeźwo myśleć i w sekundę zamieniam się we wściekłą bestię. I na nic się zdaje to całe szlifowanie charakteru. Dlatego zawsze wolę się upewnić, że zjadłam i że nie zmarznę. Sikać nauczyłam się wszędzie. Życie jest zbyt krótkie, by przez nie przejść z bolącym pęcherzem.

Przemaszerowaliśmy wtedy kawał Warszawy. Do domu wróciłam o świcie: głodna jak wilk i w takim nastroju, że nie było mowy o spaniu. Wszystko znowu wydawało się lekkie i kolorowe, jak w tamte dni w domu nad rzeką. Trudne tematy nie wracały, a ja nie czułam potrzeby, by coś wyjaśniać, o coś dopytywać. Po co stąpać twardo po ziemi, kiedy masz siłę latać?

Rozdział 8

Wie pan, każdy człowiek ma jakąś potrzebę kontaktu z ludźmi, ale kontaktu nie przypadkowego, tylko jakiejś bliskości charakteru, myślenia, nastroju.

Tadeusz Konwicki

W kolejnym tygodniu w redakcji wszystko wróciło do normy. Lista zadań do wykonania przed końcem roku powoli się kurczyła, a Lucyna mogła spokojnie wrócić do pracy. Po zapaleniu krtani została tylko niewielka chrypka, która brzmiała raczej sexy niż niepokojąco.

– Ale się wynudziłam w domu! Obejrzałam wszystkie sezony *Suits*, więc w razie czego możesz mnie wysyłać na pogadanki do Pośpiecha. Mam dla niego riposty na każdą okazję. – Rozsiadła się na biurku Niny. – No dobra, to teraz nadawaj, co jest do zrobienia?

– Najważniejsze, że jesteś cała i zdrowa! – Nina wyściskała ją na powitanie. – I nie martw się: jest co robić! Chciałabym, żebyś przygotowała dzisiaj dwa teksty, które dostałam na maila od naszego praktykanta, a potem zadzwoniła pod ten numer i umówiła się na trening. Dobrze się już czujesz? Możesz ćwiczyć? – Wręczyła jej wizytówkę.

– Mogę, mogę. Poproszę o wersję dla rekonwalescentów. A co to za trener?

– Przygotuj z nim taki temat: „Pięć najlepszych ćwiczeń na mięśnie pośladków". Tylko zróbcie razem ten trening, chcę, żeby to był zabawny, lekki, osobisty tekst. Napisz, jak się czujesz, czy było ciężko, czy coś cię bolało następnego dnia. Taka typowa wcieleniówka z planem treningowym, który każdy może zrobić w domu – Nina rozwinęła wątek. – Właśnie! Słowo-klucz: w domu! Nie używajcie żadnych sztang ani kettli. To ma być coś, co pani Krysia może sobie machnąć na dywanie, kiedy wróci po całym dniu z biura.

– Jasne! A te teksty od praktykanta od razu wrzucać? – zapytała, notując coś w kalendarzu.

– Od razu. Nie mamy na dziś nic innego. Tam pewnie nie będzie wiele poprawiania. Janek dobrze pisze.

– Widziałam, że podczas mojej choroby ładnie sobie poradziliście. Ale mam nadzieję, że mnie nie zastąpi?
– Nie wygłupiaj się. Zgarnęłam go od Hani Lubienieckiej na parę dni. Dobry jest, ale wiesz, że ja bez ciebie ani rusz! – Uśmiechnęła się. – Możemy iść dzisiaj na lunch, to opowiem ci wszystko, co się tutaj działo.
– Chodźmy! Gal Mok? Oddam królestwo za wrapa z mango i ostrym kurczakiem! – rozmarzyła się Lucyna.
– Gal Mok zatem. Wytrzymasz do trzynastej trzydzieści? – Nina spojrzała na zegarek.
– Idealnie! Wpadnę po ciebie.

– Mogę ci zająć chwilę czy lepiej zajrzeć jutro? – Janek zjawił się z plikiem kartek tego samego dnia, późnym popołudniem.
– Chodź! – Oderwała się od ekranu i kiwnęła zapraszająco głową. – Dziękuję za te teksty, które podesłałeś rano. Lucyna już wrzuciła je na stronę i podpisała cię z imienia i nazwiska, żebyś mógł sobie zbierać linki.
– Mam nadzieję, że wszystko było jak trzeba? – zapytał i od razu przeszedł do rzeczy. – Wpadłem

w innej sprawie. Chciałem ci coś pokazać. Zajmę tylko kilka minut. W weekend posiedziałem trochę nad waszym kontem na Instagramie, sprawdziłem, co się dobrze przyjmuje, a co ma mało polubień i komentarzy, podejrzałem, co robi konkurencja i przygotowałem dla ciebie takie moje podsumowanie. Możesz to przeczytać i przetestować. Wiadomo, nie namawiam do tego, by kopiować innych, ale warto się zainspirować. Przygotowałem kilka próbnych fot i postów, wypisałem ci trendujące hasztagi, które powinny zwiększyć zasięgi. Przejrzyj to i jakbyś miała jakieś pytania, to wiesz, gdzie mnie szukać. Spróbować nie zaszkodzi. – Janek przekazał jej kartki do ręki. – Wyślę ci to wszystko na maila. Lecę!

– O matko! Dziękuję! Przejrzę dziś wieczorem. – Tego się nie spodziewała.

– Wystarczy wypróbować kilka rzeczy, które znajdziesz w tej tabelce i będzie od razu duża zmiana. Dziękuję za wszystko!

– Gdybyś kiedyś czegoś potrzebował, nie wiem, rekomendacji, opinii, czegokolwiek, pisz, dzwoń, przychodź. Chętnie pomogę – zaoferowała.

– Świetny pomysł, jeśli nie masz nic przeciwko, to po rekomendację chętnie się zgłoszę – ucieszył się. – Powoli zacznę się rozglądać po różnych redakcjach. Jeszcze raz wielkie dzięki i pamiętaj, jeśli przyjdzie ci do głowy coś, co mogę dla ciebie zrobić, daj znać. Cokolwiek. – Uśmiechnął się i wyciągnął do niej rękę. Już w tej sekundzie przyszło jej na myśl kilka rzeczy. Mógłby na przykład zabrać ją do windy, zatrzymać między piętrami i przez godzinę udawać, że świat nie istnieje. Znaleźć jej najczulsze punkty i w zaledwie kilka chwil sprawić, że stanie się kompletnie mokra, a potem będzie krzyczeć głośniej niż alarm ukryty za tajemniczym przyciskiem z żółtym dzwonkiem. Pozwolić jej się wbić w swoje silne plecy i razem z nią przeżywać tę rozkosz. Poczuć na sobie tę pierwszą falę ciepła i wytrwale czekać na drugą, trzecią i czwartą. Zmoczyłaby wszystko wokół niczym gorąca fontanna, a potem, zupełnie bezsilna wtuliłaby się w niego i na moment zastygła. Tak, to mógłby dla niej zrobić.

– Będę pamiętać – odezwała się i udała, że wraca do pracy. Zamknęła temat Janka na wiele tygodni, ale w styczniu znowu otworzyła drzwi, których lepiej było nie ruszać. Tym razem na oścież.

***

Nina od lat nie wierzyła w noworoczne postanowienia, ale korzystała z faktu, że inni wciąż pokładali w nich nadzieje. W tym okresie nie musiała się martwić o statystyki, serwis działał jak samograj. Raptem każdy Polak chciał zmienić swoje dotychczasowe nawyki żywieniowe, zaczynał biegać, przygotowywać się do półmaratonu, szukał planu treningowego na siłownię i przepisu na ciasteczka owsiane. Koniecznie bez cukru i mąki. Nawet największy leń odnajdywał w sobie zapał i chęć, potrzebował tylko garści informacji na start. Oczywiście ów zapał nie trwał wiecznie, więc trzeba było kuć żelazo, póki gorące.

Nina lubiła swoją pracę. Od grudnia wstawała dzielnie o piątej rano, kiedy cały dom jeszcze smacznie spał. Zaszywała się w kuchni, zapalała świece, włączała akustyczne wersje ulubionych utworów, parzyła herbatę jaśminową, później kawę i pracowała w spokoju. Do siódmej miała czas tylko dla siebie. Zakochała się w tych porankach! Nie dzwonił telefon, nie spływały maile, nikt nie przychodził i nie zadawał żadnych męczących pytań. Była tylko ona, ulubiony zeszyt, pióro i laptop. Jeszcze zanim przekroczyła próg redakcji, miała zrobione mnóstwo rzeczy i rozpisany plan działania na kolejne godziny. Znów nabrała wiatru w skrzydła!

W drugim tygodniu stycznia jak zwykle wypadało kolegium z planowaniem na najbliższy kwartał. Tym razem wreszcie udało jej się solidnie przygotować i nie spóźnić. Co prawda przepustkę znowu gdzieś posiała, ale pojawiła się w sali konferencyjnej trzy minuty przed Pośpiechem. Zdążyła nawet wybrać sobie takie miejsce, by nie rzucać się w oczy.

Po trzydziestu minutach omawiania tego, co się wydarzyło w ubiegłym roku i ustalania, które rzeczy muszą ulec zmianie, Pośpiech wychylił się w jej kierunku.

– Jeszcze zanim przejdziemy do waszych planów, chciałbym zatrzymać się na moment na dziale Rekreacji, którym zajmują się Nina Szklarska i Lucyna Lazarewicz. To idealny przykład, na którym możemy pokazać, co koniecznie trzeba w tym roku zmienić. Koniecznie! – podkreślił.

Nina momentalnie pobladła. Zaglądała w grudniowe statystyki i nie wyglądały aż tak źle. Tuż przed zakończeniem roku pracowały z Lucyną na podwójnych obrotach. Nie było czasu na kupowanie prezentów, wybieranie nowych bombek i lepienie pierogów, bo zamiast tego szukały influencerek, które mogą przyciągnąć do serwisu młodszych użytkowników, poświęcały czas na hasztagi, zdjęcia i inne cuda: strata czasu z punktu widzenia Pośpiecha. Nie było idealnie, no ale żeby od razu to wytykać na noworocznym kolegium? „No nic, przynajmniej Maciek będzie szczęśliwy, kiedy wrócę do domu i oznajmię, że jutro nie idę do pracy i wreszcie zadbam o domowe ognisko. Tak, jak chciał", pomyślała.

– Nie wiem, czy przyglądacie się na bieżąco temu, co dzieje się na stronach prowadzonych przez waszych kolegów, pewnie nie, ale warto. – Na twarzy Pośpiecha malował się delikatny uśmiech. Może zaledwie jego cień, ale jednak. Nigdy wcześniej nie dostrzegła czegoś podobnego, chyba że była to złośliwość lub często u niego spotykana szydera. – Statystyki w listopadzie wyglądały bardzo źle. Zaprosiłem Ninę do siebie, dostała tradycyjną zjebkę (znacie mnie, nic szczególnego, raczej standardowa procedura), ale podziałało. Minęły dwa miesiące i jest ogromny postęp. Poprosiłem Martynę, żeby przygotowała tabele ze statystykami i kilka najlepiej klikających się postów. – Wyciągnął z teczki plik pozszywanych kartek. – Przekażcie sobie, powinno wystarczyć dla wszystkich. Przejrzyjcie, a jak wrócicie do biurek, przeanalizujcie zmiany, jakie dziewczyny wprowadziły na Instagramie, i uczcie się od najlepszych. Dobra, wystarczy tego chwalenia, przechodzimy do planowania na najbliższy kwartał. Zaczniemy od Bartka i serwisów edukacyjnych – Pośpiech przeskoczył na inny temat, jakby nigdy nic, a Nina nie mogła w to uwierzyć.

– Słyszałaś to? – wyszeptała Lucyna.

– Nie chce mi się wierzyć. On na serio nas pochwalił?

– Gratki, dziewczyny. Przyjdę do was na szkolenie. – Asia, która siedziała zaraz obok, szturchnęła Lucynę w ramię.

– To bardziej do Niny. Ode mnie chyba niewiele się nauczysz.

– Cicho tam! – wrzasnął Pośpiech, a Ninie kamień spadł z serca. Jednak to nie był sen, a Pośpiech nie stracił głowy, wciąż był sobą. I naprawdę je pochwalił? Ciężko było w to uwierzyć.

Przez kilka lat, które spędziła w tej redakcji, ani razu nie usłyszała od Pośpiecha czegoś pozytywnego na temat swojej pracy. Taką okazję trzeba było uczcić. „Prosecco?", napisała na kartce ze statystykami swojego serwisu, którą przed chwilą wręczył każdemu Pośpiech, i pokazała Lucynie. Ta przekreśliła słowo i dodała od siebie „Szampan!!!".

– To się nie zdarza codziennie – wyszeptała.

Nina wiedziała, że w ogromnej mierze to zasługa Janka. Fakt, to nie on zrywał się skoro świt i pisał godzinami przy świecach, ale gdyby nie jego pomysły, nie udałoby się osiągnąć aż tak spektakularnych efektów. Właśnie, Janek! Czy on jeszcze w ogóle urzęduje w redakcji? W grudniu widziała go kilka razy, zawiozła mu nawet podpisaną rekomendację, a Hani obiecane Pinot Noir, ale potem przyszły święta, planowanie strategii na kolejny kwartał i zupełnie o nim zapomniała. Wskoczyła do windy i pojechała złożyć mu wizytę.

– No dzień dobry, dzień dobry! Doszły mnie słuchy, że Pośpiech dzisiaj kogoś wychwalał na kolegium. Gratuluję, moja droga! – Hania powitała ją serdecznie.
– Wiesz, że to częściowo twoja zasługa?
– Moja? A co ja niby miałam z tym wspólnego? – zdziwiła się.
– Pożyczyłaś mi Janka.
– To świetnie! Mówiłam ci, że będziesz zadowolona. Wróżę mu karierę. Słyszałaś już, że dostał pracę w newsroomie w Wirtualnej Polsce? Nie wiem, jaką mają tam teraz sytuację, ale na pewno będzie mu lepiej niż u mnie. I dużo się chłopak nauczy. Chcesz mu pogratulować osobiście? Ucieszy się!

Siedział wpatrzony w monitor. Palcami stukał w klawiaturę: szybko i głośno: ta, ta, ta, ta, ta, ta, ta, jakby się bał, że jego dłonie nie dogonią myśli. Stanęła tuż za nim, nie miał o tym pojęcia. Z wielkich słuchawek płynęła muzyka, która skutecznie odcinała go od otaczającego świata. Na odległość trudno było rozpoznać gatunek.

Wreszcie mogła mu się lepiej przyjrzeć. Co prawda tylko od tyłu, ale to zawsze coś. Spod czarnego swetra wystawał kawałek delikatnej skóry.

Zastanawiała się, czy jego kark jest równie wrażliwy, jak jej. Miała ochotę podejść i sprawdzić. Delikatnie dmuchnąć w najkrótsze włoski, które wyrastały jeszcze na szyi. Tak po prostu, jakby nigdy nic. Udając, że to żart. Podeszła nieco bliżej, wyciągnęła rękę, ale w ostatniej chwili opuściła ją nieco niżej i lekko położyła na jego plecach. Były ciepłe, mocne – przyjemne doznanie. Przez moment nawet miała wrażenie, że poczuła jego oddech, konkretniej jeden głęboki wdech, a może tylko jej się wydawało?

Odwrócił się zaskoczony i znowu zobaczyła te oczy... Niby zwyczajne, lekko błękitne – jakich wiele na warszawskich ulicach, a jednak było w nich coś takiego, co sprawiało, że najchętniej wpatrywałaby się w nie bez końca.

– Sama to zrobiłaś. Przyglądałem się efektom i muszę przyznać, że świetnie ci to wychodzi. Nawet miałem napisać, ale pomyślałem, że wpadnę się pożegnać ostatniego dnia i przekażę osobiście – odpowiedział na pochwały, którymi obsypała go na dzień dobry. – Przy okazji: to ja dziękuję! Teraz ja zapraszam na wino. Zgadnij, co się wydarzyło: dzięki twojej rekomendacji dostałem pracę w newsroomie! – Radośnie rozłożył ręce, jakby chciał krzyknąć: "Tada!".

– Hania już mi mówiła. Bardzo się cieszę i gratuluję. Zasłużyłeś na to! Ale wiesz, że moja rekomendacja na pewno niewiele tutaj dała. – Poklepała go po ramieniu, a chwilę później przytuliła. Nie planowała tego, nie kontrolowała, tak wyszło. Zmroziło ją, gdy uświadomiła sobie, co zrobiła. Może nie zauważy? Może nie dostrzeże w owym geście niczego niestosownego? W końcu przed chwilą podzielił się z nią radosną nowiną, to była właściwa reakcja. Wykorzystała ten moment i wciągnęła nieco solidniejszą niż zwykle porcję powietrza, trochę jak pies, który chce obwąchać nową osobę. Jego zapach był bardzo delikatny, praktycznie w ogóle niewyczuwalny. Jak wiatr wymieszany z nutą perfum, które już zdążyły się utlenić. Skądś je znała, ale lata temu i nie byłaby w stanie ich zidentyfikować. Przyjemnie, subtelnie, lekko.

– To co? W piątek jestem ostatni dzień w pracy. Może wtedy? Albo w weekend, jeśli nie masz jeszcze planów? Zabiorę ci godzinkę, może dwie. Jest takie przyjemne miejsce przy placu Narutowicza, Heritage. Nie wiem, czy znasz?

– Nie, jakoś rzadko zapuszczam się na Ochotę. – Szukała w pamięci, ale nic nie przychodziło jej do głowy.

– Tym lepiej. Koniecznie muszę cię tam zabrać. Mała, niepozorna knajpka, ale mają tam pyszne jedzenie i spory wybór win. Co ty na to?

– Sobota będzie dla mnie zdecydowanie lepsza. Mam akurat wychodne.

– Świetnie! To sobota. Osiemnasta? – zapytał, a Nina twierdząco kiwnęła głową. – Zarezerwuję stolik, bo w weekend może być ciężko. Spotkamy się na miejscu, w razie czego masz mój numer telefonu. Podeślę ci jeszcze link mailem. – Jak zwykle miał już wszystko przemyślane i nie musiała się o nic martwić ani zarzucać go serią pytań co do czasu czy miejsca.

– Jeszcze raz gratuluję i widzimy się w sobotę – rzuciła i poleciała do windy. Jak na skrzydłach.

A sobota przyszła szybciej, niż się spodziewała.

Rozdział 9

Nie ma większego oszusta niż ten, kto oszukuje sam siebie.
Charles Dickens, *Wielkie nadzieje*

Nina już od dawna nie miała weekendu tylko dla siebie! Po głowie chodziło jej tyle pomysłów, że sama nie wiedziała, od czego zacząć. Nie marzyła o wypadzie do Paryża, szaleństwie zakupów w centrum handlowym i tańcach do białego rana w najmodniejszych klubach. O nie, co to, to nie! Chciała posiedzieć w wannie pełnej piany i poczytać. Albo zaszyć się pod ulubionym kocem na sofie i zrobić przegląd babskiej prasy. Może nawet obejrzeć na Netfliksie dwa odcinki jakiegoś niewymagającego serialu, który nie wniesie do jej życia niczego poza rozrywką? Czasem trzeba tak po prostu poprzepuszczać czas przez palce, dla higieny. Marzyła o prostych rzeczach, które uwielbiała robić, kiedy jeszcze była singielką, a na które teraz brakowało jej czasu lub siły. Nawet kiedy udało jej się wygospodarować te pół godziny na relaks w wannie, zaraz Maciek wchodził i pytał się, czy nie widziała jego skarpetek albo kremu na odparzenia Zuzy. Lena z kolei koniecznie chciała dołączyć. Miłe to, nawet bardzo, ale każdy raz na jakiś czas potrzebuje chwili tylko dla siebie. I mąż tę chwilę postanowił jej podarować. Oczywiście nie było to działanie bezinteresowne.

– Nalać ci winka, kochanie? – zapytał pewnego wieczoru, gdy całą ferajnę udało się położyć spać.

– Już się boję! – Odłożyła wszystko, czym się zajmowała. Doskonale wiedziała, co to oznacza. Maciek nigdy nie proponował jej „winka" ani „herbatki" tak po prostu, bez powodu. Robił to wtedy, gdy w głowie miał uknuty jakiś plan i jedyne, czego potrzebował do jego realizacji, to zgody z ust żony. Z Niną musiał się nieco więcej nagimnastykować niż z poprzednimi kobietami. Znała jego triki na wylot. W większości przypadków i tak wygrywał, ale warto było chociaż chwilę z nim powalczyć i spróbować wynegocjować nieco korzystniejszy dla niej kompromis.

– Kochanie, nie przesadzaj, po prostu chcę z tobą miło spędzić wieczór, wykorzystać ten czas i tak sobie pogadać, napić się winka, co w tym złego? – Na jego twarzy pojawił się charakterystyczny uśmiech. Zwykle nie wróżył niczego dobrego.

– A o czym chcesz ze mną porozmawiać?

– O tym, jak ci idzie w pracy, dowiedzieć się, czy Pośpiech cię za bardzo nie męczy i podpytać, co byś chciała zrobić, gdybyś dostała dwa dni tylko dla siebie? – Maciek usiadł obok niej na kanapie z kieliszkami wina w dłoniach.

– Tak? A te karteczki, które tam leżą, też dotyczą tego, co bym chciała robić, gdybym dostała dwa dni wychodnego?

– Zgadłaś! W nagrodę możesz się napić ze mną winka. Twoje zdrowie. – Wzniósł toast.

– Zamieniam się w słuch!

– Mam pomysł na to, jak każde z nas mogłoby mieć czas tylko dla siebie w najbliższy weekend. Oczywiście nie będę za ciebie decydował, co masz wtedy robić, ale mogłabyś się spotkać na spokojnie z Pauliną, poczytać, odpocząć od nas na moment, stęsknić się. – Zarzucił jej rękę na ramię i ostatnie słowa wyszeptał do ucha.

– A co wy będziecie w tym czasie robić?
– Dziewczynki zawiozę do mamy. Akurat będzie u niej Małgosia z chłopakami, więc spokojnie ze wszystkim sobie poradzą i na pewno się ucieszą, a ja w tym czasie zrobię trening w lesie. – Jak zwykle miał przygotowaną odpowiedź na każde pytanie.
– I będziesz spał u mamy?
– Nie do końca, ale w okolicy. Powiem ci, jaki mam plan. Poczekaj. – Podniósł się z kanapy i powędrował po kartki.
– O matko, wiedziałam, że to jakaś grubsza sprawa.
– Spokojnie. Wszystko ci pokażę, mapę zostawię i tobie, i mamie. Zaznaczę miejsce, w którym zaparkuję samochód, żebyście wiedziały, gdzie mnie szukać, gdyby cokolwiek się działo.

Plan wydawał się prosty:
– Wyjadę w sobotę po śniadaniu. Tędy, na Olsztyn. Zobacz, znalazłem duży las. – Maciek rozłożył jej przed nosem mapę i wskazał spory zielony placek. – Moja mama mieszka jakieś dwadzieścia kilometrów dalej. Zostawię dziewczynki, zjem obiad i wyjadę. Samochód zaparkuję w tym miejscu

i około szesnastej, siedemnastej wybiegnę. Chcę, żeby już powoli zaczęło się ściemniać. Planuję zrobić pętelkę, to jest między czterdzieści a czterdzieści pięć kilometrów i spać w pobliżu samochodu, żebym w razie czego mógł w każdej chwili się do niego dostać. Wezmę dwa śpiwory i ten mały namiot, który ostatnio kupiłem na wypady w góry. Z takim zestawem będzie mi ciepło. A w niedzielę rano jeszcze raz zrobię tę samą pętlę, pojadę po dziewczyny, wykąpię się, zjem coś, chwilę odpocznę i na wieczór wrócimy.

– Chyba na łeb upadłeś! Absolutnie się nie zgadzam! Nie będziesz spał w jakimś lesie, dwie, może nawet trzy godziny drogi od Warszawy! – Nina zerwała się z kanapy.

– Kotek, spokojnie. W pobliżu jest moja mama, która zawsze może podjechać.

– Przecież w nocy może cię ktoś napaść albo najzwyczajniej w świecie zamarzniesz. Jest zima! Nawet nie ma takiej opcji, zapomnij! – Nie chciała słuchać dalej.

– Nie daj się prosić. Przecież wiesz, że nie jestem głupi i wszystko sobie dobrze zaplanowałem – nie odpuszczał.

Zgodziła się czterdzieści minut i kolejną lampkę wina później.

***

Nie ma nic przyjemniejszego niż marnowanie czasu przed randką. Trudno inaczej nazwać te wszystkie rytuały, które w gruncie rzeczy nie mają najmniejszego sensu. Bo czy on naprawdę zauważy, że przed pierwszym spotkaniem leżałaś dwadzieścia minut na kanapie z nawilżającą maseczką na twarzy? Czy skóra na łydkach byłaby tak nieprzyjemna w dotyku, gdybyś nie zrobiła gruboziarnistego peelingu z dodatkiem oleju kokosowego, że zrezygnowałby z pieszczot? Jak jest chemia, to krem z najwyższej półki będzie zbędny. Jednak Nina doskonale wiedziała, że w tych wszystkich zabiegach nie chodzi o mężczyznę, ale o własne samopoczucie. I choć tym razem nie wybierała się na randkę, tylko na spotkanie z kolegą z pracy – jak to sobie sama uparcie tłumaczyła – zapragnęła znowu poczuć się tak, jak lata temu, gdy miała ogromne zapasy wolnego czasu i niewielkie pojęcie, co z nim zrobić.

Napuściła do wanny gorącej wody i starym, sprawdzonym sposobem wyprodukowała dużą ilość piany ze zwykłego płynu do mycia ciała. Dawniej uwielbiała przesiadywać w białym puchu i rozmyślać o Krzyśku, Grześku czy innym Piotrku. Patent był prosty: po ściance, bardzo powoli lała mydło, żel czy jakikolwiek inny specyfik, który akurat miała pod ręką, a potem rozbijała go strumieniem wody z prysznica. Najlepiej pienił się szampon.

Rozstawiła świece. Kilka z nich wylądowało na pralce, pozostałe na półkach z kosmetykami. Przestronna, ale ciemna łazienka idealnie pasowała do tego typu praktyk. Jeszcze tylko muzyka. Sięgnęła po iPhone'a i kilka sekund później Agnes Obel otuliła ją ciepłym głosem. Po chwili relaksu przyszedł czas na peeling, maseczkę i upewnienie się, że wszystko to, co powinno być gładkie, gładkim jest. W sypialni dobór stroju zaczęła od buszowania w szufladzie z bielizną. „Przecież to tylko kolega z pracy!", powtórzyła w myślach, jednak nie wybrała stanika sportowego ani bawełnianych majtek, tylko zestaw z czarnej koronki, który kupiła sobie sama w świątecznym prezencie.

Kiedy zjawiła się w Heritage, Janek już siedział przy maleńkim stoliku tuż przy oknie. Czytał. Za jego plecami rozciągła się wielka ściana wypełniona pod sam sufit butelkami wina, piwa i rozmaitymi smakołykami – obietnica udanego wieczoru. Było przytulnie i kameralnie. Dało się wyczuć delikatny zapach przypraw, ale nic poza tym. Kuchnia, choć znajdowała się tuż za ladą, musiała mieć świetną wentylację, bo na dzień dobry nie buchał w człowieka zapach sera czy steków, które uwielbiały wsiąkać w szale i płaszcze. Nina z bólem serca wykreśliła kilka smacznych miejsc na mapie Warszawy ze swojej listy, by każdy lunch czy kolacja nie kończyły się wizytą w pralni chemicznej.

– Punktualny jak zawsze! – Uśmiechnęła się i ucałowała go w policzek. W końcu poza biurem nie musieli się już zachowywać oficjalnie. Teraz byli znajomymi.

– Cieszę się, że jesteś – głupie zdanie, pół uśmiechu i kolana się pod nią ugięły. Miał w sobie tyle szyku, klasy, piękna, że więcej nie musiał mówić. Tęskniła za tymi tygodniami, kiedy to Maciek ją uwodził. Kiedy zabierał ją na kolację i zabawiał rozmową przez kilka godzin, a potem zamawiali taksówkę, jechali do niej i kochali się do utraty tchu do piątej nad ranem. Do pracy przychodziła zmęczona, czasem jeszcze lekko odurzona, ale szczęśliwa. „Od razu wiadomo, że wczoraj coś było grane", Paulina śmiała się do telefonu, kiedy dzwoniła i słyszała rozśpiewaną Ninę. Niestety, okres randkowania, podchodów i spokojnego przekraczania kolejnego progu w ich przypadku był wyjątkowo krótki: wspólne mieszkanie, zaręczyny, ślub, dziecko, drugie dziecko. Sama nie wiedziała, kiedy się to wszystko stało. Koleżanki narzekały na swoich „facetów bez jaj", „tchórzy", co to całymi latami nie potrafią się określić, czy chcą razem spędzić resztę życia, ale Nina trochę im zazdrościła tego napięcia i wyczekiwania. Gdy zaledwie po pół roku wydukała: „Mógłbyś czasem napisać do mnie takiego romantico maila, jak dawniej", w odpowiedzi usłyszała: „Przecież widzimy się codziennie w domu. To byłoby dziwne". Chwilę później test pokazał dwie kreski i zaczęły się mdłości, a potem pojawił się ogromny brzuch, który może nie zabił zupełnie ich życia seksualnego, ale na pewno je uładził. Nieprzespane noce, zęby, katary i tyle dodatkowych rzeczy na głowie, że wieczorem, kiedy dziewczynki udało się położyć do łóżek, zastanawiali się, czy mają siłę wziąć prysznic i się rozebrać. Co dopiero myśleć o koronkach.

To nie fair, że ktoś z zewnątrz zawsze wydaje się dużo atrakcyjniejszy, bo dba, zabiega i uwodzi słowem. Nie było czasu na to, by poczuć zapach jego skarpet po całym dniu chodzenia w mieście ani usłyszeć kilku przykrych słów, gdy miał gorszy dzień i na moment stracił nad sobą kontrolę. Wtedy każdy wydaje się lepszy, właściwszy, wręcz idealny, a jeśli, nie daj Boże, jeszcze trafi na okres domowego napięcia, zwycięstwo ma w kieszeni. Janek tamtego wieczoru taki się właśnie wydawał.

Zamówili butelkę Primitivo i wspólnie ustalili, że gnocci z mascarpone i orzechami to świetny plan na wieczór.

– Za sukcesy w redakcji i za moją nową pracę! – Uniósł kieliszek w górę i zainicjował pierwszy toast. – To teraz opowiadaj, jakie zmiany wprowadziłaś, że twój szef wreszcie dostrzegł, z kim pracuje. Podglądałem trochę, co tam się dzieje i całkiem dobrze to wygląda. Nie mam dostępu do statystyk, ale zauważyłem, że jest więcej komentarzy, polubień, i pod samymi tekstami, i na Instagramie – mówił dalej, a ona poczuła się ważna. Zaglądał, sprawdzał, czyli pomyślał o niej i poświęcił swój czas na to, by przyjrzeć się jej pracy. I nieważne, jakie kierowały nim pobudki: być może chciał zobaczyć, czy wprowadza w życie zaproponowany przez niego plan, żeby potem móc się pochwalić, że wdrożył nową strategię i przyczynił się do rozwoju serwisu. Ta wersja brzmiała bardzo autentycznie, ale Nina wolała inną. Wolała wierzyć, że zrobił to dla niej.

– Statystyki też podskoczyły. Pewnie tylko dlatego Pośpiech zauważył zmiany. Jego interesują wyłącznie słupki. Ale, cholera, wypatrzy też każde najmniejsze potknięcie: zły podpis pod zdjęciem, błąd logiczny, nawet literówkę!

Podzieliła się paroma pomysłami na najbliższy kwartał, zapytała, co o nich sądzi, a potem przerzuciła piłkę na jego stronę boiska. W końcu dostał swoją pierwszą pracę na etacie! To coś nowego, ekscytującego i graniczącego z cudem w czasach nieśmiertelnej umowy o dzieło.

– To w dużej mierze dzięki tobie – podsumował.

– Ja mam z tym niewiele wspólnego. Gdybyś nie był dobry, toby cię nie zatrudnili. Sam sobie na to zasłużyłeś. Głupi świstek z poleceniem nie ma wielkiego znaczenia.

– Bo świstek to jedno, ale wiesz, co mi najbardziej pomogło? Wtedy w Kulturalnej opowiedziałaś mi o swojej pracy w newsroomie. O tym amoku, pośpiechu, wczesnych godzinach, braku czasu na jedzenie czy picie.

– No proszę, słuchałeś! – ucieszyła się.

– Oczywiście! Niby dlaczego miałbym nie słuchać? – Dzisiaj mało ludzi słucha, a przynajmniej niewiele osób robi to ze zrozumieniem. Nie masz takiego wrażenia? Niby sami zadajemy pytania, a potem w myślach odpisujemy na maile, robimy pranie, listę zakupów, dzwonimy do mamy, wszystko, tylko nie słuchamy odpowiedzi.

– Słuchałem cię z przyjemnością i mam nadzieję, że dziś też usłyszę kilka barwnych historii. – Uśmiechnął się tak samo, jak wtedy, gdy po raz pierwszy podał jej rękę i wypowiedział te dwa, z pozoru nic nieznaczące słowa: „Jan Ogiński". – Dzięki twojej opowieści wiedziałem, co odpowiedzieć na pytanie: „Jak sobie wyobrażam typowy dzień pracy w newsroomie".

– O nie! Mam nadzieję, że nie przedstawiłeś tego aż tak dramatycznie! – roześmiała się na całe gardło.

– Podsumowali to tak: „Wszystko w twoim CV nam pasowało, rozmowa poszła po naszej myśli, ale jedyne, czego się od początku obawialiśmy to tego, że nie masz bladego pojęcia, jak wygląda praca w newsroomie". Podobno tak obrazowo to opisałem, że wszelkie obawy zniknęły.

– Zatem twoje zdrowie! Jeszcze raz gratuluję i życzę wytrwałości – wyrecytowała i tym razem to ona uniosła kieliszek w jego stronę. – Jak będziesz miał kryzysowe sytuacje, przypomnij sobie moje słowa, ale ani mi się waż dzwonić i się skarżyć. Sam chciałeś!

Nawet nie wiadomo, w którym momencie tematy zawodowe zeszły na drugi plan. Zjedli, a potem już tylko raczyli się winem i rozmawiali o muzyce, literaturze, o tym, za co kochają teatr i dlaczego w podstawówce nie lubili lekcji wuefu. Nina była zrelaksowana, roześmiana, szczęśliwa. Czuła się tak, jakby znowu miała dwadzieścia lat, a w oczach ten blask, który zdradza, co jej siedzi w głowie.

„Jesteś sama. Nie musisz iść do domu na noc. Nie musisz się nikomu tłumaczyć. Zrób to. Zrób coś dla siebie. Nikt się nie dowie". – Zły duch uparcie wisiał tuż przy jej uchu i szeptał co kilka minut serię krótkich zdań. Wiedziała, że po wyjściu z knajpy może tak po prostu złapać go za rękę i zamiast „Dzisiaj śpisz ze mną!" powiedzieć: „Dzisiaj śpię u ciebie!". Co za bzdura! Jak jej to mogło w ogóle przyjść do głowy? Przecież nawet nie wiedziała, czy mieszka sam, czy nie ma dziewczyny i czy w ogóle byłby zainteresowany? A poza tym to i tak było bez znaczenia. Przecież ona nie mogła. Nie chciała! Przecież ma męża i dwoje ukochanych dzieci. Nic tego nie zmieni. Nie da się na moment wypisać z zabawy zwanej życiem rodzinnym i udać się na krótką przerwę. Nie da się. Tylko dlaczego? Przecież każdy przynajmniej raz w życiu o tym pomyślał...

– Podać coś jeszcze? – zapytała miła brunetka, zabierając ze stołu puste kieliszki i butelkę.

– Poproszę rachunek – zadecydował, a Nina odetchnęła. Miała ochotę na jeszcze jedną lampkę, na jeszcze jedną wspólną godzinę, a kto wie, co by się wtedy mogło wydarzyć? Kiedy wyszli na zewnątrz, poczuła na twarzy chłód, ale tylko przez chwilę. Nie był to mroźny wieczór. W powietrzu wirowały wielkie płatki śniegu, które rozpuszczały się zaraz po tym, gdy upadły na asfalt.

Pomyślała o Maćku. Wyciągnęła z torebki telefon, była dwudziesta pierwsza trzydzieści, a na ekranie zauważyła wiadomość.

Jestem cały i zdrowy. Dobiegłem, zjadłem, kładę się na kilka godzin i ruszam koło 5.00 na drugą czterdziestkę. Nie martw się.

O dziewczynki też się nie martwiła. Do teściowej zadzwoniła tuż przed wejściem do Heritage. Lena i Zuza tak dobrze się bawiły z chłopakami i ciotką, że nawet nie chciały podejść do telefonu. Słyszała tylko śmiech, gwar i piski. Od razu zaczęła żałować, że nie ma jej tam z nimi. Czemu nikt jej nie uprzedził, że tak niewdzięczna jest rola matki? Wiecznie rozdarta. Kiedy jest z dziećmi, chciałaby mieć choć pół godziny tylko dla siebie. Kiedy ktoś postanawia jej podarować nawet nieco więcej, od razu tęskni.

– Dziękuję za pyszną kolację i jeszcze lepsze wino. – Schowała telefon do torby.

– To ja dziękuję za wszystko. Masz może ochotę przejść się kawałek czy zamówić ci taksówkę?

Ładnie jest dzisiaj i ciepło, dlatego pomyślałem, że wrócę do domu na piechotę. Jeśli chcesz się przyłączyć, zapraszam. Chyba też mieszkasz gdzieś w centrum? Dobrze pamiętam?

– Tak, na Marszałkowskiej, przy Placu Unii Lubelskiej – doprecyzowała z przyzwyczajenia. W końcu Marszałkowska ciągnie się przez pół Warszawy. – Chodźmy! Tak w ogóle to jedna z moich tras biegowych – zaśmiała się, gdy skręcili w Filtrową.

– Biegasz tutaj? Nie na Polu Mokotowskim albo w Łazienkach?

– Mam dużo tras, właściwie w każdej dzielnicy Warszawy. Wiesz, jak szybko można się znudzić?

– Jak się biega regularnie, to pewnie można. Moi znajomi to tak raczej z doskoku. Wtedy upatrują sobie jakiś park i biegają codziennie, aż im się nie znudzi, czyli przez dwa tygodnie! – zażartował Janek.

– No właśnie dlatego lubię sobie te treningi urozmaicać. W zależności od humoru albo od tego, co akurat chcę zrobić. Interwały czy tempówki: wybieram duże parki albo Powiśle, żeby nie zatrzymywać się na światłach. Kiedy robię luźne rozbieganie, to może być i ścisłe centrum, a jak siła biegowa, to Fort Bema albo Las Bielański, choć powiem ci, że nawet w okolicach Łazienek można sobie dać porządny wycisk. Trzeba tylko dobrze poszukać, czasem zboczyć ze starej sprawdzonej ścieżki.

– To Filtrowa do którego worka wpada?

– Dla mnie to albo rozgrzewka przed czymś mocniejszym na Polu Mokotowskim, albo spokojne rozbieganie, ale kolega tutaj zawsze robi treningi tempowe. Boże! Przepraszam! – Zaśmiała się głośno i złapała go za ramię. Niby żartobliwie, koleżeńsko, ale tak naprawdę przestała panować nad swoim ciałem. Przejęło nad nią kontrolę i krzyczało: „Bierz go! Przecież od dawna tego chcesz. Bierz i się nie zastanawiaj!". Maciek śmiał się, że w czasie swoich praktyk uwodzicielskich czekał na ten znak. Na to niewinne klepnięcie. Nazywał je zielonym światłem.

– Nie wygłupiaj się. Mnie się zawsze wydawało, że w Warszawie zupełnie nie ma gdzie biegać. Owszem, może takie Łazienki, Pole Mokotowskie, park Skaryszewski, Kabaty. No tak i już sam wymieniłem sporo miejsc. Ale teraz idziemy, nie biegniemy! – Złapał ją delikatnie, jakby chciał dać znać, żeby zwolniła.

„Będziesz miał dzieci, to zobaczysz, że człowiek wiecznie się spieszy", pomyślała, ale nie pisnęła słowa. Nie opowiadała mu nigdy o swojej rodzinie. Na początku tak po prostu wyszło. To naturalne, że rozmawiali o pracy, studiach, stażach, a nie o małżeństwie czy porodach. A potem już nie chciała. Ten jeden raz miała szansę być Niną, nie mamą, nie żoną, tylko Niną, która biega czasem Filtrową, lubi lekkie czerwone wino, z wyczuwalną owocową nutą, indie rocka i Nabokova. Zresztą co mogą obchodzić dwudziestoparoletniego mężczyznę, który właśnie zaczyna swoje życie zawodowe, dwie małe dziewczynki? Ona też jeszcze kilka lat temu zupełnie nie rozumiała zachwytu nad dziećmi. Teraz były dla niej wszystkim. Tęskniła już na samą myśl o tym, że wyląduje sama w łóżku i nikt się do niej cichaczem nie zakradnie, nawet królik Dżimbus, z którym Zuza się nie rozstawała.

Ale na moment o tym zapomniała. Zwolniła, wreszcie miała czas, by rozejrzeć się wokół. Mijali niewielkie, klimatyczne budynki, które wyrastały przed nimi, gdy zbliżali się do alei Niepodległości.

Trudno powiedzieć, czy to ze względu na pogodę, czy raczej porę, ale było zadziwiająco cicho, jak na tę część stolicy.

– Czyli w prawo? Odprowadzić cię? – zapytał, gdy dotarli na Plac Zbawiciela.

– W prawo.

Stanęli na moment w bezruchu. Bała się spojrzeć Jankowi w oczy, miała wrażenie, że zaraz wszystko z nich wyczyta. Coraz ciężej było złapać oddech, jakby nagle odcięto jej dopływ tlenu. Tętno podskoczyło jak przy podbiegach, o których niedawno mu opowiadała. Podobnie czuła się wtedy, kiedy była chora. Teraz też najchętniej zaszyłaby się w sypialni i schowała głowę pod kołdrą, by nie musieć na niego patrzeć. Miała wrażenie, że nawet przez puchowy płaszcz i gruby szal słyszy bicie swojego serca. Czy on też je słyszał? Miała nadzieje, że przerwie to milczenie i znajdzie magiczne rozwiązanie trudnej sytuacji. Ale Janek tylko podszedł bliżej i przytulił ją na pożegnanie. Bardzo lekko, na odległość, właściwie musnęli się tylko kurtkami. Jakby nie chciał jej dotykać. Jakby przejrzał ją na wylot i chciał uciec z miejsca zbrodni, jeszcze zanim została popełniona. „O nie!

To się nie może tak skończyć", postanowiła nagle i wczepiła się w niego mocniej. Pachniał tak samo jak wtedy: delikatnie, subtelnie, tyle tylko, że po długim spacerze znacznie mocniej wyczuwała powietrze.

– Pachniesz jak po bieganiu – palnęła bez zastanowienia.

– Czyli potem?

– Nie! – zaśmiała się. – Wiatrem!

Przytulił ją mocniej do siebie. Wiedział. Teraz już była tego pewna.

– Janek, ja... nie wiem, co powiedzieć. Co zrobić. Nigdy nie byłam dobra w tych sprawach – skłamała. Przecież lata temu to nie ją Kamil zaciągnął podstępem do łóżka. Wtedy potrafiła wziąć sprawy w swoje ręce. – Nie wiem, co się ze mną dzieje, ale... wiem tylko jedno: nie chcę iść teraz do domu – wydusiła z siebie z ogromnym trudem. – Chciałabym ten jeden jedyny raz pójść z tobą. Tak po prostu. Nawet nie wiem, czy chodzi mi o seks. Nic nie wiem. Wiem tylko, że chcę pójść z tobą i żebyś mnie o nic nie pytał i nigdy do tego nie wracał. Zachował wszystko tylko dla siebie – mówiła dalej. – Jak nie chcesz, rozumiem, nie ma sprawy, ale czułam, że muszę to powiedzieć. Że muszę to z siebie zrzucić.

Janek przyglądał się jej w milczeniu. Miała wrażenie, że ten moment ciągnie się w nieskończoność.

– Chodźmy w lewo – wyszeptał po cichu i pogłaskał ją delikatnie po ramieniu. – Mieszkam na Wilczej. Z kolegą, ale wyjechał na weekend. Mam butelkę wina. Dostałem ją w redakcji na odchodne. Posiedzimy, pogadamy, będzie miło. – Poczuła się o tonę lżejsza.

Rozmawiali całą drogę, ale Nina była nieobecna. Przytakiwała, czasem nawet sama coś opowiedziała, ale nie było jej tam. W myślach właśnie się rozgrzeszała. W końcu nie robiła nic złego. Przecież nie szła zdradzić męża, tylko najzwyczajniej w świecie posiedzieć, pogadać, miło spędzić czas – jak to zgrabnie ujął Janek. Bez sensu. Sama już dawno przestała w to wierzyć. Chciała go od samego początku. Odkąd go pierwszy raz zobaczyła. Kiedy na niego patrzyła, przypomniała sobie, że na świecie jest tyle rzeczy, które uwielbia robić, a zmęczonym po nieprzespanej nocy można być z innego powodu niż ząbkowanie. Już tamtego dnia, gdy poszła go odebrać spod skrzydeł Hani, marzyła o tym, by czuć na swoim ciele jego dłonie. By jego język wdarł się w jej usta i przypomniał, jak smakuje młodość.

Skręcili w jedną z wielkich bram i weszli do klatki w podwórku.

– Ale tu pięknie! Ta podłoga! – Zachwyciły ją stare, ale zachowane w świetnym stanie kafelki ułożone w szachownicę karo. – I piękne, wielkie drzwi! – Dotknęła ciemnobrązowej framugi.

– Chodź, pokażę ci moje drzwi, zanim obudzisz wszystkich sąsiadów. – Uśmiechnął się i złapał ją za rękę. Niby niewinny, dziecięcy gest przyjaźni, a jednak poczuła, że właśnie przekroczyła jakąś granicę. Wspinała się zaraz za nim po schodach, jak mała dziewczynka, która biega z kolegą po polnej łące w poszukiwaniu motyli, tyle tylko, że ten kolega nie był jednym z wielu. Był tym, na którego widok policzki się rumienią, dłonie pocą, a palce same się rwą do rysowania laurek.

– To tutaj! – Janek wskazał drzwi po prawej stronie, gdy wdrapali się na trzecie piętro. – Od razu uprzedzę, że w środku nie będzie aż tak pięknie, więc jeśli tylko masz ochotę, możemy jeszcze chwilę zostać i pooglądać framugi, klamki, poręcz też jest całkiem niezła, zobacz. Mosiężna, ładne wykończenie. Nie? Dobrze, to zapraszam.

Typowe mieszkanie w starej kamienicy, jakie znała jeszcze z licealnych domówek: bardzo wysokie, z długim korytarzem i podwójnymi drzwiami, które otwierały się niczym skrzydła. Sama mieszkała w podobnym. Było puste, ale bardzo stylowe.

– Gustowny minimalizm – wydała osąd po kilku minutach wstępnych oględzin.

– Nie lubię zbieractwa. Zresztą sama zobaczysz. Tu jest mój pokój. – Otworzył drzwi. – Karol mieszka w tamtym. – Wskazał na prawo. – Zaraz za nim jest kuchnia, dalej łazienka i osobno ubikacja, rzecz jasna, jak to w kamienicy. Z kolei za moim pokojem jest salon, w którym pracujemy, czytamy, pijemy kawę. Generalnie przebywamy tam wtedy, kiedy nie chcemy siedzieć sami. Taka przestrzeń wspólna. To od czego zaczynamy oglądanie?

– Tradycyjnie, czyli ja zaczynam od toalety. Zobaczymy, czy dobrze zapamiętałam. Duże to mieszkanie. Stówka czy trochę więcej? – Minęła kuchnię i trafiła do łazienki.

– Następne drzwi – w porę podpowiedział. – Dokładnie stówka. Skąd wiedziałaś?

– Mieszkam w podobnym. Ciągle nie mogę przeboleć tych długich korytarzy, które bezlitośnie pożerają metry.

– Mnie się to podoba. Taki tajemniczy klimat, drewniana skrzypiąca podłoga. – Spróbował wyczuć stopą trzeszczące miejsce, ale jak na złość, akurat wszystkie deski leżały w ciszy. Dawniej kochała drewniane podłogi z duszą, ale przy usypianiu dzieci zmieniła zdanie. Miała ochotę własnoręcznie wyrwać każdą deskę i wywalić przez okno, nie zastanawiając się nawet nad tym, czy nie trafi w głowę niewinnego przechodnia. – Czuj się jak u siebie, gdybyś czegoś potrzebowała, jestem w kuchni.

Jest niewiele rzeczy, które tak szybko przynoszą ulgę jak opróżnienie dającego o sobie znać pęcherza. Nina wreszcie mogła zebrać myśli. Z toalety przeniosła się do łazienki. Spojrzała na swoje lustrzane odbicie – mokry śnieg nie rozmazał tuszu do rzęs, a na policzkach wciąż było widać brzoskwiniowy róż, który nadawał twarzy świeżości.

– Masz ochotę na lampkę wina czy wolałabyś się napić herbaty?

– Zdecydowanie wolę wino.

– Pinot Noir może być? – zapytał, pokazując jej butelkę.
– Żartujesz? Dostałeś to wino na odchodne od Hani?
– Tak.
– Nie wierzę! Wiesz, że ja je kupiłam? – Podeszła i na moment zabrała mu butelkę, by dokładniej ją obejrzeć.
– Poważnie?
– Tak, to jest to wino, które dałam Hani w ramach podziękowań za ciebie. Nie wierzę! – powtórzyła.
– Pięknie! Będziemy raczyć się winem, za które zostałem sprzedany. Plus jest taki, że skoro sama je wybierałaś, powinno ci smakować. – Wyciągnął korkociąg z szuflady. – Chodźmy do salonu. Będzie przyjemniej.

Pokój dzienny był bardzo przestronny. Stała w nim jasnobłękitna kanapa, niewielki, drewniany stół starannie pomalowany na biało, cztery krzesła w tym samym kolorze i fotel ze stylowym podnóżkiem. W kącie wypatrzyła jeszcze regał z książkami i kosz na gazety. Wszystko w jasnych, pastelowych odcieniach. Nina marzyła kiedyś o takim wnętrzu.

– Polecam ten fotel przy oknie. Zdecydowanie najwygodniejszy. Codziennie rano piję w nim kawę. Po takiej rekomendacji nie mogła powiedzieć „nie".

– Jak znaleźliście takie piękne mieszkanie? Opłaca się je wynajmować w dwie osoby?

– Pewnie by się nie opłacało, tym bardziej że jeszcze do końca tego miesiąca nie miałem stałej pracy, tylko pojedyncze zlecenia i bezpłatny staż. – Janek uśmiechnął się porozumiewawczo. – To jest mieszkanie Karola. Kiedy przeprowadziłem się do Warszawy, akurat rozstał się ze swoją narzeczoną i stwierdził, że ze mną będzie mu weselej. Zrzucamy się na czynsz i wszystkie rachunki. Na szczęście nie są to zaporowe kwoty. – Podał jej kieliszek. – I jak? Wygodny? – zapytał, gdy rozgościła się na dobre w fotelu.

– Oj tak! Świetnie musi się tutaj czytać.

– Dlatego ustawiłem go przy oknie. W pokoju mam taki sam, tyle tylko, że na wieczory. Tam mam lepszą lampę.

– Zawsze marzyłam o takim kącie do czytania, ale jakoś nigdy się nie złożyło – powiedziała i przed oczami zobaczyła swoją kanapę. Była najszczęśliwsza na świecie, kiedy udało jej się z niej zebrać wszystkie rajstopki, sweterki oraz sukienki i porozkładać je do właściwych szafek. Potem zostawała jeszcze wielka Myszka Miki, królik Dżimbuś i kilka książek, które zawsze zalegały w nogach albo przy poduchach. Wreszcie układała się wygodnie, otwierała książkę, czytała dwie strony i oczy same jej się zamykały bez względu na to, z jak misternie uknutą intrygą przyszło obcować.

– I ja, i Karol rzadko bywamy w domu, możesz tutaj czytać – podsumował i włączył muzykę. W tle usłyszała znajomy głos.

– Bokka! Wstyd się przyznać, ale długo nie miałam pojęcia, że to jest polski zespół. Często słucham muzyki zupełnie nieświadomie. Nie sprawdzam, kto śpiewa, skąd jest, ile płyt nagrał, czy to debiut, czy siódmy krążek w karierze, lubię się skupić na samym utworze i nie dociekać.

– Ma to jakiś sens. Ja z kolei zupełnie na odwrót: od razu muszę wszystko wiedzieć. Jak się czujesz? Lepiej? – zapytał. Nina skinęła głową.

Obydwoje zamilkli. Kiedy była młodsza, nazywała to męczące zjawisko krępującą ciszą. Zwykle to ten moment przed pierwszym pocałunkiem, kiedy człowiek tak bardzo chce, że nie wie, co ze sobą zrobić, ale z drugiej strony potwornie się boi i ta myśl go tak paraliżuje, że nie jest w stanie wydusić z siebie ani słowa. Nina dawno z tego wyrosła, ale przestraszyła się, bo takiej siebie nie znała. A przynajmniej już nie pamiętała.

– Ja też wolałem, żebyś jeszcze nie skręcała w prawo. – Przełknął wino i odstawił kieliszek. To był ten moment: najpiękniejszy, najbardziej ekscytujący, podniecający, który z jedną osobą niestety może się zdarzyć tylko raz i już nigdy się nie powtórzy. Ułamek sekundy, kiedy to już się wydarzyło w głowie – jednej i drugiej – a teraz tylko trzeba nadać temu prawdziwy kształt. Jeszcze mogła się wycofać, zatrzymać to wszystko i wrócić do domu. Zagłuszyć, zapomnieć i więcej się nie odezwać. Ale nie miała siły. Nie chciała.

Pocałował ją bardzo delikatnie, powoli, trochę niepewnie, jakby chciał sprawdzić, czy dobrze odczytał sygnały. Położył dłoń na jej karku i przysunął ją do siebie. Czuła się tak, jakby cały świat na chwilę się zatrzymał. Wreszcie mogła sprawdzić, jak smakuje: słodko i świeżo. Tyle razy się nad tym zastanawiała.

Zgrabne dłonie, którym Nina tyle razy się przyglądała i wyobrażała sobie, do jakich celów mogłaby je wykorzystać, właśnie poczuła na piersiach. Najpierw bezlitośnie oddzielał je kawałek koszulki i twarda miseczka stanika, ale już po chwili ciepłe palce wylądowały na jej sutkach. Zadrżała. Nie wiedziała, czy to dlatego, że nie uprawiała seksu od dwóch miesięcy, czy dlatego, że od kilku lat sypiała z jednym mężczyzną. Teraz każdy dotyk odczuwała ze zdwojoną siłą.

Kiedy dłoń Janka znalazła się między jej udami, zwariowała. Myślała o tym tyle razy, gdy rano wszyscy jeszcze spali, a ona już nie mogła wytrzymać wciąż narastającego napięcia. Kładła się na kanapie w salonie, zamykała oczy i wyobrażała sobie, że to nie jej palce, a jego, wyruszają w wielką podróż. Kiedy pozwalała sobie na te drobne przyjemności, była już tak podniecona, że wystarczyło kilka minut, by wszystkie mięśnie napięły się mocno, a potem gwałtownie rozluźniły. Miała wrażenie, że przez chwilę w jej żyłach nie płynie krew, tylko ciepły, aksamitny płyn. Coś na kształt budyniu waniliowego, który uwielbiała w dzieciństwie. „Janek!", miała ochotę krzyczeć, aż obudzi całą kamienicę. A teraz

Janek był obok i krok po kroku realizował jej plan. Przygryzła mocno wargi, złapała go za włosy i odsunęła od siebie na taką odległość, by móc na niego patrzeć. Miał w oczach coś, czego wcześniej nie widziała. Wyglądał jak dzikie, wygłodniałe zwierzę, które gdzieś w oddali dostrzegło szansę na jedzenie. W takim wydaniu był jeszcze piękniejszy. Zsunęła się całkiem na podłogę i wróciła do całowania. Usta miał miękkie, przyjemne, nie mogła się od nich oderwać. Przygryzła i przytrzymała dolną wargę. Pozwoliła, by kawałek po kawałku ściągnął z niej wszystko, co utrudniało drogę do rozkoszy.

– Jesteś piękna! – wyszeptał, kiedy siedziała przed nim w koronkowych majtkach. Jakie szczęście, że ostatecznie padło na ten wybór. Chciała to usłyszeć, żeby poczuć się pewniej. Żeby znowu być kobietą, którą chce się zaciągnąć do łóżka i zrobić z nią wszystko, na co tylko ma się ochotę.

Zerwała z niego sweter i koszulkę. Bez nich wyglądał jeszcze lepiej. Kiedy spojrzała na jego silne, pięknie zarysowane ramiona, przypomniała sobie, że kiedyś opowiadał jej o swoich treningach, ale jak zwykle słuchała go jednym uchem, a drugim wypuszczała każde słowo. Pomogła mu się pozbyć jeansów i zobaczyła idealnie przylegające bokserki, nawet te – z wyjątkiem białej gumy z logo CK – były czarne.

Już dawno był gotów do akcji, ale postanowiła się z nim chwilę podrażnić.

– Mokro – wyszeptał, kiedy jego palce zdążyły się przeprawić przez koronki.

– Jestem bardzo podniecona. Za bardzo. – Nie wiedzieć czemu zawstydziła ją reakcja własnego ciała.

– Oszalałaś! To cholernie seksowne.

Znalazł go! Ten malutki, niby niepozorny różowy punkt, który wystarczy odpowiednio dotknąć, by przejąć kontrolę nad światem, a przynajmniej nad kobiecym ciałem. Ułożył ją na podłodze i rozchylił jej uda, by mieć do niego lepszy dostęp. Całował jej usta, szyję, piersi, a jego palce wciąż wirowały tam, gdzie łatwo o nagły wybuch. Z sekundy na sekundę coraz trudniej jej było zapanować nad własnym ciałem. Próbowała to ukryć, ale zdradzał ją cięższy oddech i nagłe odruchy, nad którymi nie panowała.

– Nie przestawaj! – Wczepiła się palcami w jego ramiona. – O tak! Tutaj! Tak, tak jak teraz! – powtórzyła kilka razy. Czuła, jak nagła fala ciepła zalewa jej ciało. Przycisnęła go mocniej do siebie. Chciała, żeby poczuł to, co ona. Zrozumiał, co się z nią dzieje. Odsunął się na moment, by na nią popatrzeć. Śmiał się oczami, jakby to, że doprowadzał ją właśnie do szaleństwa, sprawiało mu największą radość. Co jakiś czas pochylał się niżej i całował jej usta, policzki, czoło. Do ucha szeptał: „Chcę, żeby ci było dobrze". Uniosła się i przycisnęła go do siebie z całych sił. Czuł, jak przez jej ciało przepływają dziesiątki, może setki małych skurczów. Westchnęła głośno kilka razy, po czym wtuliła się w niego jeszcze mocniej, jakby szukała ratunku. W tym uścisku zastygła na minutę, może nawet dwie, a potem wzięła głęboki oddech i opadła na podłogę.

– Szaleństwo! Ale mi dobrze!

Kiedy leżała i powoli wracała do siebie, Janek już się szykował do kolejnego podejścia. Jakby ją dobrze znał i wiedział, że to dopiero początek zabawy, a z każdym kolejnym razem coraz łatwiej będzie doprowadzić ją do szaleństwa.

– O matko! Teraz wystarczy, że mnie dotkniesz! – wyszeptała i pozwoliła, by pieścił ją dalej. Dwie minuty później przyszedł kolejny orgazm. Jeszcze bardziej intensywny.

Rozochocony szybkim efektem, delikatnie wsunął w nią najpierw jeden, a zaraz później drugi palec. Wypięła biodra w jego stronę i poruszała nimi rytmicznie: góra-dół, góra-dół, a później wykonała kilka kolistych ruchów, żeby wyczuć to najważniejsze miejsce, ukryte na górze. Dobrze wiedziała, gdzie jest. Jeszcze pamiętała. Chciała mu ułatwić zadanie. „Tutaj!", przytrzymała jego dłoń. Palcem wyczuł delikatne zgrubienie. Z jednej strony marzyła, by ten moment trwał całą wieczność, z drugiej jednak łatwiej by jej było, gdyby skończył i pozwolił jej złapać oddech.

– Wejdź we mnie! Chcę cię czuć w sobie. Nie wytrzymam dłużej – poprosiła.

– Jeszcze chwilę. Chcę na ciebie taką popatrzeć – nie uległ i kontynuował.

Zrelaksowała się, odleciała i pozwoliła, by robił swoje. W pewnym momencie poczuła, jak jej ciało zaczyna zalewać kolejna fala ciepła. Teraz zupełnie inna: większa, mocniejsza, wręcz nie do wytrzymania. Coś ją irytowało, łaskotało. Bardzo chciała się już tego pozbyć. W dolnej części brzucha poczuła mocny ucisk i przypomniała sobie, że już kiedyś tego doświadczyła, że to się może zaraz powtórzyć. Mąż nie miał czasu na takie zabawy. Trzeba było szybko dobijać do brzegu, by nie zbudzić dzieci.

Złapała go mocno i pozwoliła, by uleciało z niej całe napięcie. Nie krzyczała ani nie jęczała, przeżywała wszystko w ciszy. Zamknęła oczy. Na moment wstrzymała oddech. Czuła, jak po policzkach płyną jej łzy. Tak po prostu, bez powodu, jakby coś się odblokowało. Poczuła, że podłoga pod nią jest mokra. To było to! I jak tu się teraz wytłumaczyć, że to nie problemy związane z pęcherzem zabrudziły jego piękną drewnianą klepkę, tylko mokry orgazm?

– Przepraszam – wyszeptała zawstydzona.

– Jesteś najseksowniejszą kobietą, jaką znam! Poproszę o więcej!

Potem długo milczeli. Wsłuchali się we własne oddechy i The Dumplings, które cicho płynęło z głośnika. Położył głowę na jej brzuchu i pozwolił, by go drapała.

– Chcesz zobaczyć mój pokój?

– Chcę! Jest mi tak błogo, że jak się zaraz nie podniosę, to zasnę.

– Będzie wygodniej. – Wstał i podał jej rękę. – Nie wiem, jakie masz plany i o nic nie pytam, ale jeśli chcesz, możesz zostać. Pozwolę ci nawet zasnąć w moim łóżku – rzucił i czekał, co na to odpowie.

– Czyli na co dzień wolisz spać sam?

– Wolę. Chociaż u siebie to jeszcze jakoś przeżyję, najbardziej nie lubię spać u kogoś. Robię to bardzo rzadko. Naprawdę bardzo rzadko. Właściwie tylko wtedy, jak wypiję za dużo wina. Lubię mieć swoje miejsca, mam swoje rytuały, a takie niespodzianki wszystko zaburzają.

– Gadasz jak stary kawaler! – zaśmiała się głośno.

– Ale raz na jakiś czas mogę zrobić wyjątek. Wręcz czuję, że sprawiłoby mi to przyjemność, więc jeśli masz chęć, czuj się zaproszona.

– Mam jedno życzenie.

– Mów! Spełnię każde! – od razu się ożywił.

– Oddałabym królestwo za to, żeby wskoczyć na pięć minut pod prysznic. Mogę?

– Jasne. Dam ci nawet dziesięć minut i koszulkę na zmianę.

– Nie wierzę! Jan Ogiński da mi ponosić swój T-shirt? I nie zaburzy to w żaden sposób jego życia? – Zniknęła w łazience. Kiedy wyszła, czekał z winem.

Przy wielkim oknie stało duże łóżko, a na nim starannie ułożona pościel w różnych odcieniach szarości. Ściany były białe i surowe. Zauważyła tylko kilka zdjęć zawieszonych tu i ówdzie. Na większości Londyn w deszczu. Fotel – taki sam jak w salonie. Dwie, a nawet trzy lampy, by wszędzie można było czytać. Biurko, kilka zielonych roślin, same liście, żadnych kwiatów i spora szafa na ubrania. Pewnie wszystkie w jednym kolorze. Jeszcze tylko półka z książkami i nic poza tym. Podeszła bliżej, by rzucić okiem na jej zasoby.

– Rozgość się, a ja zaraz wracam. Będę w łazience. – Pocałował ją raz jeszcze i zniknął. Czuła się jak dziewczyna, która właśnie spędziła pierwsze upojne chwile z dawno upatrzonym facetem i tym samym rozpoczęła w życiu nowy rozdział. Ten najlepszy, najpiękniejszy: przez kilka pierwszych miesięcy wypełniony po brzegi pocałunkami, orgazmami, odważnymi esemesami, pięknymi mailami i spontanicznymi telefonami: „Wiem, że dopiero wyszedłem, ale już tęsknię! Przyjedziesz do mnie dziś po pracy? Ugotuję coś dobrego!" Uśmiechnęła się do wspomnień sprzed lat. Tyle tylko, że ta historia nie mogła mieć szczęśliwej kontynuacji… Im została przydzielona tylko jedna noc.

Kiedy wrócił, rzuciła go na łóżko i tym razem już mu nie odpuściła: zdarła z niego ręcznik, zanim zdążył cokolwiek włożyć. Kochali się długo, powoli. Nigdzie się nie spieszyli, mieli całą noc. Za pierwszym razem doszła, kiedy posadził ją na sobie. Kontrolowała tempo, w kulminacyjnym momencie zapomniała o wstydzie, czy jakichkolwiek blokadach i sama zaczęła dotykać się tak, jak robiła to wtedy, gdy nikt nie patrzył.

Tę obezwładniającą rozkosz poczuła jeszcze dwa razy. Janek miał w sobie coś, co sprawiało, że zupełnie się odprężała, niczym nie krępowała.

– Późno już. Zamówię taksówkę, dobrze? – zapytała, gdy doszła do siebie.

– Naprawdę wolałbym, żebyś została. Możesz?

Mogła. Nawet chciała. Nie czuła jeszcze wyrzutów sumienia ani niechęci do siebie samej. Podejrzewała, że to kwestia czasu i warto docenić chwilową przyjemność, która za moment bezpowrotnie zniknie i zostawi po sobie nieprzyjemne konsekwencje.

– Mogę – odpowiedziała, ale trzy godziny później uciekła do domu.

Rozdział 10

Jesteśmy świadkami fenomenalnego zjawiska, polegającego na wzajemnym mijaniu się ludzi; na nieumiejętności nawiązania kontaktu; nieumiejętności spędzania wolnego czasu.
Marek Hłasko, *Listy z Ameryki. Felietony i recenzje*

Spodziewała się wyrzutów sumienia, bezsennych nocy, połamanych paznokci i powyrywanych włosów. Myślała, że będzie krążyć po mieszkaniu i zastanawiać się: „Powiedzieć mu czy nie?", ale nic takiego nie miało miejsca. Wprost przeciwnie, uspokoiła się, przycichła, zwolniła. Skupiła się na drobnych przyjemnościach: wreszcie w spokoju jadła lunch i dawała sobie kilka minut na wypicie kawy. Podczas zakupów z dziewczynkami bez wyrzutów sumienia wydała parę ładnych złotych na szminkę Diora. Czerwoną, rzecz jasna, o odcieniu „Victoire". Uśmiechnęła się, gdy zobaczyła od spodu jego nazwę. Nie miała żadnych wątpliwości, że to właśnie ten, żaden inny.

Zarówno w domu, jak i w pracy nabrała luzu. Przestała się przejmować drobnostkami i wybrykami szefa.

– Jak dziś nie zdążysz tego zrobić, to nic się nie wydarzy. Jutro też jest dzień. – Poklepała Lucynę po ramieniu, kiedy wspólnymi siłami próbowały zamknąć ranking aktywnych kierunków na Wielkanoc.

– Ale Pośpiech chciał to mieć gotowe godzinę temu...

– Żeby się na to przez miesiąc gapić? Nic się nie martw. Ewentualne pretensje biorę na siebie. – Wróciła do biurka z kubkiem herbaty i skreśliła coś w kalendarzu.

– Na pewno? To ja na spokojnie zadzwonię jeszcze do tego leśnego SPA i do Kawkowa. Wtedy będziemy mieć różne regiony Polski.

– Tak zrób. Zdążysz jutro do piętnastej? – Wychyliła się zza monitora?

– Spokojnie. Nawet do południa. Zadzwonię do nich teraz, żeby już wszystko mieć, a jutro dodam te dwa miejsca do tabelki.

– Napiszę mu, że dostanie wszystko jutro o piętnastej.

W domu też stała się spokojniejsza i bardziej wyrozumiała wobec męża, a tego teraz potrzebował. Przygotowania do wyprawy tak go pochłonęły, że poświęcał im każdą chwilę wolną od pracy. Zamykał się w pokoju, by Lena z Zuzą niczego nie porwały, nie udekorowały szlaczkami, nie wyniosły, nie poprzestawiały. Z każdej strony okładał się mapami i wydrukami. Kompletował sprzęt, suplementy, ubranie, rozrysowywał trasę. Wiedział, że plan i tak się zmieni jeszcze tysiąc razy, w zależności od pogody i tego, co powiedzą miejscowi już na kilka dni przed startem, ale chciał się przygotować na różne warianty.

– Co robicie, dziewczyny? – Wyściubił głowę, gdy usłyszał, że już nie tylko on jest na nogach.

Był sobotni, leniwy poranek.

– Cytamy – Lena od razu zareagowała. – Będziem jeść jajo! – dodała po chwili.

– O, jajo, super! A ja mogę zjeść z wami?

– Ale musis nam najpierw pocytać – zarządziła. Nina siedziała na podłodze z *Czerwonym Kapturkiem* i z Zuzą na kolanach, a Lena układała puzzle.

– Przygotować śniadanie? – zapytał.

– Nie, dziękuję. Już wszystko mamy, tylko czekamy na budzik. Siadaj z nami. Poczytasz, a ja dokończę. – Posadziła Zuzę na podłodze i podała mu książkę do ręki.
– Ale ja nie umiem czytać. Wolę się zająć śniadaniem.
– Tato, pocytaj! – prosiła Lena.
– Widzisz, kobietom się nie odmawia. Siadaj i cytaj. – Zaszyła się w kuchni i zaczęła wyciągać sztućce. – Zobacz, tacy aktorzy to muszą mieć łatwo z dziećmi.
– Dlaczego?
– Bo i zaśpiewać potrafią, i bajkę fajnie przeczytają. Każda postać będzie mówić innym głosem i mieć tyle emocji... – zamyśliła się, odlewając wrzątek.
– Kotek, bez przesady. Nie trzeba być Bradem Pittem, żeby dzieciom czytać *Czerwonego Kapturka*.
– Cytaj! Cytaj! – nalegała Lena.
– *Czerwony Kapturek otworzył oczy i zobaczył, jak promienie słońca tańczą poprzez liście drzew i że wszystko pełne jest pięknych kwiatów* – zaczął. – *Pomyślał wtedy: "Babci będzie miło, jak jej przyniosę świeży bukiet. Jest jeszcze tak wcześnie, że na pewno*

przyjdę na czas" i wtedy zboczył z drogi, ruszył w las i szukał kwiatków. A gdy zerwał jednego, pomyślał zaraz sobie, że troszkę dalej rośnie jeszcze piękniejszy i biegł w jego kierunku, zapuszczając się coraz to głębiej w las. A wilk szedł prosto do domu babci. Zapukał do drzwi. „Kto tam?" – „Czerwony kapturek z plackiem i winem. Otwórz". O, proszę! Wiedziałaś o tym, że Czerwony Kapturek z winkiem do babci przyszedł? – Maciek momentalnie się ożywił.

***

Jan Ogiński śniadania zwykle jadał sam. I zazwyczaj nie były to jajka. Jeszcze poprzedniego dnia upewniał się, że jego szafka nie świeci pustkami, bo bez chałki z maminym dżemem albo miseczki płatków nie ruszał się z domu. Siadał w kuchni i konsumował, przeglądając w tym czasie kolejno: maile, newsy i posty znajomych. Zdarzało się, że dołączał do niego Karol, ale w znacznie późniejszych godzinach. Siódma zdecydowanie nie była jego porą, a już na pewno nie w sobotę. Po śniadaniu przychodził czas na kawę. Kubek zabierał do pokoju i raczył się nią w ulubionym fotelu, czasem w łóżku. Czytał.

Rano zwykle brał na warsztat opowiadania lub poezję: krótko, ale treściwie – idealny początek dnia.

Cześć Nino.
Mam nadzieję, że u Ciebie wszystko w porządku.
Piszę, bo natknąłem się dzisiaj w sieci na kilka ciekawych profili, które mogą być dla Ciebie inspiracją. Gdybyś miała czas i chęć spotkać się w przyszłym tygodniu, to ja chętnie Ci je pokażę i opowiem, jak bym ugryzł temat. Miłego weekendu.

Ściskam
Janek

Dzielnie wytrzymał tydzień i tak, jak poprosiła go przed wyjściem, starał się zapomnieć o całej sprawie. W sobotę rano jednak coś w nim pękło. Może to weekendowe rozprężenie, może brak dodatkowych zajęć, a może świadomość, że dla innych to czas, który spędzają z bliskimi, w każdym razie coś sprawiło, że za nią zatęsknił. Może nie tyle zatęsknił, ile przypomniał sobie te zaciśnięte na jego pośladkach w przypływie rozkoszy dłonie, namiętne usta i tę mokrą, ciepłą... Tak bardzo chciał znowu ją mieć przy sobie! Przeczytał wiadomość kilka razy, zanim kliknął „Wyślij". Poprawił interpunkcję, dodał jedną emotikonkę, by nadać wszystkiemu lekkości i poszło.

„Nie odpisze", pomyślał i już po trzydziestu sekundach pożałował tej spontanicznej decyzji. Jednak trzeba było trzymać się zasad i wypracowanej latami rutyny. Wrócił na łóżko i wyciągnął książkę. Z każdym kolejnym zdaniem rozumiał coraz mniej. Łapał się na tym, że kilka razy czyta to samo, a i tak nic z tego nie wynika. Wrócił nawet do poprzedniej strony, ale szło jak krew z nosa. Wziął telefon do ręki i upewnił się, że ma włączone dzwonki. Odłożył telefon na biurko i wrócił do lektury.

„Dupa", pomyślał i włączył tryb samolotowy, żeby nic go nie rozpraszało. Gdyby mógł, nie wysłałby tej wiadomości, ale czasu nie cofnie. Po kolejnych dziesięciu minutach walki udało się przeczytać ze zrozumieniem całą stronę. Po piętnastu znowu włączył telefon.

Cześć Janku, dziękuję, u mnie wszystko w porządku. Miło, że pomyślałeś o moim nieszczęsnym serwisie.

Twoje wskazówki są dla mnie zawsze na wagę złota ;) Kiedy start w nowej pracy? W poniedziałek? Nina

Nie pomyślał o serwisie, tylko o niej. Ale to Nina na pewno wiedziała. Czy rzeczywiście tak bardzo zależało jej na statystykach, że postanowiła się z nim spotkać, choć jeszcze tydzień temu prosiła, by się nie odzywał? A może ona też miała na niego ochotę? Uśmiechnął się sam do siebie i odłożył książkę na półkę. Dalsza lektura nie miała sensu. Chwycił telefon.

Zaczynam w środę. J.

To może lunch we wtorek? Mam luźniejszy dzień.

Świetnie! Gdzie chcesz się spotkać? Czyżby Kulturalna? ;)

A czemu nie! 14 będzie w porządku czy do tej pory umrzesz z głodu?

Wytrzymam! Zatem do zobaczenia we wtorek! Miłego dnia. J.

Miłego weekendu. Postaram się nie spóźnić ;)

Najwyżej poczekam ;)

Spóźniła się tylko kilka minut. Wbiegła po kamiennych schodach do gmachu pałacu, przecisnęła się przez ciężkie drzwi i już była na miejscu. Zauważyła go od razu. Siedział wyprostowany przy stole tuż pod oknem i oglądał coś na ekranie iPhone'a. Nawet podczas wykonywania prostych czynności miał w sobie tak rzadko teraz spotykaną dostojność.

– Miło cię widzieć. – Wstał i ucałował ją na powitanie w policzek, jak koleżankę. Tyle że koleżanki nie pachniały tak jak ona: zmysłowo, tajemniczo, trochę orientalnie. Nie znał się na damskich perfumach, ale wyczuwał jakieś przyprawy, jaśmin i nutę wanilii – słodko i pieprznie zarazem. Tak od kilku dni pachniała jego pościel, której jeszcze nie miał odwagi wymienić.

– Pokażę ci coś. Przeglądałem właśnie profil jednej fit dziewczyny z Australii. Ma ogromne...

– Oj, ma ogromne! – Pochyliła się i spojrzała na zdjęcia młodej, pięknej dziewczyny, która robi na plaży burpeesy i inne cuda, ale przede wszystkim ma wielkie, okrągłe piersi.

– Z pewnością to nie jest bez znaczenia, ale zobacz na jej zasięgi: ponad milion dwieście tysięcy followersów.

– Dużo! Niestety ani ja, ani Lucyna nie mamy takiej siły przebicia. – Wskazała na dekolt. – Myślisz, że warto namówić jakąś świeżą krew, żeby się u nas rozbierała?

– Powiem tak: to jest zawsze dobry pomysł, ale o tym wiesz. Chciałem ci pokazać coś innego. Ta dziewczyna oprócz ładnych piersi ma łeb na karku albo dobrych ludzi wokół. Chociaż wiesz, co mówią o popularności na Instagramie...

– Co mówią?

– Nie znasz tego żartu?

– Jestem kiepska, jeśli chodzi o dowcipy – przyznała się i pomyślała o Maćku, który był domowym żartownisiem. Ale tego nie chciała mu mówić. Bo i po co?

– Być sławnym na Instagramie to tak, jak być bogatym w Monopoly.

– Celne! – rozbawiło ją to porównanie.

– Zamówimy coś? Głodna?

– Tak, nie jadłam jeszcze obiadu.
– To świetnie, ja też nie. Na lunch dzisiaj mają krem z buraków i dorsza w cieście kokosowym – wyrecytował z pamięci i podał jej menu. – Chyba że wolisz coś z karty?
– Mmmmm... Zdecydowanie dorsz w cieście kokosowym! – Odłożyła menu na stół.
– A za mną dzisiaj chodzi jakiś makaron...
– Ten z łososiem jest pyszny! – rozmarzyła się. – Może i ja wezmę? Dawno go nie jadłam... Nie. Trzeba próbować nowych rzeczy. Dorsz! – podjęła ostateczną decyzję i zdjęła z szyi szalik.

Do Janka doleciała kolejna porcja zapachu. Miał ochotę zamknąć oczy i przenieść się na moment do tamtej soboty, do swojego mieszkania... Z minuty na minutę czuł się coraz swobodniej, wręcz tak, jakby nic się nie stało, a może raczej tak, jakby w tym, co się stało, nie było niczego niestosownego. Jakby właśnie umówił się na randkę z dziewczyną, z którą spędził pierwszą wspólną noc: wiele się wydarzyło. Wszystko jest jeszcze takie świeże, nowe, niepewne. Nikt nie wie, na czym stoi, ale jest przyjemnie, i to bardzo. Poczuł ogromną ulgę. Jeszcze piętnaście minut temu nie wiedział, czego się po tym spotkaniu spodziewać, co powiedzieć, czy nawiązać do tego, co się stało w ostatnią sobotę, czy zachować się tak, jakby nigdy nic. Ale tak robiło się w liceum, nie teraz. Na szczęście Nina była pogodna jak zawsze. Uwielbiał ją taką. Miała w sobie ciepło, luz, który sprawiał, że nie musiał się wysilać, nikogo udawać ani wchodzić w żadną rolę. Choć i tak nieświadomie to robił.

– Cieszę się, że znalazłaś dla mnie czas. Dobrze znowu cię widzieć.

– Już to dzisiaj mówiłeś. – Kiedy się denerwowała, nie dopuszczała do siebie żadnych miłych słów.

– Wiem, wiem, ale chciałem się upewnić, że mój komunikat dotarł tam, gdzie trzeba. – Zatrzymał na moment wzrok na jej twarzy, jakby czekał na jakąś reakcję. Cisza. – Wróćmy na moment do tych pań w bikini. – Uśmiechnął się i wziął do ręki telefon.

Oglądali różne zdjęcia, filmy, czytali komentarze. Niełatwo było się skupić, kiedy przed nosem migały jej młode, zgrabne dłonie i długie, szczupłe palce. Przypomniała sobie, jak dotykał jej piersi, pośladków, ud, a potem... Na szczęście szybko jedzenie wjechało na stół i rozproszyło wspomnienia. Janek wyciągnął z plecaka kilka kartek, na których zebrał różne zdjęcia, chwytliwe hasła, nawet propozycje tematów do wykorzystania.

– Sprawdziłem, jakie są teraz trendy w Stanach i co u nas ludzie najczęściej wpisują w wyszukiwarkę. Oczywiście warto to sprawdzać regularnie i też sezonowo, na przykład zobaczyć, co się klikało w lutym zeszłego roku i dwa lata temu. Zrobiłem to dla lutego, marca i kwietnia. O kolejne miesiące już możesz poprosić Lucynę. – Podał jej do ręki kartki.

– Boże drogi! Jak zwykle nie wiem, co powiedzieć! Dziękuję! – Zaczęła żywo przeglądać papiery. Przed oczami mignęły jej różne zestawienia zdjęć, tabelki, słowa-klucze. Kawał dobrej roboty, jak zawsze. – Skorzystam na pewno i obiecuję, że już nie będę cię o nic prosić. Zajmiemy się tym z Lucyną.

– Przecież mnie o nic nie prosiłaś. Sam chciałem pomóc. Teraz będę miał mniej czasu, ale jak coś mi się rzuci w oczy, to zawsze podeślę, czy zadzwonię. Jak się czujesz? – wyrwało mu się z ust.

– Dobrze. Nawet bardzo dobrze. Chociaż jestem trochę zakręcona, nie wiem… chyba zawstydzona – mówiąc to, skuliła się i ukryła część twarzy w dłoniach, jakby chciała stać się niewidzialna. Małe dzieci naiwnie wierzą, że jeśli zamkną oczy i przestaną widzieć, same także przestaną być widoczne dla świata.

– Zawstydzona? – zdziwił się.

– Tak. Przyznasz, że to dość dziwna sytuacja. Nawet nie umiem wytłumaczyć tego, co się wydarzyło ani tego, że dzisiaj tutaj jestem. Jakaś część mnie nie umiała ci odmówić. Co więcej, ta sama część wręcz bardzo się ucieszyła, kiedy napisałeś – ściszyła głos i schowała usta w dłoniach, które cały czas trzymała przy twarzy.

– Ja też się cieszę, że jesteś.

– Ale ta druga część mi mówi, że nie powinno mnie tutaj być. Że to, co robię, kompletnie nie ma sensu i tylko może nam zaszkodzić. Czuję się, jakbym miała rozdwojenie jaźni: jestem ja i jest jeszcze mała dziewczynka w środku, która krzyczy i tupie nogami, że ma być tak, jak ona chce, a ja nie umiem jej ujarzmić. Wybacz, gadam bzdury.

– Nie gadasz. Rozumiem. To znaczy, może nie tyle rozumiem, ile wydaje mi się, że jestem to sobie w stanie wyobrazić.

– Nie jesteś. Przepraszam cię, ale nie jesteś. Nie mówię tego po to, żeby cię urazić, tylko tak już jest. Nie będę się na ten temat rozwodzić, bo pamiętam, jak mnie to irytowało, kiedy koleżanki mi powtarzały. „Nie wiesz, jak to jest. Pogadamy, jak będziesz miała dzieci", no i nie wiedziałam, choć myślałam, że rozumiem. Że gadają bzdury, żeby się z czegoś wykręcić, zwalić na coś winę, wytłumaczyć się z własnego lenistwa. No ale, cholera, naprawdę nie da się zrozumieć kobiety, która jest matką dwójki dzieci, kiedy jest się młodym, wolnym facetem – starała się obrócić tę rozmowę w żart. – Nawet nie próbuj. Nie oczekuję tego od ciebie. Po prostu nie mówmy już o tym. Czytałeś ostatnio coś dobrego?

Posłusznie zmienił temat, a potem zaproponował, że odprowadzi ją do domu. Szybko uciekli z gwarnej Marszałkowskiej i mniej zatłoczonymi uliczkami dotarli do parku Ujazdowskiego. Ciszę przerywał czasem szybki oddech rozhasanego psa albo szczelnie opatulonego biegacza, którego płeć można było rozpoznać jedynie po budowie uda.

I mimo tego, że było mu potwornie zimno, chciał kręcić się po śliskich alejkach jak najdłużej. Najlepiej nigdy nie odprowadzać jej do domu.

– Możemy się niedługo znowu zobaczyć? – Zatrzymał się, gdy zbliżali się do Agrykoli. – Daj mi, proszę, znać, jak będziesz miała wolny wieczór albo którąś sobotę. Moglibyśmy pójść na kolację, do kina, do teatru, nawet do biblioteki – zażartował i złapał ją za ręce. Momentalnie się odsunęła.

– Przecież wiesz, że nie mogę iść z tobą do kina. Warszawa wcale nie jest taka wielka.

– Nina, zawsze możemy się spotykać u mnie. Nikt nie będzie o tym wiedział.

– A Karol?

– Karola zazwyczaj nie ma, poza tym przecież nie wie, kim jesteś.

Przyspieszyła. Chciała być już w domu. Nie słyszeć go, nie patrzeć, nie mieć żadnych wątpliwości ani mieszanych uczuć. Przywrócić światu dawny ład.

– Proszę cię, przemyśl to i pamiętaj, że gdybyś tylko czegoś potrzebowała albo miała chęć się spotkać, to moje drzwi są otwarte.

– Odezwę się, dobrze? – Ucałowała go w policzek, gdy dotarli do placu Na Rozdrożu i skręciła w Szucha.

– Będę czekał. – Patrzył, jak znika za blokami.

***

Tego dnia Nina zjawiła się w domu nieco wcześniej niż zwykle. Już na wejściu poczuła przyjemne ciepło i charakterystyczny słodki zapach placków bananowych. Od razu było wiadomo, że w kuchni rządzi Ania – to jedyna potrawa na ciepło, którą była w stanie zrobić samodzielnie.

– Głodna? Bo my akurat jemy pankejki bananowe – Ania powitała ją w drzwiach z plackiem nabitym na widelec.

– Czuję, czuję! Moje dziewczyny kochane! Mama już bardzo chciała do was wracać, wiecie? Kocham was szaleńczo, opętańczo! – Ucałowała najpierw jedną głowę, potem drugą i usiadła przy stole. – To co? Mogę wam ze dwa ukraść?

– Możesz, możesz. Zrobiłam więcej. Proszę. – Ania nałożyła jej na talerz kilka placków i postawiła obok słoik z masłem migdałowym.

– Mmmmm, widzę, że ktoś znalazł moje smakołyki! Z masełkiem migdałowym najlepsze, co?

– Poezja!

– Ty, poezja, lepiej powiedz, jak tam sesja. Masz już z głowy?

– Można inny zestaw pytań?
– Można. Właśnie! Jak tam twoja randka? Chcesz piciu? – Spojrzała w kierunku Zuzy, która zaczęła marudzić i rozsmarowywać placki po swoim stoliku. Typowy sygnał, że czas zmienić miejsce. – Myjemy rączki i wychodzimy? – Odłożyła jedzenie na talerz i zaczęła się rozglądać w poszukiwaniu butelki z wodą.

– Jedz spokojnie, ja się nią zajmę – wyręczyła ją Ania.

– Landka? Co to? – zainteresowała się Lena.

– Randka. To jest, jak dziewczyna umawia się z chłopakiem, którego bardzo lubi i idą razem do kina albo coś zjeść. – Nina skończyła zdanie i wreszcie udało jej się wpakować widelec do ust. – Mmmmm. Jeszcze ciepłe. Pycha! Czuję wiórki kokosowe? – dopytywała.

– Bingo!

– No ale co z tą randką? – nie odpuszczała.

– Nie byłam na żadnej randce. Ciężko to idzie. Na razie nie ma się czym chwalić.

– No powiedz coś. Nie wygłupiaj się. Nie widziałaś go od tamtej pory? – Kolejny placek zniknął z jej talerza.

– Widziałam, ale nic takiego się nie wydarzyło. Spotkaliśmy się na kawę, ale dosłownie po dwóch zdaniach w rodzaju „Co słychać?" od razu wziął się za moje notatki, a jak skończył i upewnił się, że wszystko rozumiem, to i „randka" się skończyła.
– I nie rzucił nic w stylu: „Daj znać, jak ci poszło?", „Gdybyś jeszcze czegoś nie rozumiała, to pisz, dzwoń"?
– Powiedział, no ale wiesz, to są takie zwykłe uprzejmości.
– No dobra, ale z drugiej strony poprosiłaś go o coś konkretnego. Mógł się nie domyślić, że nie o to chodziło. – W Niny ustach wylądował trzeci placek.
– Albo doskonale wiedział i subtelnie dał znać, że nie jest zainteresowany.
– Takie czarnowidztwo od razu. To zadzwoń do niego, jak zdasz ten egzamin, zaproś na piwo w ramach podziękowań i sprawdź.
– Nina, ja nawet nie wiem, czy on nie ma dziewczyny. Może się z kimś spotyka? Jakiś taki tajemniczy jest. Nikt nic o nim nie wie – kontynuowała wątek, wycierając lepkie rączki Zuzy zwilżonym

ręcznikiem. – Jeszcze buzia. O, dziękuję! Czym się teraz bawimy? Lala czy klocki?
– Tio! – Dziewczynka radośnie pobiegła po wielkie pudło duplo.
– O, ja też chcę! Zu, mama zje jeszcze jednego placuszka, no może dwa i też przyjdzie się bawić, dobrze?
Zuza pokiwała głową, ale jej myślami już zawładnął biały królik, farmer i jego żona, kochanka czy kto go tam wie – cała klockowa brygada.
– Nie martw na zapas. Nawet jak ma dziewczynę, to w tym wieku jeszcze wszystko może się zmienić.
– Bo w twoim to już nic ciekawego nie może się wydarzyć. Tylko kupić sobie trumnę, położyć się w niej i czekać, prawda?
– Nie no w moim też może, ale to jest dużo bardziej skomplikowane. Kiedy ten egzamin?
– W marcu.
– To teraz musisz się przyłożyć i zdać go na piątkę, żeby było co opijać. Jest dodatkowa motywacja.
– Albo nie zdać i poprosić o dodatkowe korepetycje. – Ania się uśmiechnęła.
– Nie! Dużo lepiej zdać i radośnie coś opijać. Wiesz, wyjście na piwo to co innego niż na

kawę. – Puściła do niej oko i wstała od stołu. – Pyszne! Bardzo dziękuję! Myję ręce i idę zobaczyć, co tam na farmie słychać. Idziesz, Lenka, ze mną?

– Ja chcem w sklep! – wykrzywiła się.

– Dobra, to umowa jest taka: najpierw bawimy się w sklep, dopóki Zuza jest zajęta, a potem przenosimy się do niej na farmę. Deal?

– Deal! – Lena przybiła piątkę i poleciała jak na skrzydłach po kasę, warzywa i owoce.

– A chociaż dobrze wytłumaczył?

– Dobrze, ale ciężko było się skupić. Ładnie pachnie i żebyś widziała te ręce! – Zamknęła oczy i westchnęła. – No nic, jak już mnie nie potrzebujesz, to wrzucę naczynia do zmywarki i lecę się uczyć. Mam jeszcze trzy egzaminy i będę wolna.

– Leć, leć. Ja posprzątam. – Nina machnęła jej ręką i wybrała się na zakupy do osiedlowego sklepu: – Dzień dobry. Proszę pani, ja potrzebuję jabłek, masła, mleka i mąki. Chciałabym upiec szarlotkę moim córkom. O, jeszcze cukier i jajka poproszę. Zupełnie wyleciało mi z głowy.

– Milion złotych! – zakomunikowała Lena radośnie, kiedy udało jej się zebrać wszystkie produkty.

– Strasznie u pani drogo! Nie dostanę żadnej zniżki dla stałej klientki?

– Nie – odpowiedziała „mała ekspedientka" bez cienia litości.

– To obawiam się, że będę musiała znaleźć inny sklep. Dziś już zapłacę, nie mam innego wyjścia, ale to ostatni raz. Musi pani pomyśleć nad jakimiś promocjami dla stałych klientów. Proszę bardzo. – Podała jej kilka małych kartek, na których kiedyś razem wypisały różne kwoty.

Rozdział 11

Miłość nie wyraża się w pragnieniu spółkowania (to pragnienie dotyczy przecież niezliczonej ilości kobiet), ale w pragnieniu wspólnego snu (to pragnienie dotyczy tylko jednej jedynej kobiety).
Milan Kundera, *Nieznośna lekkość bytu*

Kolejne dni w redakcji były stresujące. Pośpiech kręcił nosem na większość propozycji, które lądowały na jego biurku, wymyślał coraz to nowsze zadania, wyznaczał niemożliwe do zrealizowania terminy. Nina siedziała nad projektami po nocach, kiedy Zuza, Lena i Maciek już dawno spali. Często łapała się na tym, że zamiast myśleć o słowach-kluczach, zastanawiała się, czy Janek wieczorami odgrzebuje w pamięci skrawki tamtej nocy. Jej zdarzało się to często. A może by tak napisać? Krótkiego maila z zapytaniem, jak mu w nowej redakcji? Nic poza tym. Dosłownie jedno zdanie… Chyba nie ma trudniejszej walki niż ta z samym sobą. Na razie dzielnie ją wygrywała.

Siema, piękna! Dasz się porwać jutro na kofii? Mamy tyle do przegadania. Dzieje się!

Wiadomości od Łukasza Piątka zawsze wywoływały uśmiech na jej twarzy. Był jak starszy brat, który z jednej strony powinien się tobą zaopiekować, w rzeczywistości jednak sam potrzebuje nadzoru i dobrej rady.

Jasne! Dasz radę wpaść jutro o 10.30? Będę akurat po zebraniu. W sąsiednim budynku otworzyli świetną kawiarnię. Nawet Twoje bezy serwują;)

To idziemy tam na 100%! Do końca tygodnia mam wolne, więc nie ma problemu. Będę punkt 10.30. See ya! Nie flirtuj za długo na Insta, tylko się wyśpij!

Czy ja się nazywam Łukasz Piątek? Nie siedzę na Insta, tylko w Excelu. Załączyła zdjęcie ekranu.

O matko! Otwieraj lepiej butelkę wina, włącz sobie przyjemny mjuzik i wyczilluj się. Jutro też jest dzień. Świat się nie zawali bez dwóch tabelek. Załączył zdjęcie kieliszka.

Zawali, zawali. Wypij moje zdrowie, wracam do roboty. Widzimy się jutro.

Spojrzała na zegarek: wpół do dwunastej. Dała sobie jeszcze dwie godziny i stwierdziła, że potem kładzie się spać, choćby się waliło i paliło. Janka tym razem zostawi w świętym spokoju.

***

W recepcji wydawnictwa punktualnie o dziesiątej trzydzieści Łukasz Piątek czarował Agnieszkę. W końcu czymś musiał się zająć, czekając na przyjaciółkę.

– Nawet na moment nie można spuścić cię z oka. – Nina przytuliła go na powitanie. – Agnieszka w zeszłym tygodniu wybrała sukienkę na swój ślub. Nic z tego.

– Cholera! Naprawdę? Spóźniłem się? Mogłem jednak częściej odwiedzać cię w redakcji. No nic. Ma facet szczęście! Wszystkiego dobrego! – Uśmiechnął się serdecznie i poleciał za Niną.

W nowej kawiarni rzeczywiście ciężko było powiedzieć „nie" wszelkim tartom, tortom, ciastom, ciasteczkom. Już na wejściu delikatny zapach karmelu wprowadzał w błogi stan nawet najbardziej naładowanego agresją korpoczłowieka, a później było już tylko gorzej. Jasne wnętrze i wygodne fotele sprawiały, że czułeś się tam jak w domu ukochanej babci, która cię nie wypuści, zanim dobrze się nie najesz i nie wypijesz herbaty z malinami.

– Ależ tu jest przyjemnie! – Łukasz od razu wyraził swój zachwyt.

– Wiedziałam, że ci się spodoba. Uwielbiam to miejsce, tylko trzeba być bardzo ostrożnym, żeby nie ulec zbyt wielu pokusom. Mają absolutnie najlepsze ciastka maślane, jakie kiedykolwiek jadłam! I wszystko pieką na miejscu. Podają jeszcze ciepłe – rozmarzyła się.

– Aaaaaaa, to stąd te zapachy! Gdzie siadamy?

– Tutaj! – Nina wskazała stolik ukryty za ladą.

– Świetnie! To siadaj, a ja się wszystkim zajmę. Americano i ciasteczka?

– A dawaj! Jedno nie zaszkodzi.

Łukasz właśnie wrócił z Krakowa i miał na twarzy uśmiech, który mówi: „Oj, nie było czasu na zwiedzanie, ani na rozmowy". Od razu go rozszyfrowała. Wystarczyły jej trzy sekundy, żeby rozpoznać, w jakim jest nastroju i o czym będzie opowiadał. Zdecydowanie najbardziej lubiła tę tryskającą szczęściem wersję, która właśnie postawiła jej przed nosem kubek gorącej kawy.

– Ciasteczka jeszcze w piecu. Pani mówi, że za pięć minut przyniesie.

– Te ciasteczka powinny być zakazane. Za każdym razem najpierw się rozpływam, a potem przeklinam dzień, w którym moja noga stanęła tutaj po raz pierwszy.

– Dobre ciacho nie jest złe. Raz na jakiś czas każdemu z nas się przyda. Trzeba coś mieć z tego życia – stwierdził i rozsiadł się wygodnie w fotelu.

– Po oczach widzę, że ty ostatnio całkiem sporo z tego życia masz.

– Oj, Ninuś! Tak bardzo chciałem cię zobaczyć! Takie piękne rzeczy się dzieją, że nie masz pojęcia!

Łukasz twierdził, że życie codziennie podsuwa nam pod nos mnóstwo okazji i grzechem jest z nich nie korzystać. On korzystał jak mało kto. Tym razem wszystko zaczęło się od pewnej dziewczyny, którą poznał na koncercie. Piękna, zabawna, seksowna – pech chciał, że mieszkała w Krakowie i następnego dnia z samego rana musiała wracać. Dzwonił codziennie, wysyłał odważne esemesy, dostawał na nie tak zachęcające odpowiedzi, że po kilku dniach nie wytrzymał. Złożył wniosek urlopowy, pojechał na dworzec i wsiadł w pierwszy pociąg w strony ukochanej. Nie rozczarował się. Przypomniał sobie, jak to jest poszaleć w łóżku od rana do wieczora, z krótkimi przerwami na jedzenie, wino i wannę. Chociaż w wannie też sporo się działo. Na moment zwariował. Zapomniał o stresach w pracy, ciągnącym się w nieskończoność remoncie mieszkania, męczącej sąsiadce. W głowie już układał sobie plan, jak to wszystko zorganizować, by pracować zdalnie i zaglądać do dziewczyny jak najczęściej. Jeszcze z Krakowa zadzwonił do szefa i szczerze z nim porozmawiał. Poszukał w sieci oprogramowania, które mógłby zainstalować na swoim laptopie, by pracować zdalnie, i kiedy próbował z nią uzgodnić termin kolejnego przyjazdu, czar prysł:

Nie mogę wtedy. Mój narzeczony wraca za dwa tygodnie z Kanady i kolejną delegację będzie miał dopiero w maju, po świętach. Chcesz wtedy wpaść?

Nie chciał. Kompletnie zbiło go to z tropu. Owszem, niczego sobie nie obiecywali, nie wymyślał w głowie imion dla ich dzieci ani nie szukał kierunku na wakacyjny wypad, ale takiego rozwiązania się nie spodziewał. Liczył na to, że po chwilowym szoku wszystko wróci do stanu sprzed dziesięciu minut. Zgodził się zostać jeszcze jedną noc, ale to już nie było to. Stracił chęć na rozmowy, wino, a seks stał się tak mechaniczny, jak mycie zębów. Wiedział, że już więcej jej nie spotka. Da się nacieszyć narzeczonemu.

Wyszedł z samego rana, jeszcze zanim zdążyła się obudzić. Pokręcił się po Kazimierzu, znalazł przyjemną knajpkę, gdzie zjadł śniadanie i napił się dobrej kawy, a potem spacerem poszedł na dworzec.

– O, proszę! Jaka niespodzianka! – Młodziutka brunetka obdarzyła go promiennym uśmiechem, gdy stał na peronie i czekał na pociąg. Zmierzył ją wzrokiem: piękna dziewczyna, ale za nic nie mógł sobie przypomnieć, skąd ją zna. „Co za wtopa!", pomyślał. Grzebał uparcie w głowie, łudząc się, że raptem dozna olśnienia. Przecież takich dziewczyn się nie zapomina! Ale jak na złość – pustka.

– Jechaliśmy razem w poprzednią stronę. Do Krakowa z Warszawy, w poniedziałek. To pan, prawda? – Brunetka szybko się zorientowała, że będzie mu potrzebna jej pomoc.

– Tak! – ucieszył się. A jednak nie było z nim jeszcze tak źle. Zanim pociąg wjechał na tory, dowiedział się, że Basia na co dzień mieszka i studiuje w Warszawie, a do Krakowa pojechała odwiedzić rodziców. Piękna sprawa: nie dość, że będzie ją miał pod nosem, to jeszcze potencjalna teściowa daleko. Jak tylko wsiedli, zamienił się na miejsca z zapracowanym grafikiem i przegadał z Basią całą drogę. Następną noc spędził już w jej młodziutkich ramionach.

– Żartujesz! – Nina aż odłożyła ciastko na talerzyk, choć pachniało tak, że zrobiła to z wielkim trudem. – Spałeś u niej?

– Dziś też. Właściwie od Basi mam do ciebie bliżej. Mieszka na jednym z pobliskich blokowisk, na Bryły.

– I co, rozumiem, że szybko wylizałeś rany po niewiernej Marcie?
– A daj spokój, już dawno zapomniałem. Nie ma o czym mówić. Choć nie powiem, Marta to wariatka w łóżku, zresztą jak wszystkie artystki. Nieźle się bawiliśmy, oj nieźle – rozmarzył się. – Ale Basia! To jest dopiero klasa! Mówię ci. A zresztą, co ja tam będę gadał. Pokażę ci zdjęcia. – Wyciągnął z kieszeni telefon. W przypadku Basi rzeczywiście trudno byłoby się do czegokolwiek przyczepić: piękne, lśniące włosy, białe zęby, tak proste, jakby całe dzieciństwo spędziła z aparatem z kolorowymi gumkami, wielki uśmiech i jeszcze ta skóra – jasna i gładka jak kremowy jogurt, który Nina czasem jadła na śniadanie. Ciemne oczy kształtem przypominały migdały. Na kolejnych to samo plus krągły cycek i kształtna pupa. Wszystko na swoim miejscu. „Niech żyje młodość!", pomyślała i przed oczami przeleciały jej tłumy pięknych, dziewczyn, które pewnie tylko czekały, by wskoczyć Jankowi do łóżka…
– I ta Basia mieszka sama?
– Nie, wynajmuje mieszkanie z dwiema koleżankami: Anią i Gosią, przemiłe dziewczyny. Dzisiaj

we czwórkę jedliśmy śniadanie. Czuję się, jakbym sam znowu był na studiach!

– Trudno się dziwić – rzuciła i tym razem nie odmówiła sobie ciasteczka. Było idealne: kruche, słodkie i pachniało dzieciństwem, kiedy kalorie i zły cukier jeszcze nie istniały.

– Jestem jak stary wampir, który wysysa z nich całą energię, żeby zachować wieczną młodość.

– Dobrze, że ty to powiedziałeś.

– Zobacz, jakie to wszystko jest skomplikowane: z jednej strony wolałbym dojrzałą dziewczynę, powiedzmy taką trzydziestoośmioletnią, żeby już przeżyła swoje i miała poukładane w głowie, ale te młode mają w sobie taką moc przyciągania... Nie wiem nawet, jak to nazwać. Taką świeżość, radość życia i beztroskę.

– Bo jeszcze wierzą, że w życiu można wszystko osiągnąć i zmienić, jeśli się bardzo chce – rozwiała jego wątpliwości.

– Wyjęłaś mi to z ust!

– Młodzi chłopcy też to mają. Nie tylko kobiety. Myślisz, że mnie to nie pociąga? – Przed jej oczami pojawił się pełen sił i chęci do działania Janek.

– Upatrzyłaś sobie kogoś?

– Może... – Uśmiechnęła się i dokończyła ciastko. – Genialne są! Smakują ci? Nawet nie tknąłeś.

– Racja! Widzisz, tak się zagadałem. To teraz ja jem, a ty opowiadasz. Maciek szykuje się do swojego projektu?

– Tak, dużo teraz pracuje. Kiedy wyjedzie, właściwie nie będzie z nim kontaktu, więc wszystko musi być dograne.

– No tak, na Grenlandii pewnie cieniutko z zasięgiem, no i w takim mrozie to człowiek nie ma głowy do interesów.

– Po prostu bierze trzy tygodnie urlopu, a wiesz, jak to jest, kiedy masz własny biznes? Ciągle jesteś w pracy. Zresztą teraz nawet jak jest w domu, to tak, jakby go nie było. Zamyka się w pokoju, rozkłada mapy i planuje. Staramy się z dziewczynami nie przeszkadzać.

– Szalony, ale fajnie, że ma chłopak zajawkę. Przynajmniej nie pije i nie szwenda się nocami po mieście jak ja – podsumował. Nina znała to hasło już na wylot. „Kochanie, nie narzekaj. Zobacz, ile twoich koleżanek skarży się, że ich mężowie tylko czekają na okazję, by wyrwać się wieczorem z domu i upić do nieprzytomności. A ja tego nie robię". Owszem, nie robił, za to zamykał się w domu ze stertą map, wyjeżdżał na weekendy do lasu, a potem na miesiąc na drugi koniec świata. „Cholera wie, co lepsze...", pomyślała.

– Ale wiesz co? Brakuje mi takich prostych rzeczy, które kiedyś robiliśmy we dwoje. Chciałabym iść do kina, na kolację albo wyjechać gdzieś na weekend.

– To zrób to! Co za problem. Dziewczyno, jak ja bym chciał mieć takie marzenia, które od ręki można zrealizować!

– No właśnie wbrew pozorom nie są takie proste...

– O, mamo! Przepraszam cię, ale te ciastka są obłędne! – Dobrał się wreszcie do maślanego deseru. – Muszę wziąć kilka na wynos. Basia się w nich zakocha. Są boskie! Jak ty znalazłaś to miejsce? Pamiętasz taki film Woody'ego Allena, zaraz, jaki on miał tytuł...

– *Drobne cwaniaczki* – odpowiedziała bez chwili zawahania. Widziała go przynajmniej dziesięć razy.

– Tak! *Drobne cwaniaczki*. Ależ to był świetny film! Założę się, że tamta babeczka robiła właśnie tak dobre ciastka, jak te tutaj! Przepraszam. Przerwałem ci, ale niebo w gębie! Już wracam na ziemię. Słuchałem! Mówiliśmy o prostych marzeniach i co z nimi?

– Nic. Jak każda kobieta chcę czasem pomalować usta na czerwono, włożyć sukienkę i napić się dobrego wina. Ale nie w domu, tylko w jakiejś fajnej knajpie.

– À propos szminki! Ta dzisiejsza jest piękna. Nowa? – Łukasz zauważył zakup.

– A tak, zaszalałam. Dziękuję. Chcesz jeszcze jedną kawę? Może herbatę? Ja bym się napiła takiej rozgrzewającej z imbirem, cytryną i z miodem.

– O, ja też. Siedź, skoczę.

Łukasz wrócił z herbatą i całą torebką ciastek.

– Weź sobie jeszcze. Pani mówi, że słodzi je cukrem kokosowym, podobno samo zdrowie, prawda? – Uśmiechnął się do filigranowej brunetki za ladą.

– Prawda! I masło mam domowe, od babci.

– O widzisz, organiczne, prosto od krowy, bierz! – Wyciągnął w jej stronę papierową torbę. – A swoją drogą ta laseczka za ladą też całkiem przyjemna, co? – ściszył głos.

– No nie! Łukasz, ty ciągle o jednym! Daj się Basi nacieszyć!

– Racja. To już chyba nałóg.

Tego nałogu Nina mu czasem zazdrościła. I jeszcze tego, że mógł się skupić na sobie. Nie myśleć o innych. Miała nadzieję, że lada dzień sama też znajdzie czas, by nadrobić zaległości czytelnicze czy poszaleć na koncercie Lykke Li albo Taco Hemingwaya. Chociaż Łukasz twierdził, że na Taco będą same nastolatki. Niemożliwe. Ona go uwielbiała, a nastolatką od dawna nie była.

Jednak nic w naturze nie ginie. Za ową wolność Łukasz też musiał zapłacić, i to w dosłownym tego słowa znaczeniu, bo drinki w Warszawie najtańsze nie były, ale też samotnością i skrajnym wyczerpaniem. Ze względu na ilość randek, która w żaden sposób nie chciała się przełożyć na jakość, jego konto świeciło pustkami, a głowa bolała od wiecznego kaca. Coś za coś.

Do domu wróciła wcześniej i postanowiła zrobić pizzę. Taką najprostszą na świecie z pomidorami, mozzarellą i oregano. Dziewczyny uwielbiały to rozwiązanie, a Maciek cieszył się na wszystko, co powstało przy użyciu mąki pszennej, a nie jakichś bezglutenowych zamienników, które zazwyczaj rozsypywały się w rękach i smakowały jak karton. Lena i Zuza chętnie asystowały i nie spoczęły, dopóki wszystko w kuchni nie było wysmarowane sosem pomidorowym. Całe mieszkanie pachniało przyprawami, a czarny golf Niny pokryty był białym pyłem.

– Będę za godzinę. Jak jesteście głodne, to nie czekajcie na mnie – Maciek zadzwonił z biura.

– Nakarmię dziewczynki, a sama zjem z tobą. Mamy dzisiaj Pizza Night!

Dwadzieścia minut później wyjęła z piekarnika pierwszy placek. Lena usiadła przy stole, a Zuza wylądowała tuż obok w swoim krzesełku.

– Siiii! – Wypluła maleńki kawałek z powrotem na talerz.

– Nie jest si, Myszko, sprawdzałam.

– Si!

– Daj, mama podmucha. – Porwała pizzę w palcach na jeszcze mniejsze kawałki i każdy z nich – ku wielkiej uciesze Zuzy, która usiłowała ją naśladować – dokładnie odmuchała.

– Ten już nie jest si. Proszę.

Patrzyła na szczęśliwe córki, które wsuwają domowe wypieki i dotarło do niej, jak wielkie ma szczęście. W tym mącznym golfie, z tłustymi dłońmi, z szafkami i podłogą, które potem trzeba będzie przynajmniej pół godziny szorować. Przecież Janek jej takiej nie zna! Zna zupełnie inną osobę. „Co też mi wtedy strzeliło do łba?", pomyślała.

– Am! – Zu dała znać, że ma ochotę na więcej. Nim skończyła ją karmić, Maciek pojawił się w drzwiach.

– Dzień dobry, kochanie. Jesteśmy tutaj!
– Cześć, dziewczyny! Za ile będzie jedzenie?
– Nie przywitasz się z nami?
– Kotek, nie męcz mnie. Nie mam dziś nastroju. Za ile będzie jedzenie? Bo nie wiem, czy mogę iść teraz pod prysznic, czy po kolacji. – Maciek wparował do kuchni i zaczął się rozbierać.

Nina podeszła do piekarnika.

– Możesz wyciągać – oceniła sytuację.
– Też chcesz?
– Tak, mówiłam, że poczekam na ciebie z kolacją.
– Kotek, proste pytanie, prosta odpowiedź. Żadne tam: mówiłam, nie mówiłam, słuchałeś, nie słuchałeś.

– O! Widzę, że rzeczywiście słaby dzień. – Spojrzała na niego z pytaniem w oczach.

– Tak i nie chcę o tym rozmawiać.
– Mam się nie odzywać?
– Możesz się odzywać, tylko uważaj na to, co mówisz.

Wolała nie ryzykować, bo skąd pewność, że coś, co jej wydaje się neutralne, dla niego nie okaże się wyjątkowo irytujące? Zanim umyła wszystkie buźki, rączki i posadziła towarzystwo na dywanie z nowymi książkami, jedzenie wystygło.

– Pójdę wziąć prysznic i jak wrócę, pomogę ci ze sprzątaniem.

Nie prosiła go już nawet, by posiedział z nią przy stole. Samotnie przeżuwała kawałki zimnego sera i patrzyła, jak Lena z Zuzą wyrywają sobie album z naklejkami.

Kiedy weszła do sypialni, Maciek już dawno spał. Położyła się obok i jak zawsze na koniec dnia sprawdziła jeszcze skrzynkę mailową. Niepotrzebnie. Powinna się pozbyć tego nawyku. Wieczorem człowiek robi się bardziej podatny na wszelkiego rodzaju przyjemne zaczepki. Szczególnie gdy mąż miał zły dzień…

Hej,

wiem, że miałem dzielnie poczekać, ale znając Ciebie, czekałbym do śmierci, więc olewam Twoją zasadę. Mam ochotę, to piszę!

Jak Ci minął dzień? Mam nadzieję, że był wesoły, przyjemny i udało się zrobić wiele ciekawych rzeczy. Zaliczyłem właśnie swój debiut. Na razie nie zlecają mi zbyt wielu zadań, uczę się, ale myślę, że to się niebawem zmieni. Choć chyba i tak wolałbym odbierać telefony od czytelników i rozwiązywać ich dziwne problemy, byleby tylko pracować w miejscu, gdzie jest szansa wpaść na Ciebie w windzie.
Śpij dobrze!

Janek

Ostatnie zdanie sprawiło, że na jej twarzy pojawił się szeroki uśmiech. Może nawet niewielkie rumieńce? Tego po ciemku nie dało się stwierdzić, ale poczuła przyjemne ciepło. Wyłączyła dzwonki, nastawiła budzik i odłożyła telefon pod poduszkę. „A może by tak jednak coś odpisać?", przewracała się z boku na bok i biła z myślami. W końcu przekręciła się na brzuch i wystukała kilka zdań.

Dobry wieczór,
dzień niestety nie należał do najlepszych, ale było kilka bardzo miłych epizodów i na tym warto się skupić.
Twoja wiadomość jest właściwie jednym z nich. Co do redakcji – korzystaj, póki możesz, jak już się na Tobie poznają, z pewnością będzie więcej pracy. Może niebawem mi o tym opowiesz, a póki co – dobranoc!
Nina

Za najmilszy epizod dnia i tak uznała wymazaną sosem pomidorowym buzię Zu. Pewne rzeczy jednak lepiej zachować dla siebie.

Rozdział 12

Nie można przeżyć na nowo czasu, który się już raz przeżyło.
F.S. Fitzgerald, *Wielki Gatsby*

Maciek już do samego wyjazdu był wyjątkowo nerwowy. Paradoksalnie to nie wyprawa w nieznane spędzała mu sen z powiek, a problemy w pracy. Już któryś dzień kręcił się niecierpliwie po mieszkaniu, jakby za bardzo nie wiedział, co ze sobą począć. W kuchni szło mu najgorzej. Łapał się kolejno: a to za banana, a to za jabłko, w końcu nalał sobie szklankę wody, wyciągnął z kieszeni telefon i próbował zadzwonić.

– Matoły! Nie wiem, jak im się udało przez tyle lat uchować w HR w takich firmach, jak na maila nie potrafią przez tydzień odpisać! A potem jeszcze nie odbierają tych pieprzonych komórek! Po co je w ogóle trzymają? Dupy sobie nimi podcierają?

– A Jacek nie może tego załatwić? – Nina akurat karmiła Zuzę jej ukochanym purée z batatów, a raczej nie karmiła (bo mała Zu, odkąd opanowała obsługę łyżki, już nikomu nie dała przejąć nad nią kontroli), ale zerkała, czy pomarańczowy krem ląduje w małym pyszczku, zamiast na podłodze, czy na ścianie tuż obok.

– Jacek to jeszcze większy baran niż reszta.

– Beeeeee! – Zuza od razu wyłapała barana. Nina roześmiała się na całe gardło. Wiedziała, że to bardzo niepedagogiczne, ale nie potrafiła się powstrzymać. Podeszła do Maćka, przytuliła go i wyszeptała:

– Widzisz, mówiłam ci, że przy dzieciach trzeba uważać. Zobaczysz, Jacek kiedyś przyjdzie do nas na obiad, przedstawi się, a któraś wypali: „O, tato, to ten baran, o którym nam opowiadałeś?". Ja, jak byłam mała, powiedziałam do ciotki: „Tata mówił, że masz, ciociu, nos jak Baba Jaga. Mogę zobaczyć z bliska?".

Niestety nic już go nie bawiło. Najlepiej było schodzić mu z drogi.

Atmosfera w redakcji też nie przypominała sielanki. Pośpiech zdążył zapomnieć o dawnych „sukcesach w Rekreacji", a na efekty nowych działań trzeba było jeszcze chwilę poczekać.

Mimo wszystko Nina nie zostawała po godzinach. Wychodziła z założenia, że woli spędzić czas z Leną i Zuzą, a popracować może, gdy już zasną i tego modelu twardo się trzymała.

Co wieczór parzyła ulubioną herbatę jaśminową, wlewała ją do dużego termosu, żeby nie odrywać się co kwadrans od laptopa, ale też nie pić zimnej, włączała ulubioną playlistę, rozkładała papierzyska i przykrywała się puszystym kocem. Szarym – rzecz jasna.

Spała po pięć godzin, co nie dodawało jej ani zdrowia, ani urody, ale wiedziała, że ten najtrudniejszy okres zaraz minie i nadejdzie lepszy. Dla Maćka ów długo wyczekiwany moment przyszedł w drugiej połowie lutego. Zerwał się rano, po raz ostatni upewnił, że zapakował wszystko to, co planował ze sobą zabrać i zadzwonił po taksówkę na lotnisko. Nie chciał, by dziewczyny z nim jechały. Takie pożegnania to dodatkowy stres dla wszystkich. Dla niego największy. Prosto z Warszawy poleciał do Kopenhagi, a następnego dnia złapał lot do Kangerlussuaq. Na początku meldował się w domu codziennie, korzystając z hostelowych Wi-Fi. Wiedział, że później kontakt będzie utrudniony.

Karta SIM, którą kupił za straszne pieniądze, nie wystarczyłaby na videopogaduchy. Podesłał jej mailem trasę, którą ostatecznie udało się zaplanować, i uprzedził, że przez najbliższe dwa tygodnie różnie może być z zasięgiem. Podał numery do wszystkich, którzy na miejscu śledzili jego poczynania i supportowali go w umówionych punktach. Nina dzwoniła zwykle o czternastej swojego czasu i prosiła o garść świeżych informacji. Denerwowała się. Najgorsze były wieczory, kiedy dzieci poszły już spać. W głowie miała tyle sprzecznych myśli, że zaczęła bać się ciszy. Robiła wszystko, by się czymś zająć. Praca była najlepszym wyjściem. Żadnych innych kroków nie była w stanie podjąć.

– Kiedy nie wiesz, co robić, nie rób nic. Przeczekaj. Odpowiedź sama do ciebie przyjdzie – powiedziała kiedyś Paulinie, gdy zgłosiła się do niej z miłosnym dylematem. Wierzyła w to.

– I ty tak niby robisz?

– Tak. Naprawdę, od lat. To chyba jedyna zasada, jaką w życiu wyznaję – śmiała się. – Wszystkie złe decyzje podjęłam wtedy, kiedy nie byłam czegoś pewna, a mimo to zrobiłam coś, bo wydawało mi się, że trzeba zareagować tu i teraz. A wcale nie trzeba. Czasem naprawdę najlepszym działaniem jest brak działania.

I teraz też postanowiła się dzielnie tej zasady trzymać. Złamała ją dopiero dwa dni później.

***

Janek zjawił się w redakcji niespodziewanie. Położył na jej biurku zapakowaną w piękne, metalowe pudełko herbatę jaśminową i uśmiechnął się tak, jak uśmiechał się dawniej każdego ranka, gdy przechodziła obok jego biurka.

– Dzień dobry! Z tego, co zapamiętałem, to chyba twoja ulubiona?

– Janek! Co tutaj robisz?

– Chciałem, żeby ci się lepiej w nocy myślało. Może nie tylko o przysiadach i płaskim brzuchu – ściszył głos.

– Dziękuję! – Wzięła pudełko do ręki. – Jeśli tak smakuje, jak wygląda, to mogę pracować do świtu. Powiesz mi, co tutaj robisz?

– Wpadłem cię zobaczyć.

– A naprawdę?

– Czy wszystkie współczesne kobiety są takie...
– Bystre? – nie dała mu dokończyć.
– Raczej przyziemne.
– Uczyliście nas tego całymi latami. To jak?
– Przyjechałem do Staśka Waszkiewicza z newsów, znasz?
– Nie, ja nie znam nawet połowy ludzi z tego piętra, a co dopiero z innych. – Machnęła ręką.
– Tego akurat możesz poznać. Ciekawy człowiek. Nowa szefowa chciała komentarz. Kiedy zobaczyłem adres redakcji, zaproponowałem, że pojadę i na żywo z nim porozmawiam. Pomyślałem, że to będzie miły przerywnik w ciągu dnia. – Złapał jej spojrzenie i przez dłuższą chwilę nie chciał wypuścić. – Lecę. Może herbata okaże się na tyle dobra, że wreszcie się ze mną umówisz.

Jeszcze tego samego dnia, późnym wieczorem, na ekranie jego iPhone'a, pojawiła się krótka wiadomość:

Pyszna! Dziękuję. Sobota, 13.00?

Patrz! Gdybym wiedział, że aż tak dobra, kupiłbym ją dawno temu! A ja głupi tyle czasu się męczyłem i zastanawiałem, co tu zrobić... Świetnie! Zatem sobota!

Nie podskakuj, bo się rozmyślę. Ministerstwo Kawy?

Tak jest! Będę punktualnie i poczekam ;)

W sobotę zarządziła babski poranek: leżały we trzy w łóżku i oglądały *Świnkę Peppę*, czy raczej *Peppa Pig* – bajkę włączała w oryginale, żeby mieć poczucie, że pełni funkcję edukacyjną. W końcu dziewczynom zawsze wpadnie w ucho jakieś nowe słówko. Zuza ulokowała się rzecz jasna na wysokości jej piersi – wciąż nie mogła się rozstać ze swoim ukochanym cycem. Lena ułożyła się z drugiej strony i plotła z matczynych włosów coś na kształt warkoczy. Nikt ich nie poganiał, nie pytał się, jaki jest plan dnia. Było idealnie.

– Dziewczyny, co powiecie na owsiane gofry z malinami? – zaproponowała, gdy sama zrobiła się głodna.

– Tak! Tak! Tak!

Jeszcze zanim zdążyły zjeść, w drzwiach pojawiła się babcia.

– Mamo! Dzień dobry! Chcesz gofra?

– A wy jeszcze w piżamach? – Babcia wycałowała po kolei całe towarzystwo i zaczęła się rozbierać. – Nie, dziękuję. Dziadek mi dzisiaj zaserwował takie śniadanie, że chyba już do końca dnia powinnam być o wodzie.

– Mamy babski poranek – poinformowała ją Lena.

– Uff, to jak babski, to ja chyba mogę dołączyć? Tylko nie mam piżamy...

– Mas! U mnie w sufladzie! – Pobiegła do pokoju, nim babcia zdążyła dokończyć zdanie.

– Wolisz zostać z dziewczynkami tutaj czy zawieźć was do ciebie?

– Chyba tutaj zostaniemy. Nie trzeba będzie się pakować. Nagotowałam dziadkowi różnych rarytasów, z głodu nie umrze. Ale ty się nami nie przejmuj. Załatwiaj swoje sprawy, wyjdź sobie, gdzie chcesz, a ja się nimi zajmę. Po prostu tutaj będzie mi wygodniej.

– Nie ma problemu – odpowiedziała, choć liczyła na inny obrót wydarzeń. Nagła zmiana planów nieco komplikowała sytuację. Spotkanie z Jankiem mogło się przeciągnąć do późnych godzin nocnych.

Nie chciała się później tłumaczyć. W każdym razie: nie własnej matce, która z powodzeniem mogłaby pracować w policji. – A ojciec nie wolał z tobą przyjechać?

– A coś ty! Znasz go! Każda okazja, by posiedzieć w spokoju przed telewizorem i poskakać po kanałach bez mojego gderania, jest dobra. Czasem trzeba od siebie odpocząć. Może nie aż cztery tygodnie, ale wiesz...

– Mamo!

– Dobra, dobra. Nie będę już nic mówić. Każdy sobie życie układa tak, jak chce. Jak on tam, cały i zdrowy? – Podeszła do córki i mocno ją przytuliła. Od lat pachniała tak samo: Chanel N° 5 i pudrem – dla Niny to był zapach dzieciństwa. Mimo upływu lat nie mogła się do tych perfum przekonać. Matka twierdziła, że trzeba do nich dojrzeć jak do oliwek, owoców morza czy szpinaku, widać, pod tym względem Nina wciąż była niedojrzała. Kiedy odkręcała osławiony flakon i zbliżała nos w kierunku bursztynowożółtego płynu, miała wrażenie, że ktoś przypadkowo wymieszał około dziesięciu innych perfum i nazwał ów produkt Chanel N° 5. Na szczęście w kontakcie ze skórą mamy zapach łagodniał i zaczynał przybierać nieco milszą formę. Zupełnie jakby jej dobry charakter przeganiał drapieżne demony ambry i rozmaitych aldehydów.

– Zdrowy. Wczoraj nawet sam do mnie zadzwonił. Dotarł do takiej małej miejscowości, gdzie miał zasięg. Brzmiał dobrze. Zatrzymał się na jedną dobę w hostelu, przespał się, zjadł, uzupełnił zapasy, wyprał sobie ubrania i mówił, że dzisiaj rano rusza dalej. Która jest? – Spojrzała na zegar nad lodówką.

– Jedenasta – uprzedziła ją matka.

– U nich siódma, to rusza za godzinę, po wschodzie słońca. Wiesz, to są krótkie rozmowy, opowie nam wszystko, jak wróci, nie ma co go teraz męczyć. Dobra, to ja szybko przebiorę dziewczyny, ogarnę kuchnię i szykuję się do wyjścia.

– Ubierz je tylko, żeby znowu nie było, że babcia coś nie tak dopasowała, a ja resztę zrobię – zarządziła i zaczęła wypakowywać z torby różne skarby. – Wrócisz po tym spotkaniu? Ugotować coś? Zimno jest, rosołek bym zrobiła. Przywiozłam nawet kurczaka na wypadek, gdybyś nie miała. Dziewczynki zawsze tak ładnie jedzą.

– Później umówiłam się z Pauliną – skłamała, żeby dać sobie czas. – Mamo, dziękuję, że przyjechałaś.

– No co ty! Każdy potrzebuje chwili dla siebie. No, niektórzy nawet czterech tygodni... – nie odpuszczała.

– Prosiłam cię o coś... Dobra, dziewczyny, jak wszystko jest zjedzone, to idziemy myć zęby i się przebieramy.

Tym razem nie było czasu na moczenie się w wannie z pachnącymi olejkami, ale kilka minut na peeling cukrowy się znalazło. Rzadko po niego sięgała, a szkoda, bo uwielbiała ten lekki waniliowy zapach. Skóra na całym ciele momentalnie robiła się gładka jak pupa Zu. Przebrała się tylko trzy razy – całkiem niezły wynik. Nie mogła się zdecydować między wariantem: granatowe spodnie i idealnie dopasowany sweter, który podkreślał jej kształty, klasyczna mała czarna z subtelnym dekoltem, czy może totalnie sportowy look: jasne jeansy i bluza, która kiedyś wpadła mu w oko.

„Ciągle te jeansy, swetry, bluzy, a mężczyźni podobno kochają sukienki", pomyślała i wyciągnęła swoją z szafy. Jedynym elementem, który przez moment odwodził ją od tej decyzji, były rajstopy. Nie lubiła ich nosić. Wolałaby gołe nogi albo jeszcze lepiej: uda owinięte koronką czarnych pończoch. Przypomniała sobie, że ma kilka par w szufladzie. Było jednak zdecydowanie za zimno na takie zachcianki. Ostatecznie padło na małą czarną, długie kozaki i ogromny płaszcz, jeden z Maćkowych „szarych koców", który nadawał całości luzu. Makijaż zabrał zaledwie kwadrans, bo jeszcze pod prysznicem zdecydowała, że pójdzie w klasykę: mocno podkreślone policzki, czarna kreska na powiece i czerwone usta. Włosy związała na czubku głowy w niedbały kok, zanurzyła się w mgiełce Mon Guerlaina – gdzieś wyczytała, że perfumy z delikatnie wyczuwalną nutą wanilii na każdego mężczyznę działają jak afrodyzjak – i poleciała na Plac Zbawiciela. Raptem parę kroków od niej.

Janek już czekał w środku. Dopiero przy nim zdała sobie sprawę z faktu, że tak prosty gest, jak punktualność, może sprawić tyle przyjemności. Nie dzwoni z informacją, że przedłuża mu się spotkanie albo że ze względu na mróz nie może odpalić. Nie stoi w korku, nie wsiadł do złego tramwaju ani nie poszła mu dętka w ostrym kole. Był zawsze na czas, a ona czuła się jak księżniczka. Ktoś szanował każdą jej minutę i bez słowa dawał znać: „Jesteś dla mnie ważna". Sama zaczęła przywiązywać większą wagę do tego, by się nie spóźniać. Nie tylko do pracy, gdzie Pośpiech miał w zwyczaju podtykać pod nos swoją złotą daytonę na pasku z aligatora każdemu, kto się stawił na umówione spotkanie choć trzy minuty później, lecz także na kawę z Pauliną czy do domu. Małe potknięcia jeszcze się zdarzały, ale postępy były widoczne.

Zamówiła kolumbijską Buena Vistę i zatopili się w rozmowie. Aromat kawy, ostre, zimowe słońce, które wpadało do środka wielkimi oknami, i promienny uśmiech Janka – wiedziała, że to spotkanie długo potrwa, być może do rana. Znowu zniknęły wszystkie dylematy, pytania, jakby świat przestał istnieć, jak tamtego wieczoru, kiedy zamiast iść do domu, skręciła w lewo.

– Jesteś głodna? – zapytał po dwóch godzinach, dwóch kawach i butelce wody.

„Skłamać i powiedzieć, że nie, by nie nabawić się jakichś sensacji żołądkowych i wzdętego brzucha, czy potwierdzić i wyjść na głodomora?", zastanawiała się przez chwilę.

– Robię się powoli. – Tym razem postawiła na szczerość.

– Jakieś specjalne życzenia?

– Sushi! Dawno nie jadłam! Może spacer do Besuto na Nowym Świecie? Masz czas i chęć?

– Jasne. Pójdę zapłacić, a ty możesz się powoli ubierać.

Czas miał aż do szesnastej następnego dnia i coś jeszcze – cichą nadzieję, że będzie chciała mu go skraść do ostatniej minuty, a przynajmniej do rana. „Tylko jak jej to zakomunikować?", w drodze do kasy układał różne scenariusze. W ostatnim czasie ciężko mu było ją do czegokolwiek nakłonić, dlatego postanowił działać delikatnie. Wszelkie obawy okazały się jednak bezpodstawne.

– Janek, słuchaj. Tak sobie myślę, że jeśli nie masz nic przeciwko, to wolałabym zjeść u ciebie. Wiesz, o co chodzi... Mam jedno ulubione sushi, które wożą po Warszawie, możemy już zadzwonić. Czasem długo trzeba czekać. Ale nie chcę się jakoś wpraszać. Jak masz inne plany albo z jakiegoś powodu to nie jest dobry pomysł, mów śmiało.

– To jest świetny pomysł! Najlepszy! – A jednak czasem i do niego uśmiechało się w życiu szczęście.

Zamierzał z niego w pełni skorzystać. – Podaj, proszę, ten numer. Zadzwonię, tylko powiedz, co mam zamówić.

Jedzenie dotarło trzy godziny później. W tym czasie zdążyli napić się herbaty, takiej samej, jaką Nina parzyła od kilku wieczorów w domu, i obsypać tysiącem pocałunków. Te pierwsze były krótkimi, delikatnymi muśnięciami powietrza, ale zaraz za nimi pojawiły się namiętne, głębokie, połączone z szalonym tańcem dłoni, nóg i bioder. Tym razem to on odważył się wyjść z inicjatywą. Stała, grzejąc dłonie kubkiem i opowiadała o felietonie, który kilka dni temu przeczytała w kolorowym tygodniku, ale on nie słuchał jej wcale, tylko wpatrywał się w kształtne usta i upajał melodią jej głosu.

– Nawet nie masz pojęcia, jaką miałem na ciebie ochotę! – Wyjął jej herbatę z dłoni i zajął wargi swoimi, by nie mogły wypuścić ani słowa więcej. Smakowali się nawzajem, przygryzali, łapali jeden wspólny oddech. W ustach poczuła jego palec. Possała go i zwilżyła językiem. Chwilę później ten sam palec wylądował między jej rozgrzanymi udami. Janek jednym szybkim ruchem posadził ją na kuchennym stole i zaczął zwijać czarne rajstopy. Przed

jego oczami, centymetr po centymetrze wyłaniała się oliwkowa skóra. Wysunął Ninę na brzeg drewnianego blatu, sam uklęknął. Jej skąpych majtek nie pozbył się od razu. Zaczął od delikatnych pieszczot przez cienki materiał, a dopiero później poczuła na sobie ciepły, sprężysty język. Opadła powoli na plecy i pozwoliła, by ją rozpieszczał. Zbadał najczulsze punkty, ssał je i trącał na przemian. Widział, że to jej się podoba, więc kontynuował. Po chwili do pieszczot dołączył palce. Straciła głowę.
Za pierwszym razem kochali się krótko, ale mocno. Kilka razy go ukąsiła, a na koniec wbiła się paznokciami w jego skórę. Dzielnie to wytrzymał. Westchnął tylko cicho i zacisnął zęby, jakby chciał, by zrobiła z nim wszystko, co jej się podoba. Jakby wszelkie ukąszenia czy zadrapania mogły tylko spotęgować tę przyjemność. Sprawić, że zapamięta ją na dłużej.

– No teraz mogę powiedzieć, że jestem głodna. Bardzo głodna! – ucieszyła się na dźwięk dzwonka domofonu. Sushi pojawiło się jak na zamówienie, jakiś kwadrans po pierwszym orgazmie. – Możemy zjeść na podłodze czy to wychodzi poza twoją strefę komfortu? Obiecuję, że nie nabrudzę! – zapytała, kiedy pojawił się w salonie z papierowymi torbami i dwoma talerzami.

– Jeśli takie masz życzenie, to bardzo proszę – zgodził się.

– Przepraszam, nie wiem, co we mnie wstąpiło. Boli? – Dotknęła czerwonego zadrapania na jego ramieniu. Kiedy czuła, że rozkosz jest tuż za rogiem i za chwilę ją dopadnie, traciła nad sobą kontrolę.

– Nie wygłupiaj się, to będzie miła pamiątka. Do wesela się zagoi, tym bardziej że mojego nigdy nie będzie, a twoje już za nami. – Od razu pożałował tego żartu.

– Teraz tak gadasz, ale kiedyś bardzo się zakochasz i pewnego dnia obudzisz się z obrączką na palcu. Ja też myślałam, że nie wyjdę za mąż. Wypijmy za to!

– Zostaniesz ze mną na noc? Tylko nie uciekaj nad ranem jak ostatnio. Jak nie będziesz mogła spać, obudź mnie. Coś na to zaradzimy. – Przejechał kciukiem po jej dolnej wardze i nachylił się, by ją pocałować. – Robię bardzo dobre naleśniki. Nie będziesz żałować.

– Ale najpierw muszę wykonać dwa telefony. Wyjdę na zewnątrz, dobrze?

– Nie, spokojnie. Ja wyjdę do sklepu, a ty zostań i dzwoń. Pół godziny wystarczy?
– Wystarczy.

W drodze po jajka i mleko zastanawiał się, z kim rozmawia. Dzwoni do męża? Nie miał pojęcia, że ów mąż właśnie walczył z niskimi temperaturami i zmęczeniem na drugim końcu świata. I co mu mówi? Że jest z przyjaciółką i nie wróci na noc? Dlatego nie wierzył w instytucję małżeństwa, bo niby jak dwoje zupełnie obcych ludzi ma się związać ze sobą na całe życie? Skąd gwarancja, że zaraz po tym, gdy obiecasz miłość do grobowej deski, nie wpadniesz na kogoś, kto wyda ci się bardziej odpowiedni? No właśnie: wyda się. I niby jak to sprawdzić, jeśli nie możesz z nim pobyć, wypić hektolitrów kawy, przegadać wielu nocy i kochać się do upadłego, by go lepiej poznać? Nie możesz, bo już obiecałeś komuś innemu. I to nie na rok czy na dwa, ale na całe życie. Przecież na świecie jest tyle fantastycznych kobiet...

Nina zadzwoniła do domu, by sprawdzić, czy wszystko jest w porządku i skłamać, że zostaje u Pauliny. Kosztowało ją to sporo zdrowia, a i tak miała wrażenie, że mama zna prawdę. Jakimś cudem zawsze wiedziała, co się tak naprawdę święci. Przytakiwała, udawała, że wszystko przyjmuje do wiadomości, ale w jej głowie pobrzmiewała nuta, którą Nina pamiętała jeszcze z liceum. Słyszała ją, gdy usiłowała sprzedać w domu kolejną bajeczkę o „papierosach koleżanki" czy „tylko jednym piwie". Potem wybrała numer Tony'ego, by upewnić się, że Maciek wystartował zgodnie z planem i jest cały i zdrowy.

Wtedy pierwszy raz poczuła to, czego się spodziewała od wielu tygodni: niechęć do siebie samej. Wyobraziła sobie Maćka, który pokonuje kolejne kilometry w mrozie, głębokim śniegu, z wybitnie monotonnym krajobrazem wokół, a ona właśnie grzeje tyłek i raczy się winem w domu młodego chłopaka. Jeśli brakowało jej wrażeń, trzeba było skrzyknąć kilka wysportowanych koleżanek i zaplanować wyprawę na Mont Blanc albo zapisać się na ultramaraton w Alpach i zacząć do niego trenować, a nie iść na łatwiznę i pocieszać się w innych ramionach. To oczywiste, że te nowe zawsze będą się dla nas chętniej otwierać. Dla Janka była świeża, tajemnicza, niedostępna. Nie prosiła go, by po całym dniu pracy wyszorował podłogę, gdy ona będzie usypiać dzieci, nie miała do niego pretensji o to, że chce wyjechać na weekend. Była uśmiechnięta, wypoczęta i miała mnóstwo ciekawych historii do opowiedzenia. Maciek też słuchał jej kiedyś z błyskiem w oku i prosił o więcej. Z czasem wszystko powszednieje, robi się mniej ekscytujące.

– Kotek, to naturalne, że już nie gadamy o każdym twoim projekcie tak, jak kiedyś. Wtedy dobrze się nie znaliśmy, nie mieliśmy dzieci ani trzech porcji prania co drugi dzień – bronił się, gdy po pierwszym lunchu z Jankiem odżyły w niej wspomnienia i ogromna chęć powrotu do tego, co było dawniej.

Z czasem wszystko się zmienia i cała sztuka życia we dwoje polega na tym, by umieć się w tych zmianach odnaleźć, by być elastycznym, nie tkwić w miejscu i z uporem maniaka nie powtarzać: „Bo kiedyś to było tak". To było kiedyś, a dziś jest teraz. Tylko jak się z tym pogodzić?

„Boże drogi! Co mi strzeliło do łba?", powróciło do niej pytanie, które już raz sobie zadała. Potrzebowała jeszcze kilku godzin, by sobie na nie odpowiedzieć.

– Chyba nie powinienem zostawiać cię samej. Nie odezwałaś się słowem od dwudziestu minut. – Janek wyrwał ją w końcu z zadumy. – Mam pomysł! Wskoczymy do wanny i poczytam ci książkę. Możesz sobie wybrać, co tylko chcesz. – Wskazał na półkę.

Już zapomniała o tym, jak bardzo lubiła, gdy ktoś jej czytał. Mogła zamknąć oczy, ułożyć się w dowolnej pozycji i nie unosić ręki za każdym razem, gdy trzeba przewrócić stronę. Od dziecka lubiła słuchać, ale dopiero przy Kamilu to wspólne czytanie nabrało prawdziwej magii.

– Masz *Hobbita*? – przypomniała sobie jego dedykację:

Dla Niny! Mam nadzieję, że jak będę czytać ci tę oto wspaniałą książkę, będziesz przepełniona szczęściem i pozytywną energią.

I choć wydawało jej się, że pamięta każdy nawet najdrobniejszy szczegół z nim związany, nie miała pojęcia, kiedy dostała tę książkę. Raczej później niż wcześniej. Skoro miał nadzieję, że będzie przepełniona szczęściem, to w momencie, gdy ją wręczał,

szczęśliwa nie była. Nie miała tych „świecących oczu" i wielkiego uśmiechu, bo przygasił ją wątpliwościami, brakiem konsekwencji. Mimo wszystko był przekonany, że spędzi z nią jeszcze dużo czasu, wystarczająco, by przeczytać *Hobbita* w całości.
„Urocze!", pomyślała. Właśnie w takich chwilach żałowała, że nie ma szesnastu lat, tamtej naiwności i wiary w ludzi. Ale tylko tego.
– Serio? *Hobbit*?
– Tak. Masz?
– Oczywiście! Ostatnio nawet wdałem się z jedną koleżanką w pogawędkę na jego temat. Czekaj! O, tu jest! – Podał jej swój egzemplarz. Nowe wydanie, kilka lat nowsze niż jej. No tak. Kamil wręczył jej tamto prawie piętnaście lat temu, a to znaczy, że Janek miał wtedy jakieś dziewięć lat. Uśmiechnęła się pod nosem na myśl o tym, że kiedy przeżywała swoje największe uniesienia, on jeszcze nie znał ułamków.
– *Rozdział pierwszy. Nieproszeni goście* – zaczął czytać, gdy ułożyli się wygodnie w wannie. Była duża, większa od tej, którą miała w domu, więc wspólna kąpiel nie przypominała gnieżdżenia się i licytacji, kto dziś garbi się po stronie

mosiężnego kranu, tylko pozwalała na pełen relaks. – *W pewnej norze ziemnej mieszkał sobie pewien hobbit. Nie była to szkaradna, brudna, wilgotna nora, rojąca się od robaków i cuchnąca błotem, ani też sucha, naga, piaszczysta nora bez stołka, na którym by można usiąść, i bez dobrze zaopatrzonej spiżarni; była to nora hobbita, a to znaczy: nora z wygodami.*
– Mógłbyś nagrywać audiobooki – przerwała na chwilę. Nawet w najmniejszym stopniu nie przypominało to czytania, które dawniej serwował jej Kamil. Tamto było pełne potknięć, poplątania, często tak mocno się rozpędzał, że musiała go stopować, by zrozumieć pojedyncze słowa. Janek czytał powoli, wyraźnie i akcentował tam, gdzie trzeba, ale bez zbędnej egzaltacji. Miał piękny, wręcz radiowy głos, który sprawiał, że każde zdanie brzmiało jak kameralny koncert w wydaniu unplugged.
– Gdzie tam!
– Naprawdę! Wiesz, jak wiele zależy od tego, kto czyta książkę? Nieraz się zdarzyło, że już po… powiedzmy, dwóch minutach rezygnowałam ze słuchania i szukałam innej, bo tembr głosu, akcent, maniera skutecznie mnie zniechęcały. A ciebie

bardzo przyjemnie się słucha. Mógłbyś nawet nagrywać bajki.

Pomyślała o Kamilu. Zdecydowanie nie nadawałby się na lektora, ale wtedy to nie miało żadnego znaczenia. Tamtego lata nikt nie był od niego lepszy.

Rozdział 13

Tylko przypadek może wyglądać jak wysłannik losu. To, co jest nieuchronne, czego się spodziewamy, co powtarza się codziennie, jest nieme. Tylko przypadek do nas przemawia. Staramy się czytać w nim, jak Cyganki odczytują przyszłość z fusów na dnie filiżanki.

Milan Kundera, *Nieznośna lekkość bytu*

Dawniej uwielbiałam palić papierosy po seksie, szczególnie po tym długo wyczekiwanym. Jeszcze spocona, lekko napiętymi wargami wypuszczałam dym i analizowałam to, co się wydarzyło. Czasem było mi tak błogo, że nawet nie podnosiłam się z łóżka, innym razem stawałam przy oknie i patrzyłam na świat za szybą, który wciąż trwał, jakby nigdy nic. Jednym razem byłam zawstydzona, innym rozczarowana, a kolejnym, choć chciałam udawać zimną i powściągliwą, moje oczy same się śmiały.

Tamtego dnia paliłam, leżąc na podłodze. W tle rozbrzmiewało Buena Vista Social Club, a ja

patrzyłam się w wysoki, popękany od zacieków sufit i odpoczywałam. Było przyjemnie, ale zimno.
– Podasz mi tamten koc? – poprosiłam w końcu.
– Zimno ci? – zapytał, podpalając swojego papierosa i ściągnął z kanapy czerwony koc.
– Tu jest w ogóle zimno, odkąd weszłam. Włączasz czasem ogrzewanie?
– Rzadko. Ograniczam rachunki do minimum. – Kiedy się śmiał, część dymu wypuszczał nosem. Wyglądał, jak smok z kolorowych bajek, które dawniej mama czytała mi do snu. I choć sporo się zmienił przez ostatnie pięć lat, to oczy miał wciąż te same. Kiedyś straciłam dla nich głowę.

Wpadliśmy na siebie przez przypadek. Znowu. Cortazar napisał, że przypadkowe spotkanie jest czymś najmniej przypadkowym w naszym życiu. Być może. Nam te przypadkowe nieprzypadkowe spotkania zdarzały się średnio raz do roku. Zastanawiał mnie ten fenomen. Na innych ludzi jakoś nie wpadałam. Owszem, często ktoś rzucał „Cześć!", „Dzień dobry!" czy „O matko, Nina. Nie wierzę!", ale to były zapomniane koleżanki z podstawówki, ze studiów czy z poprzedniej redakcji. Bliskich nie spotykałam nieumówiona. Tylko Kamila. Może i dobrze, bo gdyby nie to, pewnie już nigdy bym go nie zobaczyła.

Myślałam, że w dobie Internetu nikt nie jest anonimowy i do każdego da się dotrzeć. Możesz nawet nie znać nazwiska, ale jeśli dobrze pogrzebiesz i uzbroisz się w cierpliwość, każdego znajdziesz, ale nie Kamila. W mediach społecznościowych praktycznie nie istniał albo skutecznie się ukrywał pod wymyślnym pseudonimem. Telefony wiecznie gubił. Za każdym razem, gdy go spotykałam, podawał mi nowy numer. Oczywiście, gdybym bardzo chciała, mogłabym napisać maila i liczyć na to, że kiedyś go przeczyta, odpowie, albo poprosić o pomoc Tomka, ale nie chciałam.

Przez pierwszy rok byliśmy w kontakcie. Spotkaliśmy się nawet raz czy dwa, ale nikomu to nie służyło. Po kwadransie bezsensownych rozmów o szarej codzienności wracaliśmy pamięcią do tamtych ciepłych, letnich dni i już do końca spotkania żyliśmy wspomnieniami. Na jego twarzy znowu pojawiał się TEN uśmiech, a mnie jak zwykle zdradzały oczy.

– O, nie! Znowu się z nim widziałaś! – Przed Pauliną niczego nie dało się ukryć.

– Co ty mówisz? Z kim?
– Nie udawaj. Z kim, z kim. Z Kamilem! Znowu świecą ci się oczy! Tak samo jak wtedy. Widać na kilometr. Bez sensu!

Życie przeszłością rzeczywiście było bez sensu, dlatego później widywałam go jedynie przez przypadek. Tak też się zdarzyło tamtego wieczoru, kiedy zmęczona i przemoknięta wpadłam do Empiku na Nowym Świecie. Chciałam szybko kupić prezent dla dziewczyny, której tak naprawdę nie znałam. Nie wiem, czemu zaprosiła mnie na urodziny, a jeszcze większą tajemnicą pozostaje dla mnie fakt, że się zgodziłam. Krążyłam między półkami z kryminałami, thrillerami i romansami, zastanawiając się nad tym, co może czytać, co jej się spodoba. Być może bardziej ucieszyłby ją błyszczyk do ust z drobinkami brokatu, ale uparłam się na książkę i teraz trzeba było z tego wybrnąć. Postanowiłam nie kombinować i kupić to, co sama lubię. Wybrać wielką powieść, która i tak powinna się znaleźć w każdym domu. Mechanizm był prosty: jeśli już ją ma, odda komuś w prezencie, jeśli nie, to prędzej czy później i tak po nią sięgnie. Życzenia planowałam napisać na osobnej kartce i włożyć ją do środka. Wyruszyłam w poszukiwaniu Márqueza. Niech będzie *Sto lat samotności* albo lepiej *Miłość i inne demony*, bo tę mało kto zna.

– Nina! – Kamil wychylił się nagle zza jakiejś półki. – Ale niespodzianka! Co tutaj robisz?

Czy ja wiem, czy to była taka niespodzianka? Dość nietypowo to by było, gdybyśmy wpadli na siebie na stoku narciarskim albo na basenie. W każdym razie nie w księgarni.

– Czego szukasz?
– Prezentu dla koleżanki. Właściwie w ogóle jej nie znam. Można powiedzieć, że to koleżanka koleżanki.
– I na co padło?
– *Sto lat samotności?* – spojrzałam pytająco. – Ale jak masz lepszy pomysł, mów. Jest mi wszystko jedno.
– Pomysł dobry, tylko Márquez jest specyficzny, brudny. Nie każdemu się podoba.
– Masz lepszy pomysł?
– *Lolita?*
– Tak! Za to Nabokov każdemu. I do tego jeszcze *Lolita!*
– Przynajmniej fabuła prostsza, mniej postaci.

Licytowaliśmy się dobre dwadzieścia minut. Przyjemnie było znowu go spotkać i pobuszować między półkami z książkami, które już czytaliśmy, albo do których wciąż próbowaliśmy się dobrać.
– Kiedy te urodziny?
– Dziś! Już powinnam tam być.
– A chcesz jechać? – zapytał.
– Jasne, że nie chcę. Zobacz, jak wyglądam! – Wskazałam na mokre włosy. – Chciałabym wrócić do domu, napić się wina i nigdzie nie wychodzić.
– To nie jedź. Proste. I masz z głowy książkę, a za zaoszczędzone pieniądze możesz kupić jedno dobre wino, albo dwa w porządku. – Uśmiechnął się. – Nina, odpuść sobie, jak nie masz ochoty.
– Jestem za mało asertywna.
– No nie wiem, jak ciebie znam, to raczej robisz to, na co masz ochotę, a nie to, czego inni oczekują.
– Dobra, nie jadę – ten argument mnie przekonał. Chciałam być taka, jak dawniej: spełniać swoje zachcianki, nie czyjeś.
– Chcesz iść do mnie? Wino mam. Dam ci ręcznik, rozłożysz się na kanapie i nie będziesz musiała nigdzie wychodzić.
– Do ciebie?

– Do mnie. To nie jest propozycja seksualna. No, chyba że będziesz miała ochotę, to oczywiście nie odmówię. Powiedziałaś, że marzysz o tym, żeby zostać w domu i napić się wina, więc jak masz ochotę, to możemy się napić razem. Dawno cię nie widziałem. Ot, i cała historia. A, i na zachętę dodam, że mieszkam jakieś trzysta metrów stąd, więc nie zmarzniesz.

Wylądowaliśmy w wielkim, pustym mieszkaniu w kamienicy przy Brackiej. Było stare, trochę przykurzone. Od sufitu odchodziły płaty białej farby. Pożółkłych ścian też dawno nikt nie odświeżył, ale miało w sobie urok. Na środku salonu stała ogromna kanapa obita adamaszkiem. Moja babcia miała bardzo podobną. Lubiłam wyczuwać pod palcami róże, ukryte na beżowej tkaninie. Stawały się bardziej widoczne, gdy do pokoju, między gałęziami rozrośniętych kasztanów, przeciskały się promienie słońca. Obok kanapy stał piękny mahoniowy stolik i krzesła.

– Boże, jak dobrze, że już nie pijesz Sophii! – ucieszyłam się, kiedy nalał mi do szklanki Montepulciano.

– Wybacz, kieliszków jeszcze się nie dorobiłem.

– Ważne, że jest szkło.
– To akurat pamiętam. Studiował filozofię – to mnie specjalnie nie zaskoczyło. Z pewnością mógł się naczytać i na rozważać za wszystkie czasy. W wolnych chwilach dorabiał sobie przy szczepionkach, ale nie zrozumiałam do końca, na czym owa praca polegała. Sprawiał wrażenie zadowolonego. To mi w zupełności wystarczyło.

Pocałował mnie nagle, bez zapowiedzi, pytania czy badania gruntu. Siedzieliśmy akurat w kuchni, paliliśmy papierosy jeden za drugim i oglądaliśmy zdjęcia, które zrobił na konkurs fotograficzny. Temat: rytm i harmonia. Do dziś pamiętam te kolorowe szczoteczki do zębów wiszące na białej ścianie w równych odstępach. Jedne bardziej zużyte, drugie zupełnie nowe. Dziwny pomysł. Raptem zabrał mi te zdjęcia z ręki i położył je na stole. Całował jak dawniej: delikatnie, subtelnie, powoli. Jakieś trzy minuty później wylądowaliśmy w salonie, najpierw na kanapie, potem na podłodze.

– Dobrze znowu cię widzieć – nie zdążył wyszeptać, a ja już czułam go w sobie. Przy każdym mocniejszym ruchu stara, drewniana klepka zawodziła jak podchmielony pieśniarz. Pomyślałam o sąsiadach. Czy ktoś jest w mieszkaniu pod nami? Czy słyszy to charakterystyczne „skrzyp, skrzyp" podczas rodzinnej konsumpcji pieczonego kurczaka? A może czyta właśnie samotnie książkę na sofie i zastanawia się, czy do nas nie dołączyć?

– Odwróć się! – Po raz pierwszy usłyszałam z jego ust komendę. I po raz ostatni. Najpierw poczułam go na udach, później przez chwilę błąkał się przy moich pośladkach, aż w końcu trafił tam, gdzie na niego najbardziej czekałam. – Tutaj jesteś! – wyraźnie ucieszyło go to odkrycie. Długo nie wytrzymał. Rozkręcił się, jego ruchy nabrały tempa i mocy. W pewnym momencie poczułam na prawym pośladku porządnego klapsa.

– Aj! – krzyknęłam zaskoczona. Tego jeszcze nie było. Nie z nim.

– Ale mi dobrze! – Usłyszałam nad sobą, a potem poczułam ciepło. Chwilę później wytarł mnie swoją koszulką, podał wspomnianego papierosa i czerwony koc. Leżeliśmy tak wsłuchani w muzykę i w nasze oddechy. Przyniósł z kuchni wino, którego nie zdążyliśmy wypić, i kilka poduszek, pokrytych twardym, nieprzyjemnym w dotyku materiałem. Opowiadał coś

o obejrzanych w ostatnim czasie filmach, próbował namówić mnie na koncert, ale ja nic nie mówiłam. Paliłam w ciszy i pozwoliłam, by różne myśli swobodnie płynęły przez głowę.
– Wiesz co? Strasznie głupi byłem kiedyś. Chciałbym cię za to bardzo przeprosić – brutalnie przerwał moje rozmyślania.
– Przeprosić? Za co?
– Za to, że byłem skończonym idiotą i nie umiałem odnaleźć się w sytuacji. Wtedy, te kilka lat temu.
– Nie wygłupiaj się. Dawno i nieprawda. Za nic nie musisz mnie przepraszać. Ja się nie gniewam. Też zrobiłam w życiu wiele głupstw i nadal robię.
– Ale ja wtedy totalnie spieprzyłem sprawę. Myślałem o tym wiele razy. Chciałem cię przeprosić, ale za każdym razem, kiedy siadałem do pisania, nie byłem w stanie skreślić nawet kilku sensownych zdań. Zachowałem się tak głupio, że żadne słowa nie są w stanie tego cofnąć. Mogę cię tylko przeprosić. – bawił się moimi włosami. – Jesteś taką fajną i piękną kobietą. Nie wiem, czemu nie umiałem tego docenić.

– Bo miałeś siedemnaście lat! – zaśmiałam się. – Dobra, już przeprosiłeś, powiedziałeś, nie ma co dramatyzować – przerwałam, choć w gruncie rzeczy miło było mi to słyszeć. Lepiej późno niż wcale.

– Koniec tematu, ale chciałbym, żebyś wiedziała, że jesteś cudowną kobietą. Mógłbym tak leżeć i patrzeć się na ciebie całymi dniami. I słuchać twojego głosu, i tego, co mówisz. Mógłbym się w tobie zakochać... – ściszył głos. „Zakochać? Co on bredzi? Czy ja się nie przesłyszałam?", powoli docierało do mnie każde słowo. Cierpliwie czekał na sensowną odpowiedź, ale ona nie nadchodziła. Kilka lat temu skakałabym z radości pod sam sufit. O niczym innym w życiu nie marzyłam tak bardzo, jak o tym, by wypowiedział te słowa. Przez głowę przeleciały mi te nieprzespane noce, łzy i morze bacardi, które wypiłam, gdy próbowałam o nim raz na zawsze zapomnieć. Oszukiwałam wtedy samą siebie. Rwałam wydrukowane maile, krzyczałam, że nie chcę mieć z nim już nic wspólnego, a tak naprawdę chciałam tylko jednego: by bez zapowiedzi pojawił się w drzwiach i powiedział: „Przepraszam cię za wszystko. Zacznijmy od nowa". I zrobił to, a nawet więcej. I byłoby łatwiej, lepiej niż wtedy, kiedy ja miałam dwadzieścia jeden lat, a on szesnaście czy siedemnaście. Teraz mieszkał sam, dojrzał, pracował. Różnica wieku nie była już tak rażąca.

– Ale ja wcale bym teraz nie chciała – wyszeptałam.

– Naprawdę?

– Naprawdę. Było, minęło. To już nie jest ten czas – odpowiedziałam, a on dalej nawijał pasma moich włosów na palec. – Ale to nie znaczy, że się dobrze nie bawię. – Szturchnęłam go w ramię, by to wyznanie nie brzmiało zbyt poważnie. – Chcesz iść ze mną pod prysznic, jak za starych, dobrych lat? – Przypomniałam sobie schadzkę pod gołym niebem.

– Będzie jak dawniej, bo jest problem z wodą. – Rozłożył ręce.

– Chcesz powiedzieć, że nie masz ciepłej wody? – W listopadzie zimny prysznic nie był czymś, na co miałam szczególną ochotę.

– Mam, ale z niewyjaśnionych powodów z ciepłej raptem staje się zimna, więc trzeba się psychicznie nastawić na szok.

Łazienka była ciemna, chłodna, część kafelków zdążyła już odpaść i nikt ich nie uzupełnił. W powietrzu wyczułam coś, co przypominało stęchliznę, ale na swój sposób był to przyjemny zapach, jak na starym strychu. Ciepła woda rzeczywiście potrafiła w ułamku sekundy zamienić się w lodowatą. Tym razem wspólny prysznic nie należał do relaksujących i przyjemnych czynności. Namydliłam się sama, spłukałam i darowałam sobie wszelkie igraszki. Chciałam wyskoczyć stamtąd jak najszybciej i otulić się wielkim ręcznikiem. Kamil podał mi jakiś mały ogryzek, który ja trzymam przy zlewie i używam do wycierania twarzy. Szybkimi ruchami rozgrzałam mokrą skórę i wyskoczyłam do pokoju w poszukiwaniu ubrania. Wtedy po raz pierwszy dostrzegłam jakąś zmianę. Mimo niesprzyjających okoliczności poczułam się lekko, jakby ktoś przeciął linę, którą do mojej nogi był przywiązany wielki, ciężki kamień.

Wreszcie byłam wolna! Tak po prostu. Dotarła do mnie prawda stara jak świat, której dotąd nie mogłam pojąć: na wszystko jest czas i miejsce, a poszczególnych elementów nie można dowolnie przestawiać. Jeśli coś nie wydarzyło się w danym momencie, to lepiej, by się w ogóle nie stało. Zmienia się otoczenie i okoliczności, a coś, co jeszcze wczoraj zdawało się największym marzeniem, jutro może już nie mieć znaczenia. Ubrałam się, pocałowałam go na pożegnanie i zniknęłam za drzwiami.

Spotkałam go raz jeszcze, przez przypadek, w Pawilonach przy Nowym Świecie. Tradycyjnie w drugi dzień świąt Bożego Narodzenia, a właściwie wieczór, urządzałam sobie z kuzynem tour po knajpach.

– Nina! – Kamil wtarabanił się na mnie w drzwiach, gdy zmieniałam knajpę, bo w tej zabrakło piwa na gryczanym miodzie, a na takie miałam ochotę. Żadne inne. Rzucił mi się na szyję i przytulił z całych sił. – Co tutaj robisz?

– Pewnie to samo, co ty. Przyszłam na piwo z Bartkiem – przedstawiłam ich sobie.

– Boże, jak ja się cieszę, że cię widzę! – Wtulił się we mnie raz jeszcze. – Nie jestem pijany, żeby nie było. Jakby ci to wyjaśnić... – Spojrzał w kierunku Bartka. – Przepraszam, ale to jest kobieta, która wywróciła moje życie do góry nogami. Muszę ją wyściskać i już spadam. Masz szczęście!

– To mój kuzyn – wyjaśniłam, by go uspokoić.

– To tym bardziej masz szczęście, stary, że jest w twojej rodzinie! Bo z kobietami to różnie bywa: są, a potem znikają. A rodzina to rodzina.
– Jarałeś? – zapytałam wprost. Zwykle nie był taki wylewny.
– Ninuś, wypiłem tylko jedno piwo. Poważnie! Po prostu cieszę się, że cię widzę. Napisz do mnie maila. Mam wciąż ten sam adres. Spotkajmy się.
– Dobrze, napiszę.
– Obiecaj, bo cię nie puszczę.
– Obiecuję – odpowiedziałam i wyszłam.
– Matko, kto to był? – Bartek nie mógł się doczekać, by wyciągnąć ze mnie pikantne detale.
– A, taki... Kamil.
– Taki Kamil? Coś ty mu zrobiła? „Ta kobieta wywróciła moje życie do góry nogami!" – zaczął go przedrzeźniać. – Chcę wiedzieć, co to za historia!
– Idź lepiej po piwo.

Następnego dnia uświadomiłam sobie, że może on adresu mailowego nie zmienił, ja za to tak. Na dawną skrzynkę nie logowałam się chyba od siedmiu lat. Nie było szans, że jeszcze istnieje. Zresztą – chyba tak miało być. Dwa tygodnie później poznałam Maćka.

Rozdział 14

Nie sen jest najgorszy, najgorsze jest przebudzenie...
Julio Cortazar, *Gra w klasy*

Dość zabawnie to życie się czasem układa: błądzimy tygodniami, miesiącami, nawet latami i nie możemy znaleźć wyjścia z jakiejś sytuacji, a potem wystarczy jedno zdanie, gest lub pytanie i rozwiązanie samo do nas przychodzi albo ktoś wręcz podaje nam je na tacy.

– Czarna czy z mlekiem? – Tamtej niedzieli niczego wówczas nieświadomy Janek pojawił się w łóżku z takim właśnie pytaniem.

Maciek nigdy by go nie zadał. Doskonale wiedział, jaką kawę piła. Każdego ranka sobie parzył podwójne espresso, a jej dolewał solidną porcję wrzątku. Na białą, z cudami w postaci spienionego mleka migdałowego czy kokosowego miała ochotę wyłącznie od święta i choć sam stronił od takich wynalazków, twierdząc, że z kawą nie mają nic wspólnego, dla niej robił wyjątek.

Zatęskniła za mężem. Za kimś, kto rozumie ją bez słowa. Kto wie, jaką kawę lubi, jakie jajka je najchętniej na śniadanie i kto w kilka sekund umie odczytać, że z jakiegoś powodu ma słabszy dzień. Nawet doskonale wie, z jakiego. Już zna te miny i widzi, czy coś przeskrobał, czy dziewczyny dały jej popalić, czy może Pośpiech znowu był niezadowolony. Symptomy każdego z powyższych różniły się od siebie, a lata doświadczeń pozwalały je w mig rozpoznać. Zatęskniła za śmiechem i prostymi żartami, którymi Maciek potrafił rozbawić ją do łez. Zu za wszelką cenę chciała śmiać się z nimi, więc wydobywała z siebie głośny rechot, choć w dziewięćdziesięciu procentach przypadków nie miała pojęcia, o co chodzi. Za tym też tęskniła.

Od Janka wyszła tuż po śniadaniu. Ostre, poranne słońce raziło ją w oczy. Warszawa była cicha, pusta, jakby jeszcze spała. Spojrzała na zegarek – parę minut po dziewiątej. Ucieszyła się na myśl o tym, że ma przed sobą jeszcze cały wolny dzień, który może spędzić z Leną i Zuzą. Postanowiła, że nie będzie się pchać do tramwaju, tylko wróci do domu spacerem, weźmie prysznic, a potem zabierze je na spacer i na pyszny obiad. Mamę wezmą ze sobą. Niech niedziela też będzie babska.

Przez cały kolejny tydzień Janek stawał na głowie, by doprosić się o spotkanie, ale z marnym skutkiem. Ani kawa, ani wegański burger, nawet wypad na łyżwy nie były w stanie jej przekonać. Za dnia uciekała w pracę, a wieczorami układała puzzle, lepiła tosty z ciastoliny i kolorowała kucyki Pony.

Chodźmy na spacer w sobotę. 13 jak ostatnio? – zaproponowała w końcu. Lubiła go i wiedziała, że trzeba to sobie jakoś wyjaśnić. W końcu to ona zainicjowała cały ten bałagan. Nie wiedziała jeszcze, co powie, ale liczyła na to, że do soboty uda jej się zebrać myśli.

Spotkajmy się przy Placu Na Rozdrożu. Ubierz się ciepło, bo tym razem kawa będzie w plenerze.

Janek zawsze wiedział, jak ją podejść. Dziewczyny muszą za nim szaleć. Ona straciłaby dla niego głowę, gdyby nie miała męża i dzieci. Gdyby była tak romantyczna jak kiedyś. Gdyby była młodsza o kilka lat i o kilkadziesiąt doświadczeń. Ale nie była. A zresztą, wtedy i tak on miałby jakieś dziewięć lat...

– Idziemy do Łazienek! – zakomunikował, gdy Nina zjawiła się na miejscu. Było dość słonecznie, dzięki czemu symboliczny mróz o mocy minus dwóch stopni nie drażnił ani nie odstraszał. Drzewa i ławki pokrywał biały puch.

Tradycyjnie zaczęli od rozmów o pracy. Nowa redakcja podobała się Jankowi coraz bardziej. Szefowa szybko się na nim poznała i zaczęła mu zlecać ambitniejsze zadania, a koledzy z działu okazali się towarzyscy.

– Fantastycznie! – ucieszyła się, gdy opowiedział jej o pierwszej delegacji do Brukseli, na którą go wysyłali pod koniec marca. – Szybko dosięgną cię te przyjemne sprawy. Ja musiałam czekać kilka lat na swój pierwszy wyjazd.

– Też się bardzo cieszę. A jeszcze bardziej z tego, że lecę z Tomkiem. Mam wrażenie, że od niego mogę się najwięcej nauczyć. Kawka? Mam termos, wziąłem kubki. Wybierz tylko ławkę, to na chwilę usiądziemy.

Właśnie dlatego tak jej się podobał. Lubiła te pomysły i energię. Rozbrajały ją te drobne gesty i to spojrzenie, które mówiło: „Jesteś jedną z najciekawszych kobiet, jakie w życiu spotkałem".

– Wiesz co? Mam pomysł i nadzieję, że nie zabijesz mnie od razu wzrokiem – mówiąc to, Janek podał jej kubek do ręki. – Uważaj, gorące.

– Wstęp brzmi groźnie... uwielbiam ten zapach! – Przymknęła oczy, gdy dotarł do niej intensywny aromat.

– Lecę we wtorek wieczorem i wracam w piątek rano. Pomyślałem sobie, że mógłbym przedłużyć wyjazd już na własną rękę. W piątek pracować zdalnie z hotelu, a weekend spędzić w Brukseli. Połazić, pozwiedzać. Pod koniec marca będzie już trochę cieplej.

– Pewnie! Jak tylko masz taką możliwość, zrób to!

– Dolecisz do mnie? – zapytał.

– Ja?

– Tak, może zrobiłabyś sobie wolny weekend i dołączyła do mnie? Moglibyśmy spędzić więcej czasu razem.

– Janek...

– Nie mów od razu „nie". Proszę. Pomyśl o tym na spokojnie, mamy czas. Zobacz, moglibyśmy pójść na kolację, do kina, klubu – dokąd tylko zechcesz. Tam nikogo nie spotkamy. Możemy też w ogóle nie wychodzić z hotelowego pokoju i co kilka godzin zamawiać jedzenie i prosecco.

– Brzmi jak marzenie! – przyznała Nina. Wciąż nie mogła pojąć, czemu jej mąż nie daje się namówić na podobny scenariusz.

– *Live your dream*!

– Tak mawia mój przyjaciel. – Pomyślała o Łukaszu.

– I ma rację! Nina, życie jest krótkie. Obydwoje mamy na to ochotę. Nie zastanawiajmy się nad niczym, tylko zróbmy to. Daj się namówić. – Odstawił kubek i wstał, jakby miało mu to dać większą siłę przebicia.

– Janek, to brzmi jak marzenie, i nawet nie masz pojęcia, jak bardzo chciałabym tam z tobą polecieć, ale nie mogę. Przepraszam. Zaproś jakąś fajną dziewczynę, która nie ma męża ani dzieci. – Sama nie wierzyła, że to powiedziała.

Janek milczał. Nie spodziewał się tak drastycznej i kategorycznej riposty, ale nie pozwolił, by ścięła go z nóg. Złapał głęboki oddech i postanowił odczekać, zmienić temat i za jakiś czas wrócić do wątku delegacji. Przecież teraz nie mógł się poddać. Zatrzymał wzrok w jednej z alejek. Miał nadzieję, że to go uspokoi, pomoże nabrać dystansu, podrzuci pomysł na rozwiązanie. Niestety nic do niego nie przychodziło. Wydeptany śnieg nie był już tak przyjemny dla oka, jak ten, który otulał drzewa i krzaki.

– Wiesz, że kiedyś mnie zamknęli w Łazienkach? – zmieniła temat, by rozładować napięcie.

– Zamknęli?

– Tak, nie wiem, jak jest teraz, ale wtedy Łazienki zamykali tuż po zmroku. Miałam jakieś siedemnaście lat i piłam wino z koleżanką.

– No ładnie! – ucieszył się. Czyli to nie był koniec spotkania. Może coś jeszcze da się ugrać?

– W Łazienkach wbrew pozorom łatwo się schować za drzewem czy kępą krzaków. Już nie pamiętam, gdzie wtedy siedziałyśmy. Tak się zagadałyśmy, że nawet nie zauważyłyśmy, kiedy zrobiło się ciemno. Podleciałyśmy do jednego wyjścia: zamknięte. Sprawdziłyśmy kolejne: to samo. Zaczęłyśmy się wspinać po bramie, ale to było niemożliwe. Są wysokie i takie... nie za bardzo jest gdzie stopę postawić, szczególnie po butelce wina.

– I co? Zostałyście do rana? – Podniósł kubek z kawą i wrócił na swoje miejsce.

– Nie, ale byłam pewna, że tak się to zakończy. Ani ja, ani Paulina nie miałyśmy wtedy telefonu? Takie czasy były, nie śmiej się. Ty pewnie miałeś od podstawówki.

– Owszem, miałem. – Chwilę się zastanowił.

– No widzisz, a my nie. Wypatrzył nas ochroniarz podczas wygibasów przy bramie. Pogroził trochę, postraszył, ale wypuścił nas w końcu wyjściem od Ujazdowskich.

Wypili kawę i ruszyli dalej przed siebie, by nie zmarznąć. Tym razem dała się namówić na obiad w Na Lato. Nie była głodna, ale wiedziała, że pewne rzeczy wymagają wyjaśnienia. Im szybciej, tym lepiej.

– Chciałam jeszcze wrócić do tematu wyjazdu – powiedziała, przeżuwając kolejny kęs pizzy, która od wielu lat niezmiennie jej tam smakowała.

– Zastanowiłaś się i przylecisz! – Miał nadzieję, że i tym razem los się do niego uśmiechnie.

– Nie, nie przylecę. Wiesz, że bardzo bym chciała, ale tak się nie stanie – postanowiła być bardziej stanowcza. Nie chciała kończyć tej rozmowy szeregiem niedopowiedzeń i dawać jakąkolwiek nadzieję, że coś jeszcze może się wydarzyć. Bała się, że nie podoła. Że zadanie jest zbyt trudne, ale stawka była za wysoka. Dodawała jej sił i odwagi. – Mam rodzinę. Wiedziałeś o tym od początku. Nie chcę mówić, że popełniłam wtedy błąd. Siedziałeś w mojej głowie od wielu miesięcy. Nie mogłam się skupić na pracy, bo patrzyłam na twoje dłonie i zastanawiałam się, jak bym się czuła, gdybyś mnie nimi dotknął. A nie powinnam. Trzeba było już na tym etapie uciąć nasze kontakty – podsumowała.

Maciek wyznawał zasadę, że każdą znajomość, która w jakikolwiek sposób wydaje się dwuznaczna, lepiej od razu przerwać. Nie pozwolić jej się rozwijać, bo potem coraz ciężej jest się wycofać. Wcześniej bawił ją ten radykalizm, a teraz żałowała, że nie posłuchała męża.

– Nina, chcesz to zakończyć i skupić się na rodzinie?

– Tak. Pewnie mi nie uwierzysz albo najzwyczajniej w świecie nie zrozumiesz, ale kocham mojego męża i muszę stanąć na głowie, żebyśmy znowu zaczęli się ze sobą komunikować. O dzieciach chyba nie wspomnę. Są dla mnie najważniejsze. Spójrz na to w ten sposób: to, co się wydarzyło, było fantastyczne, ale nie ma najmniejszego sensu. Nawet gdybym nie miała męża albo koniec końców nie udałoby mi się uratować mojego małżeństwa, mam dzieci, które kocham nad życie i nigdy nikt tego nie zmieni – zawiesiła na chwilę głos. – Janek, rozumiesz to? Dzieci! Jesteśmy na zupełnie innych etapach życia.

– Wiem, że to wszystko jest bardzo skomplikowane. Zdaję sobie z tego sprawę i fakt, że z tobą na ten temat nie rozmawiam, nie znaczy, że o tym nie myślę. – Niespokojnie odgarnął włosy z czoła. Były na tyle krótkie, że nie mogły mu przeszkadzać, najwyraźniej nerwy dały o sobie znać. – Wiem też, że takie rzeczy jak to nie dzieją się codziennie. Nina, nie chcę cię tak po prostu stracić. Nie ma sytuacji bez wyjścia.

– Nie ma. I w tej sytuacji to jest właśnie jedyne rozsądne wyjście. Każde inne skazane jest na porażkę – nie odpuszczała. – I tu nie chodzi tylko o mnie czy o ciebie. Zobacz, jak wiele osób możemy skrzywdzić! To są Bogu ducha winne dzieci, Janek. Nie mów mi, proszę, że to, co się tutaj dzieje, jest ważniejsze, bo nie jest. Nic nie jest! I wiem, powinnam o tym pomyśleć dużo wcześniej, ale nie pomyślałam. Skupiłam się na sobie, a przecież od dawna nie decyduję tylko o swoim życiu.

– Ale, Nina...

– Nie ma żadnego „ale". Proszę cię tylko o to, żebyś uszanował moją decyzję i pozwolił mi ratować to, co zniszczyłam. Przepraszam, jeśli w jakikolwiek sposób cię uraziłam, ale dobrze wiesz, że to nie ciebie powinnam przepraszać, tylko mojego męża i dzieci. Spieprzyłam sprawę. Kompletnie, ale stanę na głowie, żeby to naprawić. Rozumiesz?

– Raczej przyjmuję do wiadomości. Szanuję twoją decyzję. Jesteś dla mnie cholernie ważna i jeśli to jest to, co chcesz zrobić, jestem z tobą. Mam tylko jedną prośbę.

– Mów – odetchnęła. Wiedziała, że to dopiero początek najcięższej drogi, jaką w życiu przyszło jej pokonać, ale pierwszą przeszkodę miała już za sobą.

– Czy będziemy mogli czasem skoczyć na kawę, na wino czy na spacer? Uwielbiam twoje towarzystwo i nie chcę tego stracić.

– To nie miałoby najmniejszego sensu. Po co mielibyśmy mącić sobie w głowach? Nie będziemy przecież udawać, że istnieją tylko praca, kawa i dobre albo złe książki. Nie chciałbyś słuchać o mojej rodzinie ani ja nie czułabym się komfortowo, gdybyś zaczął mi opowiadać o dziewczynie, która zamiast mnie poleciała do Brukseli.

Takiej Niny nie znał. Jeszcze kilka dni temu świetnie jej szło udawanie, że poza redakcją, sushi i Tolkienem na świecie istnieje niewiele rzeczy, a teraz... Miał wrażenie, że przelała na niego całą złość i żal, które czuła do siebie. A może po prostu chciała być stanowcza? Zastanawiał się nad tym chwilę, ale szybko doszedł do wniosku, że nie będzie utrudniać jej zadania, z którym właśnie się mierzyła. Mimo młodego wieku zdążył już nabrać nieco doświadczenia, wiedział, jak ciężko jest definitywnie zakończyć znajomość z kimś, kto tak długo zaprzątał twoje myśli. I choć każdy porzucony powie, że lepiej jest porzucać, by nie przeżyć nieprzyjemnego zaskoczenia, to podskórnie czuł, że Nina wolałaby zamienić się z nim rolami.

– Janek! – Chwilowe milczenie przerwał znajomy obydwojgu głos. – Nina? Ale niespodzianka! Co tutaj robisz? – Do ich stolika podeszła pełna entuzjazmu Ania.

– Byłam na obiedzie z kolegą z pracy – odpowiedziała Nina automatycznie. Sparaliżowało ją. Straciła kontrolę nad własnym ciałem i myślami. Na moment zapomniała, jak się oddycha. Zamknęła oczy w nadziei, że kiedy je otworzy, Ani już nie będzie. Że to tylko złudzenie wywołane stresującą sytuacją, która przed chwilą miała miejsce przy ich niewielkim stoliku.
– Znacie się? – Janek wydawał się nie mniej zaskoczony.
– Tak. Ania pracuje dla mnie.
– Jestem nianią Leny i Zuzy. Nie wierzę! Ale ten świat jest mały, co? No nic, lecę, bo moja przyjaciółka już czeka. Powtarzamy do jutrzejszego egzaminu. Trzymaj kciuki! – Klepnęła go zalotnie w ramię. – Zadzwonię od razu po. A my widzimy się w poniedziałek. – Ucałowała Ninę, która momentalnie zbladła. „To była Aneczka! Jej Aneczka!". I ta sama Aneczka wyniosła od niej naręcze książek i garść cennych porad. To się nie działo naprawdę! Nie mogło!
– Nie wierzę! Ania jest nianią twoich dzieci? – zapytał podekscytowany, gdy wyszli na ulicę.
Czuła się tak, jak w dzieciństwie, gdy coś porządnie przeskrobała i miała nadzieję, że jakimś cudem

nikt się o tym nie dowie. Chwilę później jej matka stawała w drzwiach z dowodem w postaci zbitego wazonu, sprawdzianu z ogromną, czerwoną jedynką w górnym rogu i pytaniem: „Co to jest?".

– Nina, nie martw się. Nic jej nie powiem. W tej kwestii możesz mieć do mnie zaufanie. Z różnymi sprawami się nie zgadzam, ale rozumiem powagę sytuacji. Naprawdę. I pamiętaj, że gdybyś kiedykolwiek zmieniła zdanie albo chciała pogadać, potrzebowała pomocy, to ja zawsze czekam na twój telefon.

To zapewnienie w żaden sposób jej nie uspokoiło. Sprawę tylko pogorszył esemes, który kilka minut później wyświetlił się na ekranie jej iPhone'a.

Nina! To on! To mój Janek! W poniedziałek wpraszam się na kolację. Musisz mi o nim wszystko opowiedzieć. Wszystko!

Rozdział 15

Kiedy po raz pierwszy ktoś zacznie rozdeptywać ci palce, myślisz, że to nieprawda, a potem przychodzi zdziwienie, że człowiek może coś takiego zrobić z drugim człowiekiem.

Marek Hłasko, *Sowa, córka piekarza*

Dziesięć dni później

– Nina, wiesz, co się stało?! Janek zaprosił mnie na weekend do Brukseli. Poczekaj, przeczytam ci wiadomość. – Ania wpadła do kuchni z radosną nowiną. Dopiero wtedy zobaczyłam, jak wyglądają słynne „świecące oczy".

– Nie wygłupiaj się, Aniu, nie czytaj mi swoich prywatnych wiadomości – próbowałam ratować sytuację. Ratować siebie.

– Daj spokój. Jesteś dla mnie jak siostra! „Zamkniemy się w hotelowym pokoju i nie wyjdziemy stamtąd przez dwie doby! Tylko raz na jakiś czas wyskoczymy z łóżka po jedzenie i prosecco".

Świnia! Piękny jak z obrazka, kulturalny, taktowny, oczytany Jan Ogiński – kurwa mać! I pomyśleć, że go przeprosiłam. Że przez moment czułam się winna, że tam, w Na Lato, miałam wrażenie, iż to on padł ofiarą moich złych decyzji!

Myślałam, że już się dużo nauczyłam i potrafię przejrzeć ludzi na wylot. Gówno prawda!

Epilog

Teraz

Cześć Kochanie!
Jestem już w Nuuk. Odpoczywam, jem, grzeję się i zbieram myśli. Za dwa dni pakuję się w samolot do Kangerlussuaq. Tam niestety muszę spędzić jeszcze jedną noc – próbowałem przebukować bilety, ale nie ma takiej możliwości, a szkoda, bo już nie mogę patrzeć na tę lodową pustynię. Na szczęście następnego dnia ruszam do Kopenhagi i potem do Was.
Wszystko opowiem po powrocie, ale korzystając z faktu, że jest Internet, chciałem tylko napisać, że bardzo tęsknię. Na kolejną wyprawę lecimy razem. Wy zostaniecie w jakimś bezpiecznym miejscu na tydzień czy dwa, a ja w tym czasie zrealizuję swoje zadanie.
Miałaś rację, mówiąc, że teraz wszystko jest inne, a my nie jesteśmy już tacy sami, jak dziesięć czy piętnaście lat temu. Na te samotne, dalekie wyprawy, o których marzyłem na studiach, był czas wtedy, nie teraz. Teraz

nadal mam chęć na nowe wyzwania i znasz mnie, muszę być w ciągłym ruchu, żebym czuł, że żyję, ale nie muszę w tym celu lecieć na kilka miesięcy na Jukon czy w Himalaje. Wymyśliłem sobie nawet nowe, inne cele, które w pewnym sensie możemy zrealizować razem. Ale najpierw odpoczniemy, nacieszymy się sobą i kiedy już przestanę czuć ból rozłąki z Leną i Zu, oddamy je na weekend mamie i może pojedziemy do SPA? Tak, jak od dawna chciałaś. Musiałem przebiec wiele kilometrów w głębokim śniegu, żeby to zrozumieć. Przepraszam. Podobno lepiej późno niż wcale.
Za kilka dni jestem.

Maciek

Płakałam jak bóbr, kiedy przeczytałam tę wiadomość. Czy ja też nie mogłam tego zrozumieć podczas zimowego wybiegania w Łazienkach? Albo podczas brodzenia w śniegu na Kabatach? Widocznie do tego był potrzebny miesięczny wypad na Grenlandię. I to ja mu powiedziałam, że teraz wszystko jest inaczej? Że coś, co kiedyś było twoim największym marzeniem, dziś może okazać się koszmarem, a jak masz w życiu szczęście, to po prostu neutralnym wydarzeniem? Dlaczego sama o tym nie pomyślałam, kiedy jadłam Janka wzrokiem i wyobrażałam sobie, jakby to było, gdyby mnie pocałował, a jego ręce wylądowały na moich piersiach, pośladkach, między udami? Dlaczego zawsze łatwiej jest radzić i prawić morały innym, a tak ciężko wprowadzić te zasady do swojego życia?

Długo zastanawiałam się nad tym, jak mu o wszystkim powiedzieć, jak wytłumaczyć? Przeczytałam kilka artykułów, parę mądrych książek, które wyszły spod piór najlepszych psychologów i seksuologów. Jak na złość nie podsunęło mi to żadnego rozwiązania. Wszyscy byli zgodni: jeśli kochasz swojego partnera i chcesz ratować związek, a romans był przelotny, nie mów. Nie zrzucaj ciężaru z siebie na drugą osobę. Właśnie, „zrzucić z siebie ciężar" – brzmi niedobrze. Zadałam sobie pytanie: „Dlaczego chcę to zrobić?" i dotarł do mnie sens tych wszystkich porad. Niby jakim prawem miałabym teraz obarczyć tym Maćka i liczyć na to, że mi wybaczy? Wymagać od niego, że będzie w stanie to przetrawić, zrozumieć, a z czasem zapomnieć? Że przynajmniej spróbuje? Gdybym weszła w jego skórę, najbardziej bałabym się swojej wyobraźni. Każdy dotyk parzyłby mnie myślą: „Czy z nią też to robił? A może więcej?". Gdyby przeżywał rozkosz, zastanawiałabym się, czy jest prawdziwa, czy jednak czegoś mu ze mną brakuje. Że dała mu większą. Jak wygląda? Kim jest? Jakie filmy lubi oglądać i jak się śmieje, gdy ją zabawia kolejnym odważnym żartem. Tysiące pytań, na które chciałabym znać odpowiedź. A może i nie? Może lepiej nic nie wiedzieć? Lepiej.

Nieraz podczas winkowania sama go prosiłam: „Kochanie, jeśli kiedyś mnie zdradzisz, nie mów mi o tym. Jeśli będę się pytać, wypieraj się do końca, choćbym miała nie wiadomo jak silne dowody". Śmiał się, że głupi nie jest i bez moich próśb i tak zrobiłby to samo. „Ja po prostu nigdy nie chcę mieć w głowie obrazu ciebie z inną kobietą. Nie mogłabym go później wymazać latami". Bardzo się tego bałam. Dlatego nic mu nie powiedziałam.

***

– Pinot Noir, zdaje się, że dokładnie to, które lubisz najbardziej.

Któregoś dnia Maciek wrócił do domu wcześniej. W czerwonej, zmarzniętej dłoni trzymał butelkę.

Takie samo wino, które kupiłam Hani w ramach podziękowań za Janka. Takie samo, które wypiliśmy w jego mieszkaniu między pierwszą falą rozkoszy a kolejną. Poczułam, jak po plecach cienkimi strużkami spływa lodowaty pot, a w żyłach burzy się krew, która za chwilę rozsadzi je na strzępy. Chyba pierwszy raz w życiu ją słyszałam – to rytmiczne, niedające spokoju dudnienie. „O, matko! On wie!", pomyślałam. Miałam ochotę bezpowrotnie zapaść się pod ziemię. Umrzeć bolesną i powolną śmiercią, ale nie musieć patrzeć mu w oczy, już nigdy. Nie po tym wszystkim.

– Wróciłeś wcześniej – tylko tyle z siebie wydusiłam. Zupełnie bezmyślnie. Nawet sama nie wiem dlaczego.

– Tak. Chciałem z tobą o czymś porozmawiać, dopóki dzieci nie ma w domu. Napijesz się? – zapytał, ale ja już nie byłam w stanie nic powiedzieć. Czułam, jak do oczu napływają mi łzy i w żaden sposób nie jestem w stanie ich powstrzymać. W ustach robi się tak sucho, że język rozsypie się w pył od pierwszego lepszego uderzenia o zęby. Wzięłam głęboki oddech i czekałam. Dotarło do mnie, że nic innego i tak już nie mogę zrobić. Czasu nie cofnę, błędów nie naprawię, nigdzie nie uciekę. Spojrzałam mu prosto w oczy i pozwoliłam, by zapytał, o co tylko chce. – Co powiesz na to, żebyśmy kupili sobie psa? Zbliżają się święta, pomyślałem, że dziewczynki bardzo by się ucieszyły.

Umierałam w ten sposób już kilka razy i pewnie jeszcze nie raz będę.

Podobno wystarczającą karą za zdradę są wyrzuty sumienia. Nie wiem, czy wystarczającą, ale przynajmniej raz dziennie wyobrażam sobie, jak by to było, gdybym narodziła się na nowo. Z czystą kartą. Niby wszystko działa jak dawniej. Nawet lepiej, bo poświęcamy sobie więcej czasu, rozmawiamy i przede wszystkim uczymy się słuchać. Może potrzebne było prawdziwe trzęsienie ziemi, żeby nas wybudzić? Bzdura. Każdego dnia szukam wytłumaczenia, które choć w niewielkim stopniu będzie w stanie mnie rozgrzeszyć. Są chwile, kiedy zupełnie zapominam o Janku i o wszystkim, co z nim związane. Patrzę, jak dziewczynki szaleją na hulajnogach albo próbują złapać białe motyle w parku Skaryszewskim. Jest idealnie! Prawie. Lęk przed tym, że prawda może wyjść na jaw, odbiera mi przyjemność z każdego wydarzenia. Może potrzeba więcej czasu. Może to jeszcze minie.

KONIEC

Playlista

(muzyka, której słuchałam podczas pisania tej powieści)

Wolf Larsen, *What if I am wrong*
Florence and the Machine, *Cosmic Love* (Live on KEXP)
Taco Hemingway, *Bez Ciebie, nie mam nic* (MVP BLEND)
Taco Hemingway, *Gdybyś nie istniała* (SzUsty Blend)
Taco Hemingway, *Przelotna miłość* ft. Bonson (BraKe Blend)
Taco Hemingway, *Bardzo proszę!* (SzUsty Blend)

The XX, *I Dare You*
The XX, *Angels*
The XX, *Intro*
Lykke Li, *A little bit*
Kaleo, *Way Down We Go*
Hooverphonic, *Eden*

Róisín Murphy, *Primitive*
Röyksopp, *What Else Is There?*
Placebo, *Running Up That Hill*
Świetliki, *Filandia*
Lord Huron, *The Night We Met*
Agnes Obel, *The Curse*
Tycho, *The Walk*

The Knife, *Pass This On*

Mum, *Map of a Piano*

The Dumplings, *Nie gotujemy*
The Dumplings, *Betonowy las*
The Dumplings, *Kocham być z Tobą*

Bokka, *Reason*
Bokka, *Let it*
Bokka, *K&B*

Hindi Zahara, *Stand Up*

Kobieta z przeszłością i mężczyzna po przejściach, prawie jak w piosence Osieckiej.

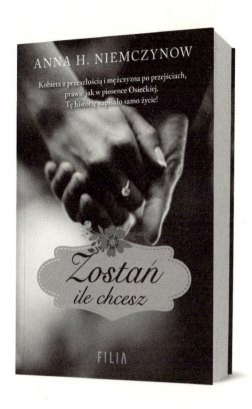

Piękna, mądra, utalentowana i świetnie zorganizowana, Alicja zdaje się być perfekcjonistką. Tymczasem w środku jest rozbitą na milion kawałków zawiedzioną i oszukaną kobietą, próbującą na nowo zbudować jak najlepszy świat dla siebie i ukochanego dziecka.

FILIA

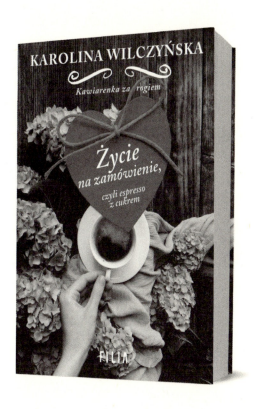

Życie na zamówienie, czyli espresso z cukrem to opowieść pełna miłości, ważnych życiowych problemów i rodzinnych tajemnic. Uśmiechniesz się, wzruszysz, ale przede wszystkim odnajdziesz w Miłce cząstkę siebie!
Pierwszy tom serii KAWIARENKA ZA ROGIEM

FILIA

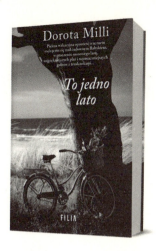

Piękna seria o poszukiwaniu szczęścia.

FILIA

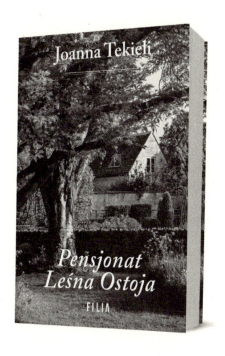

38-letnia Justyna, pracownica korporacji, otrzymuje od wrednej szefowej zadanie, które ma ją zmusić do złożenia wypowiedzenia: ma pojechać do starego dworku położonego w leśnej głuszy i zająć się jego odnowieniem i zaadaptowaniem na pensjonat.

FILIA